애정이 가는 대로

.

# 애정이 가는 대로

1판 1쇄 찍음 2018년 7월 12일
1판 1쇄 펴냄 2018년 7월 19일

지은이 | 이은교
펴낸이 | 고운숙
펴낸곳 | 봄 미디어

기획·편집 | 김민지, 김지우, 김현주
표지 디자인 | 우물

출판등록 | 2014년 08월 25일 (제387-2014-000040호)
주소 | 경기도 부천시 원미구 길주로 64, 1303(굿모닝 오피스텔)
영업부 | 070-5015-0818 편집부 | 070-5015-0817 팩스 | 032-712-2815
E-mail | bommedia@naver.com
소식창 | http://blog.naver.com/bommedia

**값 9,000원**

ISBN 979-11-5810-546-4 03810

# 애정이
# 가는 대로

이은교 장편 소설

# CONTENTS

프롤로그

"이거 먹어."

옆에 앉아 있던 대리, 애정이 쓰윽 초콜릿을 내밀었다.

"두 개 먹어."

'고맙습니다'라고 말하기도 전에 애정은 다시 초콜릿을 하나 내밀며 속삭였다.

"세 개 먹을래?"

또다시 '고맙습니다'라고 말하기 전에 초콜릿 하나가 더 내밀어졌다. 말할 때마다 들쭉날쭉한 웃긴 목소리 억양에 결국 웃어 버리고 말았다.

애정은 강준에게 처음부터 그런 사람이었다. 보고 있으면 이유도 없이 웃음이 나오고 싱거운 대화를 해도 자신의 마음을 즐겁게 하는 사람. 밝고 명쾌해서 주변 사람들에게까지 그런 좋은 기운을 주었다.

입사 첫날, 사무실에 있던 냉랭한 상사들과는 달리, 유일하게 호탕한 미소를 지으며 반겨 주기도 했었다.

그녀의 옆자리에 앉은 건 큰 행운이었다.


"이제 앞으로 우리는 가족 같은 존재, 한배를 탄 아군처럼 지내야 한단 말이에요. 내 말 무슨 뜻인지 알죠?"

"네, 말씀 놓으세요."

"하하, 그럴게. 같이 일하게 돼서 너무 반가워."


당당하면서도 유쾌한 그녀의 모습이 긴장을 풀어 주었고 힘들 때마다 위로가 되기도 했다.

프롤로그

모든 쉽게 적응을 잘 하는 강준도 처음 해 보는 사회생활은 꽤 힘이 들었다. 특히 그놈의 자존심이 뭔지, 상사들에게 잔소리를 듣기 싫어 모든 것을 완벽하게 하고 싶은 욕심은 매일 야근이라는 지옥으로 등을 떠밀었다.

그 바람에 오래전부터 운동으로 키워 온 체력도 바닥이 나서 겨우 정신을 붙들며 업무를 이어 갔다. 그러다 보니 점점 자잘한 실수가 많이 나올 수밖에 없었다. 입사한 지 1년이 넘어가면서 강준은 조 과장에게 큰소리까지는 아니더라도 잔소리를 듣는 횟수가 잦아졌다.

"정신 좀 차리고 해, 강준 씨. 어?"

"네, 죄송합니다."

한숨을 후우, 하고 내쉬며 자리로 돌아와 죄책감에 마른세수를 하느라 거칠게 얼굴로 비비고 있을 때였다.

"이거 먹어."

옆에 앉아 있던 대리, 애정이 쓰윽 초콜릿을 내밀었다.

"두 개 먹어."

'고맙습니다' 라고 말하기도 전에 애정은 다시 초콜릿을 하나 내밀며 속삭였다.

"세 개 먹을래?"

또다시 '고맙습니다' 라고 말하기 전에 초콜릿 하나가 더 내밀어졌다. 말할 때마다 들쑥날쑥한 웃긴 목소리 억양에 결국 웃어 버리고 말았다.

애정은 강준에게 처음부터 그런 사람이었다. 보고 있으면 이유도 없이 웃음이 나오고 싱거운 대화를 해도 자신의 마음을 즐겁게 하는 사람. 밝고 명쾌해서 주변 사람들에게까지 그런 좋은 기운을 주었다.

입사 첫날, 사무실에 있던 냉랭한 상사들과는 달리, 유일하게 호탕한 미소를 지으며 반겨 주기도 했었다.

그녀의 옆자리에 앉은 건 큰 행운이었다.


"이제 앞으로 우리는 가족 같은 존재, 한배를 탄 아군처럼 지내야 한단 말이에요. 내 말 무슨 뜻인지 알죠?"

"네, 말씀 놓으세요."

"하하, 그럴게. 같이 일하게 돼서 너무 반가워."


당당하면서도 유쾌한 그녀의 모습이 긴장을 풀어 주었고 힘들 때마다 위로가 되기도 했다.

"1차는 성공이네. 오늘 기분도 더러울 텐데, 소주 한잔할래? 연희 씨랑 공 대리랑 미연 씨랑 호원 씨랑 같이."

남자 친구가 있어서 개인적인 술자리는 갖지 못하던 애정이었다. 애정이 없는 술자리에서는 종종 그녀의 이름이 언급됐었다. 특히 공 대리는 입만 열면 애정의 칭찬이었는데, '정 대리가 이 자리에 없는 게 섭섭하네!' 라고 매번 말했기 때문에 강준은 언제나 궁금했다.

그녀가 있는 술자리는 대체, 얼마나 재미있기에 그런 것일까? 하고. 그래서 선뜻, 한 치의 망설임 없이 약속을 잡았다. 심지어 설레기까지 했다.

아니다 다를까, 그녀는 술자리에서 분위기를 띄우는 일을 톡톡히 해 냈다.

"강준 씨, 정 대리 재밌지?"

애정의 농담에 배가 찢어질 것처럼 웃던 공 대리가 강준의 팔을 툭 치며 물었다. 강준이 환한 미소를 지었다.

"네. 너무 재밌으세요, 진짜."

"확실히 분위기가 다르지 않아?"

"앞으로도 종종 계속 술자리 같이 하셨으면 좋겠어요."

물론 강준은 공 대리와 다른 이유로 애정의 참석을 원했다.

"사실 제가 회사에 잘 적응을 하고 있는지 모르겠어요."

한없이 재미있는 것 같다가도 누군가가 진지하게 상담을 해 오면 그녀는 금세 덩달아 진지해졌다. 술에 살짝 취해 고민을 털어놓는 후배의 어깨로 애정은 다정하게 팔을 두르며 대답해 주었다.

"적응 시기를 판단하기에는 좀 이를 수도 있어. 하지만 정말 회사에 나가기 싫고 막 눈물이 날 정도로 미쳐 돌아버릴 것 같으면 차라리 그만둬. 스트레스만큼 세상에 나쁜 것도 없는데, 그러면서까지 버틸 만한 가치는 없지. 그렇다고 스트레스 받지 않는 직업도 없다? 하지만 최대한 덜 받는 직업, 그런 직업을 선택해. 넌 아직 어리니까 조금 더 부딪쳐봐도 괜찮아."

진심으로 후배를 위로하는 그녀의 모습이 어쩐지 강준의 눈에는 섹시해 보이기까지 했다. 다른 상사들과는 달리, 후배들을 무시하거나 부려 먹으려고 하지도 않았다. 자신의 일뿐만 아니라 후배들이 어려워하는 게 있으면 늘 나서서 도와주었다. 그건 사적인 자리에서 유난히 드러났다.

"아, 물이 다 떨어졌네. 어, 셀프잖아?"

애정이 빈 통을 들고 중얼거리자 옆에 앉아 있던 팀원이 일어섰다.

"제가 가져올게요. 대리님."

"앉아 있어. 사무실 안에서나 대리지, 밖에서는 그냥 나이 더 먹은 언니일 뿐이라고. 평소 운동도 안 하는데 이번 기회에 하지, 뭐. 더 필요한 거 없어?"

빈 통을 들고 일어선 애정이 앉아 있는 사람들을 바라보며 물어보다가 강준과 시선이 부딪쳤다. 강준은 그런 애정을 가만히 바라보았다.

"뭐 필요한 거 있어?"

술을 마셔 살짝 달아올라 있는 뺨, 조금 지워진 것 같지만 여전히 붉은 입술, 아무렇게나 넘겨서 살짝 흐트러진 머릿결, 좋은 향기가 날 것만 같은 뽀얀 피부……, 그리고 상냥한 목소리와 자신을 바라보는 촉촉한 눈빛.

갖고 싶은 건, 그 어떤 것도 아닌 그녀였다.

"취했어? 내 말 들려?"

아무 말도 하지 않고 가만히 바라보고만 있는 강준을 향해 애정이 두 손을 흔들다가 고개를 내저으며 셀프 바로 향했다. 강준은 자리에서 일어나 애정에게로 다가갔다.

다른 팀원들이 부탁한 튀긴 건빵을 열심히 담던 애정은 강준의 등장에 깜짝 놀란 듯싶었다. 큰일이다. 움찔하는 어깨마저 귀엽게 느껴져서.

"깜짝이야."

"놀랐어요?"

"그럼. 갑자기 다가오는데, 놀라지."

애정의 말에 강준은 살짝 웃어 보였다.

"물은 제가 가져갈게요."

"너 잘하고 있어, 알지?"

갑작스러운 애정의 말에 강준이 천천히 고개를 돌렸다. 애정은 따뜻한 눈으로 강준을 바라보고 있었다. 실없이 하는 소리가 아닌 진심으로 느껴졌다.

"너무 잘하고 있어서, 놀랄 정도야."

"정말이요?"

"응. 그러니까 오늘 일로 괜히 기죽거나 자책할 필요 없어. 사람은 누구나 다 실수해. 세상에 완벽한 사람이 어디 있냐? 기계도 고장이 나는데."

잔잔한 애정의 목소리가 듣기 좋았다. 강준은 그녀를 자신의 두 눈에 꼭 담아 넣었다.

"아마 앞으로도 계속 실수는 하게 되겠지. 그런데 그럴 때마다 좌절하게 된다면 자책하는 버릇이 생길 거야. 그게 나쁜 건 아니지만 그래도 자존감이 떨어지면 안 되니까."

애정이 그릇에 담은 튀긴 건빵 하나를 입에 쏙 집어넣었다. 귀엽다. 강준은 애정을 보며 그렇게 생각했다.

"좌절은 적당히. 알았지? 좌절 대신 실수를 잊지 않는 버릇을 길러. 실수를 잊지 않으면 더 이상 똑같은 실수를 하지 않을 거고, 그러면 자존감은 유지가 될 거야. 내가 살다 보니까 그러더라고."

"네. 꼭 기억하고 기도 안 죽을게요."

고맙다는 의미로 한 번 더 웃어 보였다. 아니, 애정이 해 준 말이 위로가 되고 기분이 좋아서 웃었다.

"너 지금 보니까."

"네."

"웃는 거 무지 예쁘다, 야."

무심하게 마지막 말을 내뱉고서는 자리로 돌아가는 애정의 발걸음을 강준은 눈길로 따랐다. 웃는 게 예쁘다는 소리는 귀가 닳도록 숱하게 들어왔던 흔한 말이었다. 그래서 늘 감흥이 없었는데, 그것을 애정에게서 들으니 어쩐지 기분이 이상했다. 심장이 폭격이라도 당한 것처럼 뛰었다.

다시 테이블에 앉아 아무렇지 않게 수다를 떠는 애정의 모습을 강준은 한동안 그 자리에 서서 바라보았다.

예쁜 여자라고 생각하면서.


결국 애정은 취했다.

"3촤앗! 3촤로 노래방 가좌아아!"

취해서 잔뜩 들뜬 모습은 더 귀여웠다. 노래방을 가자고 외치는 애정을 팀원들은 꼰대들의 진상처럼 보기 싫은 얼굴을 하지 않고 오히려 좋아했다.

"좋아! 노래방은 내가 산다!"

공 대리가 신난 목소리로 외쳤다. 평균 나이 32살의 어른들이 아이돌 공연이라도 보러 가는 소녀 팬들처럼 신이 나서는 노래방으로 달려갔다. 그중 애정이 가장 신나 보였다. 탬버린을 들고 춤을 추기도 했고 벽을 잡고 머리를 풀어 헤쳐 흔들기도 했다.

"강준아, 너도 나와서 좀 놀아!"

애정만큼이나 신이 난 공 대리가 앉아 있는 강준을 끌어당겼다. 예상치 못했던 강한 힘에 급하게 끌려 나오던 강준은 벽을 잡고 머리를 흔들던 애정을 툭, 건드리고 말았다.

순간 애정이 넘어질 줄 알고 자신도 모르게 팔로 허리를 감쌌다. 본능적인 행동에 스스로도 놀란 강준이 얼른 물러섰다.

애정은 수그리고 있던 머리를 거칠게 들어 올렸다. 풀어 헤쳐 공중에 휘날리는 애정의 머리카락에서 나는 좋은 향이 강준의 코끝을 스쳤다. 살짝 풀어진 눈으로 자신을 뚫어져라 보던 애정의 입술 옆으로 오징어가 삐죽 튀어 나와 있었다.

"춤추시면서 계속 드시던 거예요?"

"응. 맛있어."

귀여워.

하마터면 그 말이 튀어나올 뻔했다. 좋은 감정을 가지고 있더라도 절대 밖으로 티를 내서는 안 되는 일이었다. 그녀에겐 이미 사랑하는 남자가 있으니 말이다.

잠시 머뭇거리던 애정이 다시 테크노를 추기 시작했다. 앞에서 나부끼는 머리카락이 강준의 뺨을 후려쳤다. 살짝 아팠음에도 향기가 싫지 않아 계속 자리를 지켰다.

"잉? 내 오징어!"

신나게 흔들던 애정이 바닥에 떨어진 오징어를 향해 간절한 손을 펼쳤다. 저 오징어가 뭐라고…….

강준은 얼른 새 오징어를 가져와 애정의 입에 물려 주었다.

"고마워."

싱긋 웃는 그녀의 모습이 눈을 뗄 수 없을 만큼 사랑스러웠다. 애정의 남자 친구가, 이런 여자를 마음껏 사랑할 수 있는 그 남자가 부러웠다.

다음 날 아침, 누구보다 일찍 출근한 강준은 가방을 열어 안에서 숙취 해소 음료를 꺼냈다. 그냥 애정의 책상 위에 덩그러니 올려놓았는데, 뭔가 심심한 것 같아 메모지를 꺼내 끄적끄적 적어 보았다.

오늘도 힘내요, 저희!

가볍게 붙여 놓았지만 그거대로 닭살이 돋는 것 같아 다시 떼어 버렸다.

잠시 뒤 팀원들이 하나둘씩 출근하기 시작했다.

"정 대리, 얼굴 봐라! 저게 회사 나올 얼굴이냐! 회사가 아주 그냥 학원이지?"

아침부터 시비조인 조 과장의 외침에 강준은 미간을 구겼다. 흡사 좀비와 같은 포즈로 걷던 애정이 몸을 꼿꼿이 세우고서 자리로 와 앉았다. 강준이 가볍게 묵례를 하자 애정이 손을 흔들어 인사했다.

"아침부터 저게 가뜩이나 속도 안 좋…… 엇, 이건 뭐지?"

책상 위에 있는 숙취 해소 음료를 보며 애정이 환하게 웃었다. 강준은 복사할 서류를 들고 일어나고 있었다.

"마침 이게 엄청 필요했는데, 누가 사다 놓은 거지?"

두 손으로 숙취 해소 음료를 쥐고 주변을 휙휙 살피며 눈짓으로 묻는 사이 벌써 복사기 앞까지 온 강준은 슬그머니 웃음이 나왔다.

"누구인지 몰라도 어쨌든 고맙소이다."

그녀의 호탕한 목소리에 오늘도 좋은 하루가 될 것 같았다.

01

"회사 놀러 와? 그렇게 놀고 싶으면 사표를 내고 집에 가서 아예 놀아, 그냥."

조 과장의 비꼬는 목소리가 오늘따라 매서운가 싶더니 강준의 신경마저 건드리고 있었다. 아니, 사실 조 과장의 목소리보다는 그가 혼내는 상대가 누구인지 알고서부터 더욱 짜증이 치밀어 올랐다.

"죄송해요."

더 이상 시끄러워지는 것이 싫었는지 애정은 빠르게 사과하고 자리로 돌아와 앉았다.

"아오!"

열불이 나는지 파티션에 몸을 숨기고 붉으락푸르락한 얼굴로 조 과장을 향해 엿을 날리는 애정을 강준은 가만히 바라보았다. 제 시선이 느껴졌는지, 흠칫한 애정이 멋쩍은 미소를 지어 보였다.

"못 본 척해 줘."

"네."

강준은 사물함에 잔뜩 사 놓은 초콜릿과 사탕을 꺼내 애정에게 건넸다.

"하나 드실래요?"

"어? 마침, 나 초콜릿 다 떨어져서 지금 사러 갈까 말까 고민 중이었는데."

사실 강준은 그다지 군것질을 좋아하는 편이 아니었다. 하지만 언젠가 짜증이 날 때 달달한 것을 먹으면 기분이 좋아진다는 애정의 말이 떠올라 사다 두고 감정이 격해질 때마다 하나씩 입에 넣었다.

"두 개 드세요."

애정이 예전에 했던 것처럼 강준은 또 초콜릿을 들어 애정에게 건네고.

"세 개, 드실래요?"

또 건넸다. 애정은 피식 웃어 버리고 말았다.

"그거 내 거거든? 쓸 거면 저작권료 내고 써."

"얼마면 돼요?"

"얼마나 줄 수 있는데요?"

시답지 않은 농담에도 자꾸만 웃음이 새어 나왔다. 그러다가 애정이 띠링, 하고 울리는 휴대폰으로 시선을 돌렸다. 입가에 옅은 미소가 떠오르는 것을 보니 남자 친구인 모양이었다.

씁쓸한 마음과 함께 몸을 돌려 업무에 집중하려 했지만 강준의 마음은 여전히 애정을 바라보고 있는 것처럼 싱숭생숭했다.

이러한 증상은 애정을 볼 수 없는 주말에 더욱 강준을 괴롭혔다. 아침에 눈을 뜨는 순간부터 씻고, 점심을 먹고, 간단한 업무를 보고, 별 재미없는 TV 앞에 무료하게 앉아 있을 때까지도 애정이 떠올랐다.

"후우."

목소리를 마음껏 들을 수 있다면, 보고 싶을 때 보러 갈 수 있다면, 서로의 온기를 느낄 수 있다면…….

남자 친구와 데이트 중일까? 그 말간 미소를 지으며 사랑을 속삭이고 있을까?

억장이 무너지는 것 같았다. 이렇게 집에서 멍하니 앉아서 견디기에는 너무 가혹한 일이었다.

강준은 오래도록 타지 않았던 자전거를 탔다. 한강에 가서 미친 듯이 페달을 밟으면 잠깐이나마 잊을 수 있을까 싶었지만 그것도 한순간이었다.

땀범벅이 된 몸으로 자전거를 세우고 어느새 오렌지 빛깔로 물든 하늘과 한강을 바라보며 강준은 또다시 애정을 떠올렸다. 점점 좋아지는 날씨의 도움을 받아 그녀와 함께 한강에서 자전거도 타고 맥주도 마시며 대화를 나누고 싶었다.

그런 날이 언제쯤 제게 올까. 그런 날이 올 수는 있을까?

세상에 태어나 단 한 번도 하지 않은 짝사랑이라는 것이 이렇게 아프고 애간장을 태우는 것일 줄은 몰랐다.

그럼에도 후회는 하지 않았다. 그녀를 짝사랑하면서도 아픈 것보단 좋은 것이 훨씬 많음을 알고 있기 때문이었다.

"보고 싶다."

다시 페달을 밟았다. 강준의 짝사랑은 시간이 지날수록 더 애달프고 깊어져 갔다.

멀쩡했던 하늘이 점점 회색빛으로 물들더니, 곧 천둥 번개와 함께 예상치 못한 비가 쏟아지기 시작했다.

큰일이다. 차를 카센터에 맡기느라 우산도 가져오지 않았다. 업무가 끝날 때쯤엔 그치길 바랐지만 그런 바람을 비웃기라도 하듯 비는 더욱 세차게 내리고 있었다.

우산을 파는 편의점이 근처에 있었지만 거기까지 뛰어가면 그사이 옷이 홀딱 젖어 소용없을 게 분명했다. 한참을 망설이던 강준이 결국 가방을 머리로 막 가져갔을 때였다.

"그러다 감기 걸린다."

뒤에서 들려오는 익숙한 목소리에 강준이 돌아섰다. 텅 빈 사무실에서 혼자 야근을 하고 나오는 길이었기에 회사 안에서 나오는 애정을 의아하게 바라보았다.

"주말에 업무 봐야 하는데, USB를 두고 갔잖아. 그래서 다시 왔어. 이 열정 대단하지? 박수라도 쳐 줄래?"

그러고 보니 그녀의 옷차림이 오늘 아침과는 달랐다. 편안한 운동복을 입어서인지 서른 살이라는 나이답지 않게 어려보였다. 분홍색 우산을 차악, 하고 편 애정은 폭우가 쏟아지는 밖으로 힘차게 걸어 나갔다.

"가자."

좁은 우산을 애정과 함께 쓰며 걸으려니 자꾸만 몸이 부딪혔다. 마치 심장이 부딪치는 것만 같았다.

"에라, 모르겠다. 네가 들어."

애정과 함께하고 있다는 것에 정신이 팔려 다른 걸 신경 쓰지 못했던 강준은 그제야 알아 차렸다. 애정이 자신에게 우산을 씌워 주려고 까치발까지 들고 뒤뚱뒤뚱 걷다가 결국 어깨 한쪽이 홀딱 젖어 버린 것을.

"죄송해요."

강준이 얼른 우산을 들어 애정에게 기울였다.

"야아, 너 비 다 맞잖아. 이러면 내가 우산을 씌워 주고도 생색을 낼 수가 없는데."

"대리님도 다 젖으셨잖아요."

애정은 젖은 제 어깨를 보며 아무렇지 않게 툭툭 털어 내 보였다. 그렇게 잠시 침묵 속에서 거리를 걸었지만 강준은 그것조차 좋아 자꾸만 입꼬리가 씰룩거렸다.

겨우 참아 내며 걷고 있는데 눈앞에 주황색 포장마차가 보였다.

"우동이다."

따뜻한 김이 폴폴 올라오는 우동을 발견한 애정이 낮게 중얼거렸다.

"우동 드실래요?"

"나 오늘 저녁 안 먹으려고 그랬는데, 그럴까?"

"집에 가셔서 또 업무 보셔야 하는 거 아니에요?"

"맞아."

"배고프셔서 집중 안 되실 거예요. 같이 먹고 가요."

"그러자!"

애정이 금세 신이 나서 포장마차 안으로 들어갔다. 그 뒤를 강준도 함께했다.

"제육볶음도 먹어야지. 이모님, 여기 우동 두 그릇에 제육볶음 주세요."

주문하고도 애정은 계속 메뉴판을 뚫어져라 바라보았다. 무언가 더 먹고 싶다는 눈치였다.

"너 더 먹고 싶은 거 없어?"

"음."

애정과 함께 메뉴판을 보던 강준의 시선이 다시 돌아갔다. 메뉴판을 전부 다 외워 버릴 기세로 뚫어져라 쳐다보던 애정이 무언가를 손으로 가리키고는 고개를 돌렸다. 강준도 다급하게 메뉴판으로 시선을 돌렸다.

"떡볶이 먹을래?"

"좋아요. 드시는 거에 비해서 살 진짜 안 찌는 체질이신 것 같아요."

"나 그런 소리 많이 들어. 근데 요즘 좀 쪘어. 다이어트를 해야 하는데 세상에는 맛있는 게 너무 많아."

그때 먼저 시켰던 제육볶음과 우동이 나왔다. 애정은 제육볶음을 우동 국물에 넣어 면과 함께 돌돌 말아 먹었다.

"이렇게 먹으면 맛있어."

강준도 애정을 따라 먹어 봤다. 매운 제육볶음과 담백한 우동이 만나니 입맛이 확 돌았다.

"진짜 맛있네요."

"아, 국물 따뜻하다. 비도 오니까 분위기 있어. 그치?"

"네."

두 사람은 가만히 비가 내리는 밖을 바라보았다. 아니, 강준은 이번에도 비를 바라보고 있는 애정을 쳐다보았다. 그러다가 애정의 입술 옆에 묻어 있는 소스를 발견했다.

강준은 휴지를 집어 들고서 애정의 입술을 닦아 주었다.

"어?"

"뭐가 묻어서요."

"아, 내가 이렇게 묻히고 먹어요. 우동 면발 분다."

"천천히 먹어요."

애정이 다시 급하게 우동을 흡입하기 시작하자 강준은 단무지 하나를 집어 애정의 우동 안에 넣어 주었다.

"응. 그렇게."

자꾸만 애정과 함께 있는 시간이 즐거워졌다. 그럼에도 애정이 남자 친구와 헤어지길 바란 적은 단 한 번도 없었다.

어느 순간부터 팀원들과 함께하는 시간들이 많아지고, 메신저 프로필에 남자 친구의 사진이 한 장씩 사라지고, 데이트에 관련된 이야기들이 점점 줄어드는 것을 보며 오히려 마음이 불편했다.


"대리님 말이야, 남자 친구 분이랑 헤어진 거 같지?"

"어. 그런 것 같아."

우연히 들어갔던 휴게실에서 듣게 된 이야기에 강준은 그녀가 감당해야 할 상처와 아픔이 걱정되었다.

"오늘 소주 한 잔 할 사람 여기 붙어라!"

하지만 그녀는 무척이나 밝았다. 어쩐지 그게 더 신경이 쓰였다. 누군가는 이 짝사랑을 끝낼 수 있는 좋은 기회라고 말할 수도 있다. 강준 역시, 이젠 애정의 옆자리를 자신이 차지할 수도 있을 거라 생각하며 상상의 나래를 펼쳤다.

그럼에도 여전히 고백을 하진 않았다. 그녀를 위로해 줄 방법을 찾고 싶었고, 마음을 추스릴 시간을 주고 싶었다.

사촌 누나 결혼식에 참석한 강준은 신랑의 얼굴을 보고 기가 막혔다. 세상에 이런 빌어먹을 운명이 다 있나 싶었다. 하필이면 사촌 누나의 신랑이 애정의 전 남자 친구였다.

악수를 청하며 활짝 웃는 태형에 강준은 손아귀의 힘을 꽉 쥐었다.

"아아아."

태형이 몸을 비틀며 아파 죽겠다는 듯 울상이 되었다. 강준은 더욱 힘을 주고 싶었지만 이모의 의아한 눈길에 그만두어야 했다.

시기가 참, 뭣 같았다. 애정과 헤어진 지 얼마나 됐다고 결혼을 하다니. 이미 그전부터 바람을 피우고 있었던 게 분명했다.

"세상 그렇게 살지 마세요."

자신도 모르게 내뱉어 버린 말에 태형은 어리둥절해했지만 강준은 활짝 웃으며 대답했다.

"잘 사시라고요. 저희 사촌 누나랑."

"아, 네."

예식을 대충 보고 가족들과 식당으로 올라갔다. 그러다 그곳에서 애정을 봤다. 맹렬하게 새우를 까고 맥주를 들이켜고 있는 애정을.

조금 놀라긴 했지만, 그녀의 등장이 아예 이해가 가지 않는 것도 아니었다. 초대도 안 한 자리에 왔을 거란 생각은 들지 않았다. 그저, 이 자리를 태형이 초대를 한 것이라면 진짜 상종 못할 인간이라는 분노가 치밀었다.

강준은 식사를 하는 것도 잊은 채 애정의 뒤에서 그녀를 바라보기만 했다. 애정은 꽤 잘 먹었다. 갈비를 뜯고 새우를 뜯고 맥주를 두 병이나 마셨다.

모르는 사람들 틈 사이에서도 절대 굴하지 않고 먹던 애정이 가려는 듯, 자리에서 일어섰고 강준은 가족들에게 미리 양해를 구하며 서둘러 그녀를 따라 나갔다. 얼핏, 일어설 때 애정의 눈물을 본 것 같아 따라가지 않을 수 없었다.

그녀를 위로해 주고 싶었다. 함께 있어 주고 싶었다.

몰리는 사람들 틈 사이를 정신없이 헤집고 가서 겨우 애정의 팔을 잡았다. 애정이 움찔하는 것이 느껴졌다.

"으응? 박강준?"

붙잡은 사람이 자신임을 확인하는 애정의 눈빛이 묘했다. 투명한 눈물이 가득 차 있는 눈동자에선 어쩐지 안도감이 느껴졌다. 그것이 강준의 착각일지 몰라도, 그녀는 마치 그렇게 말해 주고 있는 것 같았다.

지금, 네가 있어서 참 다행이다. 정말, 다행이다.

강준은 찰나에 마주한 그녀의 눈빛에 잡고 있던 팔을 더욱 애틋하게 붙잡았다.

절대…… 놓치고 싶지 않았다. 아픈 그녀를 안아 주고 싶었고 이제 그만, 짝사랑을 끝내고 싶었다. 그녀를 세상에서 가장 행복한 여자로 만들어 주고 싶었다.

"4만 4천 4백 4십 원……."

오늘 애정이 태형의 결혼을 축하해 주며 낼 축의금 액수였다. 조금 유치하지만 이렇게라도 분풀이를 해야겠다는 생각에 내심 설레기도 했다. 나중에 뭐 씹은 표정을 지을 태형을 생각하니 참기름을 한 숟가락 먹은 것처럼 고소했다.

결혼식장으로 향하는 당찬 발걸음이 평소보다는 훨씬 어색했지만 애정은 돌아서지 않았다. 축의금을 내고서 사람들에게 인사하기 바쁜 태형의 면상 앞으로 걸어갔다. 결혼식 때문인지 태형은 금방이라도 무대 위에 오를 뮤지컬 배우처럼 진한 화장을 하고 있었다.

"어? 왔어, 애정아?"

애정을 알은체하며 마냥 반갑게 굴고 있는 태형은 마치 오래전부터 알고 지내 왔던 친한 친구가 결혼식에 온 것처럼 보였다.

하지만 얼마 전까지 함께였던 두 사람이었기에 상대가 다른 결혼식장에서 보기엔 껄끄러운 관계였다. 3년 동안의 연애 기간도 있었지만 태형이 바람을 피워 헤어지게 된 이유가 컸다.

바람 피운 주제에 뭐가 당당하다고 전 여자 친구에게 청첩장까지 보낸 태형의 행동에 애정의 친구들은 생각 없이 사는 인간이라 침이 마르도록 욕을 해 댔다. 그 말에 공감하면서도 애정은 이런 백치 같은 태형의 모습을 좋아했다는 것을 부정할 수 없었다.

일어나지도 않은 일을 늘 앞서서 생각하느라 사서 고민하던 애정은 단순한 태형을 통해 조금이나마 위로받고자 했었다. 그 생각 없는 놈에게 이렇게 뒤통수를 처 맞을 줄은 생각도 못했었다. 생각이 없었던 거지, 순수했던 건 아니었다.

"결혼 축하해."

"고마워."

"그래. 나한테 했던 그 못된 버릇은 꼭 개나 줘 버리고."

다소 큰 목소리에 그제야 마냥 해맑기만 할 줄 알았던 태형의 얼굴이 살짝 굳어졌다.

"예식장 되게 좋다! 청담동이라 비싸겠지?"

굳어 있는 태형을 신경도 쓰지 않고 애정은 여전히 목소리를 높이며 결혼식장을 둘러보았다. 그러다가 그의 예비 장모님으로 보이는 아주머니와 덜컥 눈이 마주쳤다.

애정은 어른을 보면 꼭 인사해야 한다는 가정 교육을 배운 예의 바른 여자였다.

"안녕하세요."

지나치게 해맑은 애정과 앞에서 굳은 얼굴로 쩔쩔매는 듯한 태형의 모습에 애옥은 심상치 않은 분위기를 감지했는지, 두 사람에게로 다가왔다.

"누구신지……."

"아, 저로 말할 것 같으면……."

애정의 당당한 태도에 태형이 얼른 그사이를 막아섰다. 아마 그가 지난 3년 동안 알고 지냈던 애정의 모습과 달라 많이 당황했을 터였다. 태형과 만나는 동안 애정은 말수가 적고 자신의 실수에도 잘 웃어넘기는 여자였다.

하지만 이 세상에 여러 가지 색깔이 있듯, 인간에게도 여러 가지 모습이 있을 것이다. 아무리 남에게 상처 주는 것을 싫어하고, 나서는 것을 싫어하더라도 오늘만큼은 달랐다.

"애, 애정아."

간절한 눈빛으로 호소하는 태형을 보면서도 애정은 표정 하나 바뀌지 않았다.

"자리도 얼마 안 남았는데, 얼른 들어가."

"아, 나 보고 네 결혼식까지 다 보고 가라는 거야?"

제 어깨를 잡고 말리려는 태형에게 애정은 진절머리를 내며 물러섰다. 장모님을 뒤로하고 태형은 손으로 싹싹 비는 시늉을 했다.

입 모양으로 제발, 을 외치고 있는데 그 모습이 너무 같잖아 보여 얼굴이 구겨졌다. 안 봐도 제 표정은 띠꺼움, 그 자체일 터였다.

"어디 헤어진 전 여자 친구한테 청첩장을 보내. 간이 배 밖으로 나왔니?"

애정은 들릴 듯 말 듯 낮게 으르렁거리며 말했다.

"내가 정말 아무 생각이 없었어. 그러니까 제발 이제 그만 해. 어?"

횡설수설하는 태형에 애정은 콧방귀를 꼈다.

"네가 싼 똥은 직접 닦을 줄도 알아야지."

말은 그렇게 하면서도 뒤에서 태형을 바라보는 아주머니의 시선이 점점 굳어지는 걸 보고 차마 더 이상 입이 벌어지지 않았다.

지나간 일을 붙잡아 봤자 더 큰 상처를 받는 사람은 자신이라는 걸 애정은 잘 알고 있었다. 여기에서조차 남자 친구에게 버림을 당한 불쌍한 여자로, 그런 남자 친구에게 미련이 남아 복수하러 온 여자로, 또 결혼식을 망치러 온 진상으로 남고 싶지 않았다.

폭발할 것 같았던 제 마음을 겨우 진정시키고 입술을 떼어 냈다.

"저 태형이 친한 친구 정애정이라고 해요. 앞으로 해도 정

애정, 뒤로 해도 정애정이요. 따님분 결혼, 진심으로 축하드
려요."

"아."

낮게 탄성하며 그제야 굳은 얼굴을 푸는 제 장모님에 태형
에게서 안도의 한숨 소리가 들려왔다.

"그럼 전 이만 들어가 보겠습니다."

"네, 식사 맛있게 먹고 가요."

애정은 옅게 웃으며 태형을 올려다보았다. 방금 전까지 울
것 같은 얼굴을 하고 있던 태형이 잇몸까지 드러내며 웃었
다. 그 낯짝이 꼴 보기 싫어 다시 확 저질러 버릴까 하다가
그냥 돌아섰다.

식장으로 향하는 길에 신부 대기실에서 얼핏 태형과 결혼
을 할 여자가 보였다. 친구들에게 둘러싸여 앉아 신부는 어
여쁜 드레스를 입고 손에 부케를 든 채 환하게 웃고 있었다.

자신도 한때 저런 순간을 꿈꿔 왔었는데, 현실은 전 남자
친구 결혼식장에 와서 혼자 덩그러니 서 있는 꼴이니…….

"정애정 인생, 참 우습게 돌아간다."

도저히 결혼식까지는 볼 수 없을 것 같아 식당으로 가 밥
을 먹었다. 결혼식장에 오면 늘 느꼈지만 눈에 불을 켜고 봐
도 참 먹을 만한 게 없다. 하다못해 김치까지 맛이 없었다.

평소 뷔페를 가면 기본 네 그릇은 때려 주곤 했는데, 입맛
도 없어 딱 두 그릇에 맥주 두 병을 먹고 나왔다. 누군가가
애정의 팔을 붙잡아 세웠다.

"으응?"

돌아보니 그곳엔 어제도 보고 그저께도 본 강준이 서 있었다.

"박강준?"

"대리님을 여기서 뵈니까 되게 반갑네요."

강준의 말처럼 애정도 낯선 곳에서 아는 사람을 만난 것이 신기했다. 쪽팔린 것도 있었지만 오히려 안도감이 더 강했다.

"그래? 나도 신기하다. 누구 결혼식 온 거야?"

"뭐…… 아는 사람이요."

표정이 어색하다.

"그냥 아는 사람이 아닌 것 같은데?"

"사촌 누나예요."

"사촌 누나 이름이 뭔데?"

제발 최태형 옆에 쓰여 있던 이지해만큼은 아니길.

"이지해요."

그래, 언제나 엿 같은 예감은 빗나가 본 적이 없지.

애정은 여전히 제 팔을 잡고 있는 강준의 손을 물끄러미 내려다보았다. 그제야 강준이 손에 힘을 풀었다.

"그렇구나. 나는 볼일이 다 끝나서 이제 막 나가려던 참이야."

아까부터 무엇 때문인지 모르겠는데, 자꾸만 눈물이 나려고 했다. 술을 마셔서 그런가? 어떠한 감정이 과부하가 되어 넘쳐흐르고 있었는데 그것이 정확하게 무엇인지 모르겠다. 다만 강준을 보고 나서 참기가 더욱 어려워졌다.

"대리님."

불쑥 흐르는 눈물에 당황한 강준이 얼굴을 문지르는 애정의 팔을 슬쩍 잡으며 얼굴을 확인하려고 들었다. 아, 나는 울 때 얼굴이 제일 못생겼는데. 절대 보이지 말자는 사명감으로 애정은 제 팔에 잔뜩 힘을 주었다.

하지만 쓸데없이 힘자랑을 해 대는 강준에 못 이겨 애정은 하는 수 없이 고개를 들어야 했다. 대량으로 흘러나오는 콧물을 손목으로 가볍게 훔쳐 내며.

"아, 여기 너무 건조해. 먼지가 자꾸 들어가네."

있지도 않는 먼지를 털어 내듯 공중에 대고 손을 휘적거렸다. 애정의 격한 반응에 강준은 썩 믿는 눈치가 아니었다.

"신경 쓰지 말고 가서 밥 먹어. 새우 초밥은 먹지 말고. 맛더럽게 없더라."

이 와중에 동료가 맛없는 음식을 먹기라도 할까 봐 걱정하고 있는 제 꼴이 우스워 보였다.

"갈게. 월요일에 봐."

서둘러 인사를 하고 나가려던 애정의 발걸음은 한 발자국도 떼지 못하고 그 자리에 다시 머물러졌다.

"잠깐 기다려요."

"왜?"

"집에 데려다줄게요. 어른들께 금방 인사드리고 나올 테니까 여기서 꼼짝 말고 기다리세요."

사적인 자리에서 만나 집에 데려다 줄 만큼 친하지도 않았던 터라 애정은 의아하면서도 고마웠다. 분명 제 눈물을 보고 신경이 쓰였던 거겠지.

하지만 상황이 상황이니만큼 애정은 거절하기로 마음먹었다.

"괜찮아. 버스 타고 가면 돼."

"지금 화장이 번지셔서 얼굴이 굉장히……."

강준이 잠시 말을 머뭇거렸다. 자꾸만 흘러내리려는 코를 훌쩍이며 그가 하고 싶은 다음 말을 추측했다.

"추하냐?"

"네."

"빈말 같은 거 할 줄 모르지?"

"할 줄 알아도 지금은 하면 안 될 것 같아요."

화장쯤이야 다시 고치면 된다. 하지만 원래 한 번 울면 잘 못 멈추는 탓에 애정은 버스 타기를 머뭇거렸다. 지금도 계속 의지와는 다르게 눈물을 흘리고 있었다.

창피했다. 직장 후배에게 이런 모습을 보이는 게…….

"안 기다리고 먼저 가 버리시면 지난번에 조 과장님 커피에 침 뱉으신 거 이를 거예요."

"평소 이미지나 생긴 걸로는 이런 비겁한 캐릭터가 아니었는데."

"말을 안 들으시니까."

"내가 너보다 상사고 나이도 많아."

눈물이 잔뜩 묻어 있는 음성을 겨우 내뱉었다.

"네. 그러니까, 기다리세요."

평소 저렇게 단호한 성격이 아닌데, 왜 저러나 싶었다.

"그걸 또 언제 봐 가지고……. 알았어, 빨리 나와."

강준은 채 5분도 지나지 않아 나왔다. 함께 주차장으로 간 두 사람은 나란히 강준의 차에 올라탔다.

출발한 차가 막 도로에 진입했을 때, 강준 특유의 저음인 목소리가 애정의 귓가로 날아왔다.

"따로 약속 같은 거 없죠?"

다른 여자 팀원들이 꽤나 좋아하는 그 목소리를 밀폐된 공간에서 혼자만 듣고 있으려니 애정은 기분이 묘했다.

"응, 그런 건 없어."

같이 일하는 후배 앞에서 더는 이불 킥을 찰 만한 일을 만들지 말자는 일념 하나로 애정은 필사적으로 웃긴 기억들을 떠올리려 애썼다. 그러는 사이 그녀를 실은 강준의 차는 자연스럽게 한강 공원 내로 진입했다.

"한강은 왜?"

"여기서 잠깐 기다려요."

차를 세운 강준은 그대로 밖으로 나갔다. 애정은 넋을 놓고 있다가 속이 갑갑하여 밖으로 나왔다. 시원한 바람과 탁 트인 한강을 보고 있으니, 그나마 숨통이 조금 뚫리는 것 같은 기분이었다. 그렇게 잔잔하게 흐르는 한강의 물줄기를 바라보고 있는데, 강준이 검은색 봉지를 손에 들고서 돌아왔다.

"앉아요."

대뜸 강준이 보닛에 껑충 올라갔다. 멀뚱히 서 있던 애정에게 옆에 빈 공간을 탁탁 쳐 보이고선 봉지 안에서 맥주 캔을 꺼냈다.

"술 마시려고? 운전은?"

"대리 부르면 되니까요."

"내가 네 대리인데."

"하하."

강준이 잔뜩 굳은 얼굴로 입만 억지로 웃었다. 애정은 이 와중에 쓸데없는 개그를 하고 있는 스스로에게 창피해졌다. 달아오르려는 얼굴을 애써 억누르고 강준의 제안대로 애정 역시 보닛 위에 앉아 맥주 캔 하나를 따서 그대로 들이 마셨다. 시원하고 톡 쏘는 것이 갑갑한 심장을 뻥 뚫어 버리는 기분이었다.

"휴우."

애정과 강준 사이에 한동안 오가는 대화는 없었다. 하지만 딱히 어색하다는 느낌 없이 맥주를 마시며 한강을 바라보았다.

어느 곳에도 억압당하지 않고 순리대로 흘러가고 있는 강물을 바라보고 있으니, 복잡했던 감정들이 제자리로 돌아가 차분하게 가라앉는 것 같았다.

이젠 모든 것을 인정할 수가 있을 것 같았다.

"오늘 네 사촌 누나와 결혼한 남자 말이야."

"알아요. 대리님 전 남자 친구잖아요."

"어떻게 알았어?"

"프로필에서요. 예전에 종종 해 놓으셨잖아요."

"아……"

"저도 보고 놀랐어요. 사촌 누나는 평소에 사진을 잘 안 올려서 몰랐거든요. 게다가 그 남자분, 대리님이 설정해 놓은 사진하고 많이 달라서 좀 긴가민가하긴 했는데 거기서 대리님 보니까 딱 감이 오더라고요."

"'분'이라는 단어 빼 줄래? 썩 좋게 헤어진 건 아니거든. 아차, 너한테는 매형 될 사람이니까 입조심해야겠다."

"뭐라고 해 줬으면 좋겠는데요?"

"자식…… 아니다. 새끼!"

애정이 다 마신 맥주 캔을 일그러트리며 언성을 높였다.

"그 남자 새끼."

태연한 표정을 하고서 센 억양으로 '새끼'라 말하는 강준에 넋이 나간 건 그렇게 불러 달라고 말한 당사자인 애정이었다. 평소 댄디하고 깔끔한 이미지의 소유자인 강준의 입술에서 나왔다고 하기에 너무 어울리지 않는 단어였다.

"또 해 줄까요?"

"어?"

"더 한 것도 해 줄 수 있어요."

"아니. 내가 못된 거 가르치는 것 같아서 죄책감 들어."

애정은 다리 위를 바쁘게 달리는 차들을 가만히 바라보며 대답했다.

강준은 새 맥주 캔을 까서 건넸다. 애정은 그것을 받아 한 모금 마시며 말을 이어 나갔다.

"너도 이해 못 하겠지? 헤어진 남자 친구 결혼식에 온 날 말이야."

"인생 살면서 꼭 남에게 이해를 받을 만한 행동만 하면서 살 필요는 없는 것 같아요. 대신 도덕적인 것에 어긋나지 않은 선에서요."

"말이 어려워. 이해한다는 거야, 못 한다는 거야?"

"사실 결혼식에 와서 대리님께 좋을 건 없으니까요. 날 버리고 간 사람이 나보다 행복해진다면, 그것만큼 억울한 게 어디 있어요?"

"그건 그래."

애정이 맥주를 한 모금 마셨다. 맥주는 여전히 톡 쏘고 시원했다.

"그런데도 가 보고 싶더라. 상상하면서 상처 받는 것보다 그냥 보고 상처 받는 게 더 빨리 마음을 정리할 수 있을 것 같아서. 그 새끼가 오늘 막 장모님 눈치 보는 모습이 뭔가 속 시원하기도 했어. 그리고 신부가 나보다 별로 안 예쁜……. 아차, 네 사촌 누나지."

"맞아요."

"뭐가. 나 계속 이렇게 네 사촌 누나 욕하다가 맞는다고?"

"아니요. 우리 사촌 누나보다 대리님이 더 예쁘다고요."

"아직 안 취한 거 확실하지? 내일 사무실에서 사람들 앞에 두고 크게 다시 한번 말해 줘."

애정이 장난스럽게 말하며 손에 들고 있던 맥주 캔을 입에 탁탁 털어 넣자 강준이 다른 맥주 캔 하나를 따서 건넸다.

"그래도 헤어지길 잘했어요."

"왜?"

"여러 가지 이유로요."

"여러 가지 이유?"

"한 번도 바람 피우지 않은 사람은 있더라도, 한 번만 바람 피운 놈은 없다고 하잖아요."

"네 사촌 누나랑 결혼한 사람이야."

"누나가 감당해야 할 몫이겠죠."

"은근 냉정한 구석이 있어, 박강준."

팀원으로서의 박강준은 늘 그랬다. 불합리적인 사항을 제시하는 직장 상사에게도 웃는 얼굴로 바른말을 할 줄 아는 유일한 사람이 아니었던가?

"그런데 바람 피워서 헤어진 줄은 어떻게 알았어? 나 아무한테도 말 안 했는데."

"딱 답 나오죠. 대리님, 프로필 사진 바꾸신 게 한 달 정도 됐잖아요. 근데 벌써 결혼을 했으니까요."

"은근 머리 잘 돌아가."

이 역시 빈말은 아니었다. 빠른 판단력 덕분에 강준은 현재 이사님의 가장 큰 기대를 받고 있는 팀원이기도 했다.

"나 축의금 4만 4천 4백 4십 원 냈다?"

"대리님답네요."

강준이 미세하게 미소를 지으며 말했다.

"그럴 리가. 난 평소 청순가련하고 내성적인 지극히 여성스러운 여자라고. 이런 생각을 한 건 엄청 반항한 편이야."

"아니요, 대리님다워요. 몇 번을 생각해 봐도."

"너 대체 나를 평소에 어떻게 생각하고 있던 거야?"

눈을 얇게 뜨고 옆에 앉은 강준을 째려보았다. 언제부터 바라보고 있었던 걸까. 강준의 시선이 곧장 애정에게 닿았다. 강준은 마주친 애정의 눈을 피하지 않았고…… 그녀 역시 피하지 않았다.

두 사람은 한참 그렇게 서로를 눈에 담고 가만히 바라보았다. 그러다 맥주 때문에 트림이 올라올 것 같아서 애정이 먼저 시선을 피했다.

"강준아."

"네."

"아까 여러 가지 이유라고 했지? 다른 건 또 뭐가 있어?"

"지금 말해요? 많이 놀라실지도 모르는데."

장난기를 가득 실어 넣은 애정과 달리, 강준의 목소리는 단호하고 진지하기까지 했다. 기세에 눌려 애정은 차마 솔직하게 말하라고 대답하지 못했다.

"아니."

살짝 어색해하는 모습을 눈치챘는지 강준은 시선을 돌리고 맥주를 마셨다. 오늘은 하루 종일 이상한 것투성이다.

"그냥 말하지 마."

"지금만요, 아니면 평생이요?"

애매모호한 대답에 망설이는 애정을 보며 강준은 다시 입술을 떼어 냈다.

"평생이라고 약속은 못 해요. 언젠가는 해야 할 말이었으니까요."

"지키지 못할 약속이라고 당당하게 말하네."

"전 지키지 못할 약속은 절대 안 해요."

"그래. 그럼 지금은 그냥 말하지 마."

시큰둥한 목소리로 대답하며 맥주를 마시다가 딴생각에 빠진 탓인지 턱이 빠진 사람처럼 애정은 줄줄 맥주를 흘리고 말았다.

"맥주나 흘리면서 마시지 마요. 애처럼."

아차, 할 틈도 없이 강준은 휴지를 들어 애정의 턱을 닦아 주었다.

"뭐야, 내가 닦을 수 있어."

"닦을 수 있는 거 몰라서 닦아 주겠어요?"

또다시 의도를 제대로 파악할 수 없는 애매한 강준의 말에 애정은 어리둥절한 눈빛을 지었다. 강준이 싱긋 웃었다.

"아직 말하지 말라고 했으니까요."

제 턱에 흘린 맥주를 닦은 휴지를 손에 꼭 쥔 강준은 자신을 갸우뚱 바라보는 애정의 시선을 피해 한강을 바라보았다.

그 옆모습에서, 그러니까 벌써 1년을 넘게 함께 일한 직장 후배에게 간질간질한 감정을 느꼈다.

이상하다.

애정에게는 이전에 없었던 참, 이상한 하루였다.

02

박강준이 이상하다.

　그 문자가 온 것은 퇴근을 10분 앞둔 시간이었다. 평소에 하지도 않았던 저녁을 먹자는 메시지를 보내왔다.

　"옆자리 앉았으면서 무슨 메시지야?"

　의자를 끌고 가 덤덤하게 말을 던지면서도 사실은 강준의 제안에 대해 이상할 정도로 감정이 꿈틀거리고 있었다.

　"대놓고 말하면 다른 사람들도 같이 가자고 할까 봐서요."

　강준은 허리를 굽혀 모두의 시선을 피한 후에야 아주 작은 목소리로 속삭였다. 애정 역시 덩달아 자세를 낮춰 강준과 눈을 마주했다.

　"그게 무슨 말이야?"

　"말 그대로예요."

　"다른 사람이 같이 가자고 하는 것이 싫은 이유는?"

"대리님이랑 단둘이 먹고 싶어서요."

지나치게 솔직한 대답에 애정은 크게 당황했다. 그렇게 생각하지 않으려고 해도 '얘 나 좋아하는 것 같아' 라는 생각이 강하게 몰려왔다. 그러지 않고서는 남자 친구와 헤어진 것을 알자마자 이렇게 대놓고 들이댈 일이 없잖아?

단순히 저녁을 먹자는 게 아니라 단둘이 먹고 싶다는 것은 확실히 다른 것을 의미하고 있음을 애정은 쉽게 가늠할 수 있었다.

하지만 이내 괜히 김칫국을 원샷 하는 걸 수도 있다고 여기며 고개를 있는 힘껏 내저었다. 제 메신저에서 본 친구를 소개시켜 달라고 저렇게 잘 보이려 노력 중일 수도 있다. 애써 그렇게 돌려 생각하며 애정은 자꾸만 통째로 들이키려는 김칫국을 조용히 내려놓았다.

"네가 왜 나랑 단둘이 저녁을 먹고 싶은 건데?"

"오래전부터 그러고 싶었어요. 다만 남자 친구가 오해하실까 봐 못 그런 거죠."

"오해?"

"네. 제 비주얼이 다른 남자들이 딱 오해하고 질투하기 좋잖아요."

김칫국이 아닌가?

부정해야 하는데, 꼴사나운 자랑질은 관두라고 핀잔을 줘야 하는데, 애정은 그저 배고픈 붕어처럼 입만 뻥긋거릴 뿐이었다. 싱긋 웃어 보이는 강준에게서 왠지 달콤한 솜사탕 냄새가 날 것만 같았다.

그의 말대로 강준의 외모는 첫사랑의 이미지와 매우 잘 맞는 외모였다. 좀 많이 훈훈한데다가 어딘가 모를 애틋한 얼굴을 지녔다고 해야 하나. 모성애를 자극시키면서도 어딘가 모를 관능적인 남자다움이 있었다.

남자와 소년. 그 두 가지 모습을 전부 그러쥐고 있는 것만 같은 박강준.

아무튼 여자 친구가 있는 남자들이라면 그야말로 경계할 만한 외모와 비율을 가지고 있는 건 절대 부정 못할 사실이었다.

"레스토랑 예약해 놓을게요."

어차피 집에 들어가 봤자 혼자 맥주나 마시며 우울해할 거 차라리 낫다는 생각이 들었다. 하지만 메뉴 선택이 별로였다.

"레스토랑은 무슨. 요 회사 앞 주꾸미 볶음 집이나 가자."

요즘엔 술을 마시지 않으면 통 잠이 오질 않았다. 집에 혼자 맨 정신으로 있다 보면 누군가에게 열렬히 사랑받지 못하는 제 모습이 가끔 지나치게 초라하게 느껴졌다. 술이라도 핑계 삼아 펑펑 울어야 자존심이 덜 상했다. 혼자 있는데도 자존심을 챙기는 스스로가 참 한심하게 느껴지기도 했다.

하지만 살다 보면 스스로의 감정에 충실할 수 없는 상황이 있는 법이다.

"주꾸미요?"

"응."

"알았어요."

퇴근하자마자 두 사람은 곧장 주꾸미 볶음 집으로 향했다. 주꾸미 볶음 하나와 소주 한 병, 그리고 주먹밥을 앞에 두었다.

애정이 익숙하게 소주를 팔꿈치로 팍팍 치자 강준이 실없이 웃었다.

"일단 밥부터 먹어요. 주꾸미 볶음은 너무 맵고 소주는 써서 속이 남아나질 않을 거예요."

"강준아, 난 그런 생각이 들어."

"무슨 생각이요?"

"굳이 맵고 쓴 것을 먹지 않아도 속이 쓰릴 때가 많거든? 그건 내 마음에 상처가 생겼다는 뜻이잖아. 그렇지?"

빈 소주잔에 투명한 액체를 채우며 애정은 말을 이어 나갔다.

"근데 맵고 쓴 것들을 먹으면 그거 때문이라고 핑계를 들수 있어서 오히려 좋아. 난 핑계가 필요해."

쓰디 쓴 소주를 들이켰다. 매운 주꾸미 볶음을 입에 넣고 아드득 씹어 먹었다. 급하게 계란찜을 추가한 강준은 그 부드러워 보이는 것을 반쯤 들어 애정에게 내밀었다.

"이거라도 같이 먹으면 좀 덜 쓰리겠죠."

"고맙다."

"술 마시면 그 사람 생각나요?"

"누구?"

"전에 사귀던 남자요."

"사실 생각 안 난다면 그건 거짓말이겠지. 억울해서라도 생각나지. 머리라도 한 대 쥐어박고 올걸, 분해서 생각날 때도 있지. 아직까지 공중에 대고 이불 킥을 차기도 해."

연신 비워지는 애정의 잔을 강준이 채워 주었다. 애정은 고개를 내려 잔을 채운 투명한 액체를 멍하니 바라보았다. 사람을 앞에 두고 깊은 사념에 빠져 있는 상대방에 낮게 한숨을 내쉬거나 말을 꺼낼 만도 한데, 강준은 오래도록 애정을 가만히 바라보며 기다려 주었다.

겨우 사념에서 빠져나온 애정이 잔을 들었다.

"사람은 다 행복해지려고 살잖아. 내가 꿈꾼 건 그 자식과의 행복인데, 그 자식은 그냥, 행복뿐이었나 봐. 그래서 나만 이렇게 억울한 모양이야."

말을 끝낸 애정은 술을 입에 털어 넣고 주꾸미를 숟가락으로 퍼서 먹으려고 했다. 그 위에 강준이 계란찜 덩어리 하나를 올려 주었다.

"대리님한테는 시간이 좀 필요하겠네요."

"응?"

"그냥요. 시간이 좀 필요할 거 같아서요."

좀 전과는 다르게 많이 차분해진 강준의 목소리에 의아해하며 애정은 숟가락 위에 있는 주꾸미와 계란찜을 입에 욱여넣었다. 그때 갑자기 강준의 손이 애정의 입가로 뻗더니 무언가를 쓱 닦고 물러났다. 애정은 깜짝 놀라 몸을 뒤로 뺐다.

"너 왜 평소 안 하던 짓을 해?"

오늘따라 유난히 자상한 강준에 의아해하며 물었다. 그러자 그가 싱긋 웃어 보였다.

"그동안 하고 싶었는데 안 했던 거예요."

"뭐? 왜?"

"말했잖아요. 남자 친구가 오해할까 봐서 그랬다고."

"내가 물은 건 그게 아니었는데."

"그럼 뭔데요?"

"이런 행동을 왜 하고 싶었냐고 물은 거야."

나름 허를 찌르는 애정의 질문에 당황이라도 했는지, 강준의 적당히 붉은 입술이 다물어졌다. 괜한 것을 물어봤나, 괜히 어색해진 분위기를 전환하려고 소주를 든 순간 귀로 충격적인 말이 들려왔다.

"좋아해서요."

믿을 수 없는 말에 애정의 두 눈이 휘둥그레지고 말았다.

"뭐?"

"좋아한다고요. 대리님을요."

"……."

"원래 조금만 더 기다렸다가 좀 멋진 곳에서 고백하고 싶었는데. 그래서 레스토랑으로 가자고 했잖아요."

그리 말하며 미간을 구기는 강준이 이 와중에도 어쩐지 귀여워 보여 애정은 놀려 보고 싶었다.

"지금 짜증 내는 거야?"

"누가 짜증을 내요?"

"얼굴에 덕지덕지 묻었구만. 신경질."

"누가 고백하면서 짜증을 내겠어요. 다만 그냥 아쉬워서 그렇지. 멋이 없는 것 같아서."

아쉬움이 역력해 보이는 강준과 달리, 애정은 여전히 얼빠진 모습을 하고 있었다.

"대체 언제부터……."

"한 8개월 전부터? 그날, 생각나요?"

"언제?"

"입사하고 과장님한테 처음 혼나고 기분 꿀꿀하던 날. 그날 대리님 술 사 주셨잖아요."

"아! 기억 날 듯, 말 듯."

"취하신 채로 오징어 씹으시면서 제 어깨 붙잡고 테크노 댄스 추던 날이요."

"그런 건 제발 좀 기억에서 삭제시켜 주면 안 될까?"

"머리카락에서 너무 좋은 냄새가 났어요."

"다행이다."

"입에서 오징어가 날아갔다고 우셨잖아요. 그래서 제가 입에다가 다시 오징어 넣어 줬었는데."

"바닥에 떨어진 오징어를?"

"아니요. 새 오징어요."

"그랬구나."

"그날 진짜 귀여웠는데."

오징어 얘기를 하는 것치고는 심각해 보이는 강준의 표정에 장난칠 수도 없었다. 애정은 애꿎은 주꾸미 볶음만 뒤적거렸다.

이 와중에 양파가 너무 많아 주인장에게 한마디 하고 싶은 마음이 솟아올랐지만 관뒀다. 주꾸미 볶음이 아니라 양파 볶음이다, 이건.

심란해서 음식을 뒤집고 있는 제 모습을 혹시 없는 주꾸미 찾으려고 열렬하게 뒤지고 있는 중이라 착각할까 싶어 젓가락을 내려놓으려는데, 그 손을 강준이 가볍게 잡아 제지시켰다.

"나는 주꾸미를 찾으려던 게 아니⋯⋯."

"술에 취해서 비틀거리는 모습에 걱정이 되기도 했고⋯⋯. 취해서는 말귀를 제대로 못 알아들어서 웅? 웅? 거리며 입술을 모으며 되물어보는데."

갑자기 말을 끊은 강준이 가만히 애정을 바라보았다. 서른, 네 번의 연애 경험을 한 애정은 강준의 눈빛이 무얼 의미하는지 알고 있다.

쟤 나한테 푹 빠진 것 같아. 어쩜 좋지? 그날 분명 날 두고 야한 상상을 했던 거야!

"키스하고 싶었어요."

아니나 다를까! 강준의 입술에서 기어코 그 말이 나왔다.

"키스까지?"

"네. 그래도 할 수 없었죠."

"했으면 짐승만도 못한 거지⋯⋯."

"그래서 안 했잖아요."

어색해진 분위기가 싫어 애정은 강준에게 잡힌 손을 슬그머니 놓으며 또다시 술잔을 입안에 털어 넣었다.

"사실 그날부터 좋아한 줄 알았는데, 돌이켜 생각해 보면 그것도 아니었던 것 같아요."

"무슨 말이야?"

"입사하고 얼마 안 되서부터 별말 없는 대화에도 자꾸 웃게 되고, 쳐다보게 되고……."

"너 나한테 첫눈에 반했구나."

"쉽지 않은 일인데, 그렇죠?"

"무슨 뜻이야?"

"첫눈에 반하는 일이요."

"아, 난 또 누가 나한테 첫눈에 반하는 게 쉽지 않은 일이라는 줄."

"에이, 설마요. 대리님 진짜 예쁘다니까요."

"내가 예뻐?"

"정석으로 예쁜 건 아니지만, 특유의 매력이 있어요. 처음 봤을 때부터 사람을 끌리게 했어요. 그저 보는 것만으로 좋았던 대리님을 언제부턴가 욕심내기 시작했으니까."

강준은 제 빈 잔에 술을 채우며 말을 이어 갔다.

"그래도 참아야 했죠. 임자 있는 사람 넘보는 건 비겁한 짓이니까."

"전혀 몰랐어."

"전혀 모르게 하는 게, 맞는 거죠."

전 남자 친구가 바람을 피워 헤어져서인지 적어도 임자 있는 사람을 넘보는 건 비겁한 짓이라는 강준에게 믿음이 갔다.

"그래서 결론은 네가 날……."

"좋아한다고요."

"그래."

하지만 믿음과는 별개로 머릿속은 혼란스러웠다. 어떤 대답을 해야 할지 감이 안 잡혔다.

애정은 심장이 두근거리고 설레는 사랑을 하고 싶었다. 그래서인지 언제나 연애를 시작할 때, 고백을 받기보다는 하는 입장에 많이 섰었다. 사랑을 받는 것보다 주는 것이 더 기뻐서였다. 그만큼 사랑이라는 감정을 세상에서 가장 소중한 것으로 생각했고, 그 소중한 것은 다시는 돌아오지 못할 귀중한 시간과 비례했다.

한마디로 사랑하지 않는 사람들과는 시간을 낭비하지 말자는 게 애정의 연애 수칙이었다.

사실 강준에게 설레지 않는 게 솔직한 심정이었다. 외모뿐만 아니라 부드러운 목소리까지 모든 것이 완벽했지만 지난 1년 6개월 동안 직장 동료이자 후배로만 여기고 있던 강준이 갑자기 남자로 보일 리가 없었다.

태형에게 끼워져 있던 콩깍지에서 벗어난 지 얼마 안 된 탓인지 애정은 이리도 완벽한 강준을 눈앞에 두고도 설레지 않았다. 열심히 삽질해서 만든 구덩이에 푹 빠져서 허우적거리다가 겨우 빠져나온 상태였다. 그 정신없는 상황에서 아무것도 하고 싶지 않았다.

"미안해. 난 이 고백 못 받겠어. 지금은 연애하고 싶은 마음이 없거든."

"창피하네. 대놓고 차이니까."

"그럼 잠깐 이러고 있어 줄까?"

애정이 들고 있던 앞치마로 제 얼굴을 가렸다. 죽어도 그냥 가자는 말은 못 하겠다. 앞에 놓인 주꾸미 볶음이 너무 먹음직스럽게 익어 버리는 바람에.

"나 지금 너 안 보여."

"됐어요. 주꾸미 볶음이나 먹어요."

강준이 미세하게 웃으며 애정이 가리고 있는 앞치마를 손으로 끌어 내렸다.

"이거 다 먹고 밥도 볶아 먹자."

"그래요."

미세하게 입꼬리를 끌어 올려 웃으면서도 나지막하게 한숨을 내쉬며 시선을 떨어트리는 강준을 보며 적어도 이 남자와의 관계는 여기서 끝일 줄 알았다.

하지만 아니었다. 강준은 생각보다 끈기가 상당했고 씩씩한 남자였다.

연애 같은 거, 상대방에게 내 감정을 전부 내주는 것 따위 다시는 하고 싶지 않던 그녀의 마음을 거침없이 두드리겠다고 다짐한 강준이 의미심장한 눈빛으로 애정을 바라보았다. 그녀는 미처 눈치채지 못했지만.

"정말 갔다 왔어?"

이틀간 출장을 다녀온 윤혜가 집으로 놀러 왔다. 한 손에는 애정이 환장하는 연어 회, 다른 손에는 역시 없어서 못 마시는 좋아하는 맥주를 잔뜩 들고서.

"응. 축의금 4만 4천 4백 4십 원 내고 왔어."

"와, 너답다."

"대리님답네요."

문득 그날 같은 말을 했던 강준이 떠올랐다.

괜히 부끄러워져 부드러운 연어를 입에 넣어 살살 녹여 먹었다. 적당히 도톰하면서도 느끼한 게 너무 맛있어 자꾸만 손이 갔다.

"연어 맛있다. 역시 연어는 이렇게 두꺼워야 맛있어."

"자세히 얘기 좀 해 봐. 그렇게 호기롭게 가더니 시원하게 복수라도 해 주고 왔어?"

태형의 결혼식에 갈 거라고 하니 윤혜는 뭐 하러 거기까지 가서 못 볼 꼴을 보려 하느냐며 적극적으로 말렸었다. 하지만 기어코 전 남자 친구 결혼식을 다녀온 친구를 진심으로 걱정하는 눈빛을 하고서 묻는 윤혜에 애정은 애써 덤덤한 미소를 날려 주었다.

"응. 얼굴에 죽빵 한 대를 시원스럽게 날리고 왔지."

"정말?"

가뜩이나 큰 윤혜의 눈이 더 커졌다. 애정은 배시시 웃는 얼굴을 하고서는 고개를 내저었다. 윤혜의 어깨가 푹 꺼졌다.

"실망하는 거야?"

"죽빵 한 대 시원스럽게 날릴까 봐 뒷일 생각해서 걱정은 했다만, 그래도 그게 속 시원할 뻔했어."

"못 하겠더라, 막상 그 자식 얼굴 보니까. 죽빵은커녕 입으로 망신 주는 것도 못 하겠던데."

"으이고, .마음은 또 여려 가지고."

"그런가?"

"그게 마음 약한 거지 뭐야."

"나만 과거에 집착하고 미련 갖고 있는 거 아닌가 싶어서. 그게 너무 자존심 상해서 그랬던 것일지도 몰라."

덤덤하게 대답하며 부드러운 연어를 입어 넣고 맥주를 한 모금 마셨을 때 휴대폰이 울렸다. 강준에게서 온 메시지였다.

〈뭐 하고 있어요?〉

애정은 답장하지 않고 휴대폰을 아예 뒤집어 놓았다. 그 모습을 윤혜가 의아하게 바라보았다.

"누군데 그래?"

지금은 강준에 대한 존재를 알리고 싶지 않았다. 무엇보다도 함께 일하는 동료이기에 더욱 신중해야 했다. 사내 연애는 여러모로 위험 요소가 많았다. 중간에 헤어지기라도 하면 평생 누구의 전 여자 친구라는 꼬리표를 달게 될 뿐만 아니라 서로 보기도 껄끄러워질 터였다.

"직장 상사. 조 과장이라고."

"이 시간에?"

"응. 짜증 나 죽겠어. 별 중요한 말도 아니면서 왜 문자질인지."

'문자질'이라는 말은 생략할 걸.

강준을 직장 상사인 조 과장 취급하는 것은 매우 유감스러운 일이었지만 어쩔 수 없었다. 다행히도 윤혜는 그냥 넘어가 주었다. 대신 그녀의 한숨이 더욱 깊어졌다.

"애정아."

"응?"

"나 재호랑 헤어질까?"

"어?"

윤혜와 재호는 애정의 15년 지기 친구이자 10년째 열애 중인 커플이다. 중학교 때부터 함께 붙어 다니던 친구들의 연애를 옆에서 줄곧 봐 오던 애정은 그들이 늘 부러웠다. 가장 가까운 곳에서 서로를 챙겨 주고 절대 헤어지지 않을 것만 같았다. 사소한 습관까지 서로 잘 알고 있는 두 사람을 보며 이별의 아픔에 시달릴 때마다 저런 사랑을 하고 싶다는 생각을 종종 했었다.

그런데 이별이라니. 애정은 자신이 알지 못하는 무언가가 둘 사이를 가로막고 있을지도 모른다는 생각이 들었다.

"왜?"

상투적이고 지극히 평범한 질문에 윤혜가 맥주를 그대로 들이마셨다.

"있잖아. 서른이나 먹어서 사랑을 운운하는 건 어리석은 짓일까?"

"그게 왜 어리석은 짓이야? 당연히 사랑이 있어야지. 사랑이 없는 세상을 어떻게 살아?"

"주변 사람들은 그래. 그깟 사랑 때문에 더 많은 것을 놓치지 말라고. 사실 그렇잖아. 재호가 능력이나 집안이 좋은 편도 아니고……."

잠시 머뭇거리던 윤혜가 아랫입술을 지그시 깨물었다. 얼굴이 많이 고단해 보였다. 선뜻 어떤 말을 꺼내야 할지 몰라 애정은 한참을 망설였다.

손에 들린 맥주 캔이 두 개 정도 비어지고 윤혜의 손에 들려 있던 세 번째 맥주 캔이 비어 나갈 때쯤 애정은 어렵사리 입술을 떼어 냈다. 이미 취기가 조금 올라와 있는 상태였다.

"재호가 변했어?"

애정의 질문에도 윤혜는 여전히 묵묵부답으로 눈만 끔뻑일 뿐이었다.

"아니면…… 네가 더 이상 재호를 사랑하지 않는 거야?"

마지막 말에 결국 윤혜가 눈물을 터트리고 말았다. 어깨까지 심하게 들썩이며 우는 친구를 애정은 달래 줄 수가 없었다.

아니, 솔직히 달래 주고 싶지 않았다.

"그래, 실컷 울어. 네가 내 앞에서 아니면 어디서 울겠어?"

"요즘 연락도, 만나는 것도 뜸해졌어. 어쩌다 한 번씩 만나면 함께 있을 때마다 다른 생각을 하거나 휴대폰만 보고 있어."

"……."

"아직도 재호를 많이 사랑해. 그래서 두려워. 재호는……
재호는 더 이상 나를 사랑하지 않을까 봐서."

세상 사는 게 너무 어렵고 고단하다. 그중에 제발 사랑 하
나만큼은 쉽다면 얼마나 좋을까.

애정은 그저 조용히 윤혜를 안아 주는 것으로 위로를 대신
했다.

"정 대리, 이리 와 봐!"

아침부터 저게 또 시작이다. 조 과장의 부름에 애정은 마
음속 가득 불만을 품으며 일어섰다. 그래도 얼굴 가득 경련
이 날 정도의 웃음을 장착하는 것은 나이 서른에 또 이력서
를 작성하고 면접을 보러 다니고 싶지 않은 그녀의 발버둥이
었다.

"네, 과장님. 무슨 일이세요?"

"내가 이거 제대로 파악해서 보고 올리라고 했지? 이렇게
가격을 크게 잡으면 죽어라 상품 개발하고 욕만 더럽게 먹는
다니까?"

이번에 새로 들어가는 상품의 재료들을 대량 거래하는 업
체들에 대한 가격 조정 보고서였다. 원래대로라면 조 과장이
했어야 할 일이었다.

한두 번도 아니고 매일 본인 일을 떠맡긴 주제에 당당한 모습이라니. 마음 같아서는 싸대기라도 후려 갈겨 버리고 싶은 것을 꾹 참고 애정은 대답했다.

"사실 이건 조 과장님 업무……."

"그래서 지금 불만이야? 하기 싫다 이거야? 오호! 내 할 일을 정 대리한테 미뤄서 하기 싫다, 이거구만?"

잔뜩 비꼬는 조 과장에 애정은 어금니를 다물었다.

"그건 아니지만……."

"그게 아니면 일을 똑바로 하면 될 거 아냐!"

차라리 벽에 대고 고함을 치는 것이 나았다. 사람이 무슨 말이 통해야지. 애정은 화를 억누르며 대답했다.

"네. 금방 다시 수정해서 보고 올리겠습니다."

"진작 그렇게 말하면 서로 껄끄럽지 않고 얼마나 좋아. 어?"

"네."

"그건 그렇고, 이사님 출장 일주일 미뤄졌다는 거 사실이야?"

조 과장은 속 보이게 낄낄 웃으면서 사무실 직원들에게 물었다.

"네, 그렇다고 하시네요."

"들리는 소문에 의하면 이번 출장이 이사님을 스카우트하려는 다른 기업과의 만남 때문이라는 것이 있던데, 그게 진짜인가?"

조 과장이 시큰둥한 얼굴로 말했다. 애정은 이때다 싶어 고개를 틀고서 대답했다.

"네. 워낙 능력이 좋으시잖아요. 스스로 능력을 증명하시는 분이시니까요."

"그거 지금 내가 업무 미뤘다고 비꼬는 거야?"

"그렇게 들리셨어요? 정말 오해세요."

애정은 손까지 내저으며 부정했다. 하지만 조 과장의 잔뜩 뒤틀린 눈빛은 애정을 피해 가지 않았다.

"처리 제대로 못 한 제 잘못이죠. 오해 푸세요."

이 밴댕이 소갈딱지야.

이 더럽고 치사한 사회생활에서 매장당하고 싶지 않다면 참아야 했다.

하지만 도저히 열불이 나서 업무에 집중을 할 수 없었다. 의자를 벅차고 일어나고 싶은 충동이 가득했지만, 조 과장의 시선이 여전히 제게 꽂혀 있다는 것이 느껴져 애정은 최대한 조심스럽게 엉덩이를 떼었다.

"커피나 한 잔 때려야지. 자판기 커피로다가."

반쯤 정신 나간 애처럼 노래까지 흥얼거리며 사무실을 빠져나왔다.

"아, 빡쳐! 내가 진짜 이놈의 회사를 때려치우든가 해야지!"

옥상으로 향하려다가 보는 눈이 많을 것 같아서 근처 공원으로 향했다. 공원 벤치에 앉아 한참을 씩씩거리고 있는데, 머리 위로 까만 그림자가 드리웠다.

천천히 고개를 옮겨 바라본 곳엔 강준이 서 있었다. 화가 날 때 종종 사무실에서 뛰쳐 나왔건만, 이런 적은 한 번도 없었다. 이것도 혹시 며칠 전에 했던 고백과 연관된 행동일까? 이젠 아예 대놓고 들이대기로 작정한 건가?

거기까지 닿은 생각 때문이었을까, 애정은 강준을 예전처럼 대할 수가 없었다. 아무렇지 않게 말을 걸 거나 때때로 웃다가 습관처럼 스킨십 같은 것도 했던 사이였는데, 요즘엔 그런 것들이 전부 어색해져 버리고 말았다.

"화가 날 때는 공원이 아니라 옥상을 선택하는 게 더 적합해요."

강준이 시원스럽게 깐 음료수를 건네며 말했다.

"왜?"

"옥상에 올라가면 세상이 다 내 발밑에 있는 기분이 들어요. 그럼 아주 조금 위로가 될 때가 있어요."

"그럴 수도 있겠네."

그래도 씁쓸함이 가시지 않았다. 음료수를 홀짝이며 우울한 감정과는 달리 유난히도 푸른 하늘을 질투하듯 올려다보았을 때였다.

툭.

강준이 팔꿈치로 애정의 팔을 쳤다. 그 바람에 애정의 몸이 비틀거렸다.

"왜 쳐?"

말은 툭툭 내뱉었지만 강준이 저를 위로하려는 것을 알고 있었다.

"그냥요."

실없이 미소 짓는 강준의 모습이 어처구니가 없어 애정도 웃어 버리고 말았다.

"짠 할래요?"

"이 음료수로?"

"네, 이렇게."

캔끼리 가볍게 맞부딪치자 강준이 또다시 싱긋 웃어 보였다. 레몬 과즙 같은 상큼한 웃음에 괜스레 어색함도 사라져 버려 애정의 기분 역시 좋아졌다.

"어제 문자는 왜 씹었어요?"

하지만 그것도 잠시, 갑작스러운 말에 당황한 애정은 뿜을 뻔한 음료수를 겨우 넘겼다. 게다가 해맑게 웃는 얼굴과 목소리로 물어 오고 있었기에 더욱 당황할 수밖에 없었다. 목이 다 따가웠다.

"나 방금 네 얼굴에 이 음료수 뿜을 뻔했어."

"뿜지 그랬어요."

"이상한 취향이 있네."

"그럼 미안해서라도 내 얼굴을 직접 닦아 줄 거 아니에요."

애정이 눈을 굴렸다. 만약 그런 실수를 했다면 두말할 것 없이 강준의 말대로 직접 얼굴을 닦아 주겠다고 나섰을 거였다.

"그럼 난 오히려 좋을 것 같은데."

"지금이라도 해 줄까?"

애정이 입안 가득 음료를 담고 볼을 부풀렸다.

"이제 그만 들어가죠."

강준이 정색을 하며 일어섰다.

"그렇다고 그렇게 정색을 하나?"

정색한 채 급하게 일어서는 강준에 애정도 음료수를 삼키며 따라나섰다.

"좀 독특한 취향을 갖고 계시는 것 같아서."

금세 복수하는 강준에 애정이 눈을 얇게 뜬 채 흘겼다.

"그 소리 듣고 아무렇지 않은 척하더니, 마음에 담아 두고 있었구만?"

"문 턱 조심하시고요."

강준의 말 덕분에 하마터면 발이 걸려 로비 끝까지 자빠져 날아갈 뻔한 위험을 모면한 애정이 호흡을 가다듬었다.

"와, 큰일 날 뻔했다."

"그런 일 안 생기게 해 줄게요."

결국 체념한 듯 애정은 고개를 내저으며 강준보다 앞서 걸어갔다. 하지만 우울했던 기분은 어느새 싹 사라져 버린 후였다.


정신을 억지로 가다듬고 한참 업무를 보고 있는데, 화창했던 날씨가 심상치 않아 보이더니 세찬 비가 쏟아졌다.

"휴우."

애정은 우산을 챙겨 오지 않았다는 사실이 떠올랐다. 소나기이길 바랐지만 하늘이 그녀의 소원을 들어줄 리 없었다.

너무 작은 것을 바라서 그러는 건가?

복권 당첨되게 해 주세요. 아니면 제가 좋아하는 배우와 운명처럼 만나서 결혼하게 해 주세요!

괜히 심술이 나서 마음속으로 외치며 창밖을 바라보았다.

"후, 이래저래 비 오는 건 정말 싫은데."

새벽하늘처럼 어두컴컴해진 세상 밖을 창문 너머로 바라보며 내뱉는 애정의 한숨 소리가 시간이 지날수록 더욱 깊어졌다.

회사 바로 옆 건물의 편의점이 떠올랐지만 거기까지 뛰어가는 도중에 몸이 다 젖어 버리거나 미끄러워 자빠질 것이 분명했다. 이러지도 저러지도 못해 난감한 얼굴로 로비를 서성거리고 있는데, 엘리베이터 문이 열리더니 강준이 나왔다.

"여기서 뭐 하세요?"

오늘도 함께 저녁을 먹자던 강준을 약속이 있다는 핑계로 뿌리치고 먼저 사무실을 나왔다. 자꾸만 다가오는 강준에 정이라도 쌓이게 되면 또 상처만 난무하는 지겨운 연애를 시작하게 될 것만 같은 두려움이 있었다.

애정은 당분간 강준을 피하기로 결심했다.

하지만 그 결심이 무색하게도 사무실에서 제일 먼저 튀어 나간 애정이 로비에서 고양이를 발견한 생쥐처럼 안절부절못한 채 서성거리고 있으니, 그가 의아해하는 것은 어쩌면 당연한 일이었다.

"사실 내가 우산을 안 가져와서."

다르게 변명할 것이 없어서 솔직하게 말했다. 그녀의 대답에 강준은 손에 들고 있던 가방에서 우산을 꺼냈다가 다시 집어넣었다. 꺼낸 우산을 당연히 건네줄 거라 예상하고 손을 내밀었던 애정은 뻘쭘해진 손을 슬그머니 내렸다.

머쓱해지려는 순간 강준의 목소리가 다시 들려왔다.

"데려다줄게요. 약속 장소까지."

"그럴 필요까지 없어."

"제 감정을 고작 친절이라는 광대한 감정으로 확정 짓지 마세요. 이건 친절을 베푸는 게 아니라 좋아하는 사람에게 하는 관심의 표현이에요."

얘는 뭐가 이리도 저돌적이야?

눈 하나 끔뻑이지 않고 말하는 강준에 애정의 몸은 괜한 긴장감에 휘말렸다.

"여기서 기다려요. 차 빼 올게요."

"응."

얼떨결에 대답을 해 버렸다. 깔끔한 검은색 삼단 우산을 쓰고 밖으로 나가 지상에 세워 둔 차로 향하는 강준의 뒷모습을 멀거니 바라보았다.

듬직한 어깨, 쭉 뻗은 라인을 따라 비율 좋은 몸매까지.

강준의 뒷모습이 원래 저렇게까지 듬직했나?

그건 그렇고 큰일이었다. 처음부터 약속 같은 건 없었기에 둘러댈 만한 장소를 찾아야 했다.

애정의 손이 빨라졌다. 제일 먼저 윤혜에게 전화를 걸었지만 받지 않았다. 그다음은 신재호. 이 녀석은 더 받을 리가 없지. 누구한테 하지?

전화번호 목록을 뒤져 보았다. 하지만 목요일의 초저녁에

선뜻 만나 밥 한 끼 먹을 만한 사람이 없었다. 전화도, 메시지도 없는 참 심심한 휴대폰이었다.

시계나 알람용으로 사겠다고 한 달에 그 많은 돈을 내는 건 절대 아닌데. 서른 인생 동안 여태 뭐 하고 살았지?

갑자기 회의감이 몰려오던 찰나에 강준이 차와 함께 돌아왔다.

"타요."

지금 이 시간 유일하게 자신과 함께하고 싶어 하는 사람은 있었다. 무척이나 부담스러우면서도 그래도 저에게 관심을 가져 주는 사람이 있다는 것에 안심이 된다.

"어디에 세워 드리면 돼요?"

"지하철역 앞에서 세워 줘. 홍대로 넘어가야 하거든."

그래도 끝까지 거짓말을 할 수밖에 없는 건, 자존심 때문이었다. 만날 사람이 없다는 것도, 열심히 살아왔다고 생각한 제 옆에 아무도 없다는 것도 인정하기 싫었다.

쓸데없는 똥고집이라 생각하면서도 애정은 거짓말을 했다. 이게 다 태형 때문이었다. 인생에 도움 하나도 안 되는 놈을 만나고 다니느라 대인 관계에 소홀했었다.

실컷 남 핑계를 대면 기분이라도 좀 좋아질 줄 알았는데, 딱히 그런 것도 아니었다.

"홍대까지 데려다줄게요."

"아니야! 중간 지하철에서 친구를 만나기로 했어."

애정은 어른이 되기 싫었다. 자꾸 거짓말만 느는 것 같아서.

"알았어요."

끝끝내 애정은 자신의 외로움을 말하지 않았다. 이윽고 차는 지하철역 앞에서 멈췄다.

"잘 가."

"이거요."

강준이 제 가방에 있는 우산을 꺼내 건넸다.

"고마워. 내일 꼭 가져다줄게."

"네."

강준이 가볍게 손을 흔들며 인사를 건넸다. 먼저 들어가지 않으면 절대 출발하지 않을 것 같아 애정은 급하게 지하철역 안으로 들어갔다.

갈 곳은 집 밖에 없었다. 집이라도 있는 게 다행인 건데, 왜 이렇게 쓸쓸한지 모르겠다.


강준에게서 전화가 걸려 온 것은 밤 11시가 넘어서였다.

"응. 박강준."

―어디예요?

"어, 나 생각보다 친구랑 일찍 헤어져서 지금 집이야."

―아…….

아쉬운 기색이 역력했기에 그 이유를 물어보지 않을 수 없었다.

"그건 왜?"

―데리러 가려고 그랬죠. 밤이 늦었으니까.

늦은 시간에 혼자 집에 들어갈 것을 걱정해 주는 이가 있다는 사실에 안도감이 몰려왔다. 적어도 고독사로 사망하는 일은 없겠군.

"넌 집 아니야?"

ー집 맞아요.

기분이 이상하다. 집에서 쉬고 있는 와중에도 자신을 생각하고 있었을 강준을 떠올리면 마음이 간질간질해져 온다.

오롯이 혼자 있을 강준만의 공간에 자신이 함께 있다는 것이…… 묘하게 설레었다.

애정은 얼른 고개를 내저었다. 또다시 사랑이라는 감정이 고개를 들어 올리려는 것이 못내 마음에 들지 않았기 때문이었다.

그렇게 상처 받고 데여 놓고 또다시 흔들리려고 하다니.

"얼른 자."

ー졸려요?

"응. 졸려 죽겠어."

ー목소리는 완전 생생한데?

"넌 말이 짧은데?"

최대한 근엄한 목소리로 경고했지만 강준은 딱히 개의치 않아 하는 눈치였다.

ー좋겠어요. 나이 많아서 존댓말에 집착을 다 하고.

"칭찬 맞지?"

ー거기는 아직도 비 내려요?

누워 있던 몸을 뒤집어 창밖을 바라보았다. 바람 한 점 불지 않았고 평온했다.

"아니, 여기는 그친 것 같은데."

—여기는 아직도 비가 내려요. 그래서 대리님이 보고 싶어요. 기억 안 나세요? 제가 예전에 우산 안 가지고 왔을 때 말이에요. 대리님이 우산 씌워 주셨잖아요.

딱히 생각을 하고 베푼 호의가 아니라 그런지 기억이 안 났다. 침묵의 의미를 알아챘는지 강준은 서운한 기색을 내비쳤다.

—기억 안 나시는 구나.

"미안. 내가 보기와는 다르게 기억력이 좋은 편은 아니라서."

—그때도 참 좋았었는데. 키가 안 맞아서 발꿈치까지 들어 우산을 씌워 주다가 결국 모르겠다, 라면서 무심하게 저한테 손잡이를 건넸거든요. 그래서 비 오는 날에는 대리님이 더 생각나요.

강준의 설명에 얼핏 기억이 떠올랐다. 그래, 길 잃어버린 강아지처럼 회사 앞에 있는 모습이 안쓰러워 보여 우산을 씌워 준 적이 있었다.

아무 생각 없이 한 배려가 누군가에게는 설렘으로 다가갈 수도 있다는 것을 이제야 깨달았다.

—노래방을 봐도 대리님 생각나고.

"그건 제발 너의 기억이라는 메모리에서 딜리트(Delete) 시켜 줘."

—아무튼 그날 손이 닿았었는데, 너무 부드러웠어요. 꼭 심장이 전기 고문을 당하는 것만 같았어요.

"좋은 표현인 거지? 왠지 모르게 너무 잔인하게 느껴지는 건 내 기분 탓인 거니?"

따지고 드는 말에 휴대폰 너머의 강준은 그저 미세하게 웃을 뿐이었다. 잠시 침묵이 이어진 뒤 애정은 조심스럽게 입술을 떼어 냈다.

"강준아."

―네.

강준은 미미하게 변한 애정의 목소리를 바로 알아차린 듯 덩달아 가라앉은 목소리로 대답해 왔다.

"솔직하게 말할게."

―네.

"난 네가 이러는 거, 부담스러워."

휴대폰 너머 강준에게선 아무런 대답도 들려오지 않았다. 생각보다 길어지는 침묵에 애정은 너무 대놓고 말한 것 같아 후회가 몰려왔다. 본의 아니게 상처를 준 것 같아 급하게 머리를 굴리고 있는데, 강준의 목소리가 돌아왔다.

―앞으로 직장 상사와 직원 관계로 지낼 자신이 없어요. 나는……

"강준아."

―대리님 곁에 있고 싶어요. 직장 동료가 아닌 남자로.

꽤나 단호한 강준의 포부와 같은 대답에 애정은 입술을 지그시 깨물었다.

―언제 이렇게까지 젖었지? 라는 생각이 들도록 천천히 스며들 거예요. 대리님에게.

"……."

―가랑비처럼.

"가랑비처럼?"

―네. 그러니까 부담스러워하지 말아요.

강준과 전화를 끊고서 애정은 창문으로 다가갔다. 퇴근할 때까지만 해도 무서운 기세로 쏟아지던 빗줄기는 어느새 그쳐 있었다.

창문을 열어 조심스럽게 손을 뻗어 보았다. 그러자 기다렸다는 듯 비가 그쳤던 하늘에서 얇은 빗줄기가 내리기 시작했다. 가랑비가 점점 그녀의 손을 적시고 있었다.

"언제 이렇게까지 젖었지? 라는 생각이 들도록 천천히 스며들 거예요. 대리님에게."

언젠가는 강준이 제 손을 적시는 이 가랑비처럼 마음까지 적시는 날이 올까. 그날이 올 때쯤 내 마음도 강준을 향한 감정으로 흠뻑 젖어 있을까?

창문틀에 턱을 괴고 기대어 애정은 오래도록 바라보았다. 제 속도대로 천천히 세상을 적시고 있는 가랑비를.

03

주말 오후.

늦은 아침 겸 점심을 먹고 애정은 무작정 집에 있는 모든 창문을 열어 젖혔다. 오랜만에 대청소를 하기 위해서였다.

보이는 더러운 것들은 죄다 눈앞에서 치워 버렸다. 그러다가 태형과 찍은 사진들과 함께 공유했던 물건들을 발견했다.

그 자식은 이런 거 진작 버렸겠지? 사진을 한 장씩 훑어보니 이때까지만 해도 태형은 분명 오롯이 그녀만을 바라보며 웃었다. 그 옆에서 뭐가 그리도 좋은지 잇몸까지 보이며 웃고 있는 자신의 모습이 보였다.

분명 이 순간만큼은 행복했던 것이 분명했다.

그거면 된 거다. 무엇보다 나 역시 그와 함께했던 시간이 좋지 않았던가. 그 순간만큼은 내가 누릴 수 있는 가장 큰 행복을 누리지 않았던가?

더는 지나간 /과거에 대해 후회할 필요가 없었다. 태형과 함께했던 모든 것들을 박스에 가져다 버렸다.

버린 것은 단순히 물건만은 아니었다. 미련과 상처, 그 모든 것을 싸잡아 버렸다.

하늘을 올려다보았다. 청명한 것이 괜스레 기분이 좋았다.

"딱 오늘까지다."

과거의 나를, 그리고 태형을 생각하는 건 딱 오늘이 마지막이다.

더는 미련을 갖지 말자는 생각으로 박스 안 물건들을 버리기 위해 밖에 나왔을 때였다. 보풀이 잔뜩 올라온 싸구려 운동복 주머니에 넣어 둔 휴대폰이 울렸다.

강준이었다. 주말에 연락이 온 건, 함께 알고 지낸 지난 시간 동안 난생처음이었기에 받을까 말까 수없이 망설였다.

결국 전화가 끊겼다. 박스를 버리고 다시 집에 들어오자 휴대폰이 짤막하게 울렸다.

〈아직도 자요?〉

메시지를 확인하고 애정은 그대로 소파에 드러누웠다.

"박강준……."

강준에 대해서 생각을 좀 더 해 봐야 할 듯싶었다. 강준이 이전에 어떤 녀석이었지?

잘 웃고…… 잘 웃고…….

그래, 유난히도 잘 웃던 사람이었다. 대리님, 하면서 그저 잘 웃던. 남들은 강준의 얼굴을 보기만 해도 힐링이 되고 기분이 좋다고 했다. 잘생긴 것도 한몫했지만 특유의 티끌 없는 해맑은 웃음으로 주변 사람들에게는 비타민 같은 존재였다.

애정은 휴대폰을 손에 들고 녀석의 메시지를 다시 뚫어져라 보았다.

〈정말 아직도 자요?〉

메시지 하나가 다시 날아왔다. 결국 애정은 확인 버튼을 눌러 버리고 말았다.

〈아니, 안 자. 왜?〉
〈오늘 날씨가 좋아요.〉
〈그래서?〉
〈같이 자전거나 탈까 하는데.〉
〈나 자전거 못 타.〉
〈그럼 내가 태워 줄게요.〉
〈됐어. 피곤해.〉

분명 봤다고 뜨는데 답장은 오지 않았다.
톡톡.
이상하게 애정의 손가락이 불안할 정도로 화면을 건드렸다.

사람의 마음이 참 간사했다. 아직 강준이 남자로 보이지도 않으면서 이렇듯 자신과의 관계를 단정 짓는 것 같은 분위기를 풍기면 아쉽고 서운하다.

참, 이 발칙한 감정은 무엇인지. 스스로가 어이가 없어 비웃음을 터트리고 있는데, 휴대폰이 다시 울렸다. 이번엔 문자가 아니라 전화였다.

"여보세요?"

—피곤할 텐데 쉬세요. 내가 좀 귀찮게 굴었네요.

전화가 왔기에 집 앞이라며 얼른 씻고 나오라고 말할 줄 알았다. 그럼 못 이긴 척 나가려고 했다. 드라마를 많이 본 탓에 김칫국을 너무 마신 것 같았다. 다소 냉랭하게 들려오는 강준의 말에 애정은 서운함을 느끼며 눈알을 굴렸다.

"알았……."

—이라고 말해야 하는 게 정상인 거죠?

"뭐?"

막 끊으려는 찰나에 강준의 목소리가 바뀌었다. 냉랭에서 담백, 아니 담백보다는 달달?

—계속 나오라고 하면 날 질려 할 수도 있겠죠? 얘가 왜 이래, 하면서 가뜩이나 부담스럽다는데 더 부담스럽다고 피할 수도 있고요.

"……."

—근데도 계속 말하고 싶어요. 말 안 하면 내 손해니까. 부담스럽다고 해도 이걸 익숙해지도록 만들어야 하니까.

"강준아."

―나올래요? 나랑 놀아요.

주말의 오후는 지루하다. 선뜻 그러겠다고 말하고 싶었지만 애정은 여전히 대답을 망설였다. 며칠 전에도 느꼈다시피 괜찮다고 생각했던 강준에게 실망하거나, 상처 받고 싶지 않기 때문이었다. 단순히 자전거 타러 가는 거라고 생각하기가 쉽지 않았다.

"박강준."

―네.

"나는 네가 참 좋은 애라고 생각해."

―뜬금없이요?

"사람 말을 끝까지 들어 봐."

―알았어요.

"그런 너에게 상처를 주고 싶지도, 받고 싶지도 않아. 그런데 말이야. 연애를 시작하면 그게 불가능하더라고. 상처 같은 건 전혀 받지 않을 줄 알았는데……."

―조금 오글거리는 말인데, 아름다운 꽃도 피기 전까지 여러 고난을 겪잖아요. 그러니까 사랑에도 여물기까지의 상처가 있는 거예요.

"……."

―그냥 사랑만 하면 돼요. 사실 그게 쉽진 않지만.

"이러는 거 자존심 안 상해? 너는 계속 좋다는데 내가 밀어내고 있잖아. 이런 거 자존심 안 상해?"

―네, 안 상해요. 내가 좋아하는 거니까, 안 하면 괴로우니까. 괴로운 것보다 그깟 자존심 좀 상해서 얻는 기쁨이 더

크다는 걸 아니까요. 그래서 정애정 대리님 앞에서는 자존심 같은 거 없어요, 나.

강준의 말에 어쩐지 뒤통수를 가격당한 기분이었다.

"아직도 재호를 많이 사랑해. 그래서 두려워. 재호는, 재호는 더는 나를 사랑하지 않을까 봐서."

그래. 연애를 할 때, 나를 사랑해 주지 않으면 분명, 두려운 것이 있다. 억울한 것도 있다. 하지만 그것보다 누군가를 사랑함으로서 받는 기쁨과 행복, 그리고 설렘이 더 큰 건 사실이다.

사랑을 할 때, 억울하고 두려운 것은 강준의 말대로 기대를 하고 집착을 하고 있기 때문일지도 모른다.

—날씨가 좋아요.

강준의 말대로 바깥 날씨가 정말 끝내주게 좋았다. 이렇게 방구석에 처박혀서 입으로 심심해, 를 의미 없이 외치며 빈둥거리기에는 너무 아까울 정도였다.

"박강준, 어디야?"

그래서 애정은 나가기로 했다. 그저, 날씨가 좋아서.

애정은 집 앞에서 강준을 기다리는 동안 행여나 그가 쫄쫄이 바지라도 입고 나오면 어쩌나 걱정했다. 시선을 어디에다 두어야 하지? 만약의 사태를 대비하여 눈 돌리기 연습을 하고 있는데, 익숙한 차가 단지 안으로 들어섰다. 그 위에 자전거가 위풍당당하게 매달려 있었다.

"누가 봐도 자전거 타러 가는 길이구나, 하고 바로 알겠다."

"내 자전거 멋있죠?"

"근데 난 자전거 없어."

"안 그래도 형 거 가져 왔어요. 타요. 한강으로 가게."

"굉장히 적극적이야. 자전거 홍보 대사 같아."

다행히 강준은 쫄쫄이 바지를 입고 오진 않았다. 평범하게 청바지에 흰색 티셔츠, 그 위에 청색 셔츠 하나를 걸친 강준은 대학교에서 눈 씻고도 찾아볼 수 없었던 이상 속 선배 같은 훈훈한 분위기를 풍겼다.

"자전거 타고 점심도 먹어요."

"거기서 컵라면을 먹으면 그렇게 맛있대."

"비둘기들과 함께."

"엑? 비둘기들이 있어?"

"엄청 많아요."

"아휴. 난 요즘 비둘기들이 사람 안 피하고 다녀서 무서워."

"오전엔 뭐했어요?"

"청소 좀 했어."

"아, 일주일간 미뤘던 청소."

"어떻게 알았어?"

"직장인들이 그렇죠, 뭐. 자취하는 사람들은 더 그렇고."

"너도 그래?"

"전 좀 깔끔한 편이라."

"야, 나도 깔끔하거든? 좀 체력이 달리는 것뿐이지, 나도 무지 깔끔하다고."

대답하면서 머리를 새침하게 획, 날려 주자 강준이 눈웃음까지 치며 웃었다. 자신에게 빠져도 너무 푹 빠진 것 같은 모습에 애정의 기분이 또 묘해졌다.

대화가 오가는 틈에 어느새 한강에 도착했다. 날씨 좋은 주말이라 그런지 비둘기만큼이나 사람들도 많았다. 주차장에 차를 세운 강준은 천장에 매달려 있는 자전거를 내리고 트렁크를 열었다. 접이식 자전거를 펴며 안장을 툭툭 쳤다.

"앉아 봐요. 내가 알려 줄게요."

"나 진짜 운동 신경 없는데, 알려 주다가 화내면 바로 갈 거야."

"화 안 내요. 내가 어디서 화내는 거 봤어요?"

"아니, 본 적은 없지만 혹시 모르니까. 그러면 회사 가서 텃세 부린다. 상사의 이름으로 널, 용서하지 않을 것이다."

세일러문이 변신할 때의 포즈를 해 보이는 애정에 강준은 깊은 한숨과 함께 손수 팔을 내려 주었다.

"이런 거 하지 말아요."

"왜 창피해?"

"아니요. 너무 귀여워서요."

틈만 나면 들이대는구나, 이 녀석!

잘생긴 연하에게 듣는 칭찬은 생각보다 달콤했다. 저도 모르게 배시시 웃어 버렸다가 다시 제게 시선이 닿은 강준을 보고 정색했다.

"아, 그리고 이거."

말릴 틈도 없이 안전모를 씌운 강준은 그것도 부족해서 초등학생들이나 할 법한 보호대를 팔꿈치와 무릎에 착용시켜 주었다.

"이런 것까지 하는 건 좀 오버스러운 것 같은데? 완전 없어 보여!"

"다 큰 어른이 자전거 타다가 무릎 깨져 울면서 절뚝거리는 게 더 없어 보여요."

"넘어질 걸 확신하는구나? 그리고 나 생각보다 차가운 사람이야. 안 울어."

"운동 신경 없다면서요. 대리님이 다쳐서 절뚝거리면 내 마음이 아파서 못 견뎌요."

"방금 네 대답 때문에 온몸에 닭살 돋았어."

애정이 팔을 들이밀자 강준의 얼굴이 바짝 다가왔다. 그 바람에 그의 입김이 팔 위로 고스란히 느껴졌다.

"뭐하는 거야?"

뜨거운 숨결에 당황한 애정이 얼른 팔을 치우며 물었다. 바보 같은 질문이라는 걸 알았다. 강준은 자신이 보라고 들이민 팔을 본 것밖에 없었다. 그의 뜨거운 숨결에 이상한 기분이 들었던 애정은 방귀 뀐 놈이 성내는 것처럼 강준에게 되레 성을 내고 있는 꼴이었다.

"타요."

하지만 강준은 별로 대수롭게 여기지 않았다. 애정은 강준의 제안으로 자전거 안장에 올라앉았다. 하지만 아무리 뻗어도 발이 페달에 닿지 않아 혹시 자신이 심한 숏다리인가 하고 자괴감에 빠졌다.

어떻게든 닿아 보려고 엄지에 힘을 주고 있는데 그제야 강준이 안장 부위를 조절했다.

"형 키에 맞춘 안장이라 높을 거예요."

"그런 건 좀 진작 말해 주지. 놀랐잖아. 내 다리가 심히 짧은 줄 알고."

드디어 발에 페달이 닿자 알 수 없는 안도감이 들었다.

"페달을 천천히 밟아 봐요."

하지만 그 안도감도 잠시, 타 본 기억도 별로 없는 자전거를 막상 타려니 덜컥 겁이 났다. 뒤에서 강준이 잡고 있었지만 비틀거리는 자전거에 필사적으로 발가락을 뻗어 바닥을 짚었다.

그러면서도 몸이 휘청이는 바람에 심장도 같이 나부꼈다. 강준의 말대로 보호 장비를 착용하지 않았다면 바닥에 한바탕 뒹구는 몸 개그를 내보이는 것뿐만 아니라 여기저기 생긴 상처에 엉엉 울어 버렸을지도 몰랐다.

"나 못 타겠어."

"내가 잡고 있잖아요."

그때 초등학생으로 보이는 남자아이들이 지나가면서 애정을 비웃는 눈길로 바라보았다. 어딘가 자존심이 확 상했다. 이게 뭐라고, 저 녀석들보다 훨씬 잘하고 싶다는 충동이 뽀글뽀글 올라왔다.

"나 탈래. 꼭 잡고 있어. 놓으면 가만 안 둬, 분명히 말했어. 상사의 이름으로 널 용서하지 않겠다고!"

"알았어요. 자전거 입으로 탈 거예요?"

강준을 믿고 페달을 다시 밟았다. 비틀거릴 때마다 심장도 같이 덜컹거렸지만 넘어지진 않았다. 뒤에서 단단히 잡아주고 있는 강준 때문이었다. 그것을 인식하자 마음이 조금 편안해지더니 잔뜩 긴장해서 굳어 있던 몸이 풀리기 시작했다. 그러자 페달이 더욱 부드럽게 밟아졌다.

누군가에게 자전거를 탈 수 있다고 당당하게 말할 수 있는 처지는 아니었지만 강준 덕분에 그래도 어느 정도 감각은 익히게 되었다.

대신 복병 하나가 생겼다. 재미있다며 자전거에서 내려오지 않고 조금만 쉬려고 하면 당장 잡으라고 애정이 협박을 하는 바람에 강준은 두 시간 반가량을 애정이 타는 자전거를 잡아 주었다. 그 바람에 손목에 무리가 온 거였다.

"많이 아파?"

애정은 손목을 천천히 돌리고 있는 강준을 걱정스럽게 바라보며 물었다.

"네. 아파요."

"어떡해?"

자신을 신경 쓰느라 고생했을 그에게 너무 미안해졌다.

"어떡하긴 뭘 어떡해요? 내 오른손 노릇을 해 주셔야죠."

"자전거 조금 배운 것치고는 대가가 어마어마한데?"

강준은 앞에 놓인 컵라면을 눈짓했다.

"일단 라면부터 먹여 주세요."

"인간적으로 왼손으로도 먹을 수 있는 게 라면이잖아."

시범을 보여 주겠다며 연신 왼손으로 젓가락질하던 애정은 결국 면발 끝이 콧구멍 안으로 들어갔다 빠져나오는 참사를 경험하곤 순순히 강준의 입으로 면발을 가져다주었다.

"미치겠다."

방금 애정이 보인 개그로 목까지 젖히며 한참을 웃던 강준은 후루룩거리며 면발을 맛깔나게도 받아먹었다. 그 모습이 마치 아기 새 같았다.

간단한 점심을 끝내고 배가 불러 두 사람은 천천히 한강을 걸었다. 시간은 어느덧 초저녁을 향해 달려가고 있었지만 세상은 여전히 밝았다. 여름은 여름인 모양이다.

마치 한강의 물을 쓰다듬으며 불어오는 것 같은 선선한 바람이 두 사람 사이를 기분 좋게 유영했다.

"대리님은 어렸을 적 하고 싶었던 거 있었어요?"

느닷없는 강준의 장래 희망 질문에 애정은 눈을 굴렸다.

"하고 싶은 거라……. 딱히 없었던 것 같은데."

"그렇구나."

"너는 하고 싶은 게 있었구나?"

"네, 재능이 없어서 못 한 거지만. 근데 요즘 자꾸만 생각이 많아져요."

갑자기 직업 상담사가 된 것 같은 기분이었지만 강준보다 두 살 더 산 선배로서의 진지하게 들어주겠는 게 도리라고 생각했다.

"왜? 회사 생활이 힘들어? 너 일 잘하잖아."

애정과 강준이 다니고 있는 곳은 중소기업 식품 회사였다. 그중 개발된 메뉴에 대한 가격 측정부터 홍보 관련 업무까지 담당하고 있는 부서였다. 광고 포스터를 대행해 주는 디자이너들이 따로 있기는 했지만 강준은 유독 솜씨가 좋아서 콘셉트가 원하는 대로 나오지 않으면 자신이 직접 할 때도 있었다.

"잘하는 거지, 제가 하고 싶은 건 아니에요."

"그럼 네가 하고 싶은 게 뭐였는데?"

"저 만화가요."

"만화가?"

"네."

"와, 어쩐지 그림 그리는 게 보통이 아니더라. 그런데 왜 안 했어?"

"아까 말했잖아요. 잘 못 했다고. 내 말 듣고는 있죠?"

"아니야! 최선을 다해 이 두 귀와 두 눈과 두 손바닥으로까지 정성껏 듣고 있다구."

호기롭게 손바닥까지 쫙 펴서 내밀었다. 그 모습에 강준이 또 배시시 웃었다. 웃을 때 뭔가와 꼭 닮았다. 그 개…… 종류가 뭐였지?

"나이가 한 살, 한 살 먹을수록 생각이 많아져요."

"그렇지. 하지만 생각을 하면서 사는 게, 생각 없이 사는 것보다는 낫지."

"아무튼 특별해."

잠시 멈춰 선 강준이 앞서 걷는 애정을 막아 세우며 말했다. 또 그 개처럼 웃는다.

"뭐가?"

"대부분 나이 많은 사람들 앞에서 이런 소리 하면 그게 제 앞에서 할 소리냐고 다그치던데."

"그럴 필요가 뭐가 있어. 자기 고민만 고민이고 남 고민은 고민도 아니라는 건가? 나이마다 고민하는 것들에 차이가 있기 마련인데. 그게 작든 크든 당사자를 힘들게 만드는 고민들을 별거 아니라고 쉽게 말할 수 없는 거지."

"점점 더 좋아지네."

흘리듯 내뱉은 말에 괜스레 심장이 얻어터진 것처럼 쿵, 했다. 자전거를 많이 타서 허벅지가 터질 것처럼 아팠지만 이 어색함을 숨기기 위해 애정은 다시 걷기 시작했다.

"그래서 도전해 보지 못한 게 후회돼?"

"조금요."

어딘가 모르게 씁쓸해 보이는 강준의 눈빛을 보며 애정은 위로를 건네고 싶었다. 인생을 조금은 더 많이 산 선배로서.

"그런데 강준아."

"네."

"사람이 꼭 자신이 하고 싶은 일을 하면서 산다고 다 행복해지는 것도 아니더라. 자신이 하고 싶은 일을 하지 않고 살아간다고 꼭 불행한 것도 아니듯이. 꿈은 꿈대로 놔두는 게 좋은 걸지도 몰라. 꿈은 달콤하니까 이 지긋지긋한 현실에서 달아나서 잠시나마 휴식을 취할 수 있잖아. 네 꿈으로."

애정의 말을 가만히 듣고 있던 강준이 씁쓸한 눈빛을 거두어 내고 대신 그 안에 미세한 웃음을 머금었다.

"말을 왜 이렇게 잘해?"

"잘해? 말이 짧은 것 같은데?"

"이럴 땐 또 나이 따지네……요."

뒤늦게 '요'를 붙인 강준이 살짝 귀여워 피식, 풍선 바람 빠진 소리로 웃어 버렸다.

"근데 난 네가 부럽고 질투도 난다."

"왜요?"

"넌 꿈이라도 있잖아. 난 없어. 고작해야 시원한 맥주?"

"내가 해 줄게요. 대리님의 달콤한 꿈같은 존재. 사랑도 그런 거에 속하지 않아요? 지긋지긋한 일상에서 탈출할 수 있는 유일한 달콤함."

"오글오글."

손가락에 힘을 주며 반응했지만 강준의 말에 애정은 한편으론 공감했다. 적어도 애정에게 사랑은 그런 거였다. 기분이 한없이 침울할 때도 사랑하는 연인의 얼굴만 봐도 위로가 될 때가 많았다.

하지만 연애를 할수록 헷갈렸다. 사랑이라는 게 달콤한 비상구인지, 아니면 이별을 위한 과정인 건지.

"무슨 생각해요?"

멍하니 걷던 애정의 시야로 강준의 얼굴이 불쑥 내밀어졌다. 젠장, 가까이서 보니까 더 잘생기고 귀여운 것 같다. 주관적인 면도 있지만 객관적으로 봤을 때도 절대 부정하지 못

할 판단이었다.

"지금 보니까 너 개상이야. 근데, 그 개 이름을 모르겠어. 그 개를 찾고 있어."

"개상. 어감이 썩 좋진 않네요. 대부분 멍뭉이상이나, 멍뭉미라고 하지 않나?"

"그거나, 그거나."

대충 대답을 하며 걸음의 속도를 더욱 높였다. 짧은 다리로 열심히.

"뭐가 그거나, 그거나라는 거지?"

애정과 비교도 되지 않을 정도의 다리 길이를 뽐내며 아주 가볍게 강준이 따라붙었다. 어쩐지 중간중간에 나오는 강준의 반말이 썩 싫지 않게 느껴지는 건 단순히 연하가 많이 나오는 드라마나 영화를 많이 본 탓이겠지?

앞으로 그런 드라마나 영화를…… 더욱 많이 봐야겠군.

붉게 달아오르는 것 같은 뺨에 애정은 속도를 더 높였다.

04

출장을 갔었던 이사, 정한이 돌아왔다. 사무실 분위기는 확실히 그의 존재 여부에 따라 달라진다.

'악마는 프라다를 입는다'라는 영화 속 편집장 미란다가 있다면 이곳 '저스트 어 모멘트'엔 유정한이 있었다. 사람들은 모두 묵언 수행이라도 하는 스님들처럼 경건한 침묵 속에서 업무를 진행해 나갔다. 심지어 유한의 출장이 일주일 미뤄졌다고 낄낄거리며 좋아하던 조 과장까지 입을 다물고 업무에 집중하고 있었다.

고요하다 못해 숨소리조차 제대로 내지 못할 것 같은 정적에서도 PC용 메시지가 간헐적으로 울렸다. 강준이었다.

〈오늘 점심 같이 먹어요. 이 앞에 파스타 집 오픈했던데, 거기 어때요?〉

파스타도 좋고 강준과 밥을 먹는 것도…… 썩 나쁘지 않다고 생각했다. 아무래도 한강 가서 같이 자전거 타고 라면 먹여 주면서 닮은 개를 찾은 덕분인 것 같았다. 사랑스러운 외모의 사모예드와 진돗개 새끼로 결정을 내렸었다. 강준은 사람이 어떻게 개를 닮았냐며 썩 좋아하지 않았었다.

⟨글쎄, 오늘은 파스타보다는 칼칼한 칼국수가 더 당기기는 하는데. 그때 봐서 결정할게.⟩

쪽지를 적고 막 보내기 버튼을 누르려는데, 이사실 문이 열리더니 정한이 나왔다.

"정 대리, 잠깐 안으로 들어와요."

헉.

설마 방금 올린 보고서가 잘못된 건가 싶어서 잔뜩 쪼그라든 심장을 가지고 이사실 문을 노크한 뒤 안으로 들어섰다. 그는 무테안경을 쓰고서 보고서를 살펴보고 있었다.

아니, 들어오라고 해놓고 바로 또 보고서를 보는 건 뭐야?

애정이 쭈뼛거리며 정한에게 다가갔다.

"이사님."

낮게 불러 보았지만 정한의 시선은 여전히 보고서로 향해 있었다.

"출장은 잘 다녀오셨어요? 아까 뵙자마자 여쭤봤어야 했는데 정신이 좀 없어서."

일단 부하 직원 된 도리로서 늘 상사를 생각하고 있다는 뉘앙스를 풍겼다. 조금이라도 덜 혼나기 위한 발악이었다.

"잘 다녀왔으니까 이 자리에 있겠죠?"

입사 이래 자신의 상사는 물론 부하 직원들에게도 말을 놓아 본 적 없는 정한이었다. 그렇기에 친근하다기보다는 냉랭하고, 가볍기보다는 진중한 사람으로 보였다.

정한은 여유롭게 대답한 뒤 고개를 천천히 올려 애정을 바라보았다. 무테안경 너머로 사나운 눈매가 보였다. 지금 보니까 정한도 좀 개상인 것 같다. 강준이 귀여운 사모예드라면 이 사람은 시베리아 허스키 같은?

이놈의 회사 사람들은 전부 다……

"개상이야."

"뭐라고요?"

"네?"

저도 모르게 튀어나온 말에 크게 당황한 애정이 눈을 휘둥그레 뜨며 반문했다.

"방금 개 뭐라고 하지 않았습니까?"

"아, 개운하시겠다구요! 출장 잘 다녀오셔서."

겨우 상황을 모면했지만 그게 무슨 개소리냐는 눈빛으로 보던 정한은 안경을 벗었다. 그래도 시베리아 허스키 상이었다.

"정 대리."

"네."

"남자 친구랑 헤어졌습니까?"

업무 관련된 얘기를 할 줄 알았던 정한에게서 상상도 하지 못한 화제가 나오자 애정은 또다시 당황할 수밖에 없었다.

"어떻게 아셨어요?"

"사귈 때 요란하게 티 많이 내고 다녔잖습니까."

"누가 들으면 제가 전단지라도 돌린 줄 알아요."

흘리면서 한 말에 또 흠칫 놀랐다. 정신 차려, 정애정! 지금 네가 마주 보고 있는 사람은 유정한이라고!

함부로 놀려지는 주둥이를 힘차게 후려치고 싶은 것을 겨우 참았다.

"방금 제가 한 말 헛소리 같죠? 맞아요, 헛소리입니다."

"늘 그렇게 하고 싶은 말 다 하면서 살죠, 정 대리는."

"제가요?"

"근데 또 그게 딱히 틀린 말은 아니죠. 어쩔 땐 집에서 샤워하려다가 불쑥 생각이 나서 웃기기도 합니다."

엄마야, 나 방금 이사님 샤워하는 거 상상했어.

적당히 그을린 살결에 자기 관리가 철저한 정한은 끝내주는 몸매를 소유하고 있을 것만 같았다. 이 와중에 마른침을 꼴깍 삼키고 있는 자신이 이해가 가지 않았다. 아무튼 인간의 본성이란 감히 무시하기 힘든 것이었다.

"오늘 같이 저녁 먹읍시다."

"야근하자는 말씀이신가요? 제 보고서가 그렇게 형편없었나요?"

"아니요. 정 대리 보고서는 완벽해요."

"그런데 왜……."

"같이 먹고 싶어서요."

"그러니까 이사님께서 왜 저랑 저녁 식사를 먹고 싶어 하시는지⋯⋯."

애정은 지금 이 상황이 이해가 가지 않아 눈을 굴렸다. 야근도 아닌데 저녁을 먹자니? 지난 3년 동안 같이 일하면서 저녁은커녕 팀원끼리 다 같이 먹는 점심시간에조차 한 번 와 본 적 없는 이사님이?

멀뚱히 서 있는 애정을 알아차린 그가 아주 덤덤하게 말했다. 그 말은 애정이 휘청거릴 정도로 충격적이었다.

"몰랐습니까? 내가 정 대리 좋아하는 거."

뭐, 뭐? 지금 뭐라고 그런 거야? 날 좋아한다고? 이사님이? 박강준도 며칠 전에 했던 소리인데⋯⋯.

"이, 이사님이 절 좋아하신다고요?"

"남자 친구랑 헤어졌다면서요."

"헤어지긴 했는데⋯⋯."

"그래서 이제 짝사랑 그만하고 한 번 들이대 보려고. 나한테 기회가 온 것 같아서요."

놀라서 눈이 휘둥그레지는 애정과는 달리 정한의 입술엔 여유롭고 담백한 미소가 떠올랐다.

대체 이게 무슨 일이야?

세상 살다 보니 이런 일이 다 있다. 콩깍지가 씌워졌다고 해도 객관적으로, 주관적으로 보나 태형보다는 훨씬 억만 배는 더 나은 두 남자가 동시에 좋다고 고백을 해 오다니⋯⋯.

강준 하나만으로도 벅찼던 머릿속에 이제는 정한까지 들어오면서 완전히 꼬인 생각들이 서로 뒤엉키는 바람에 풀 엄두도 내지 못했다.

"진짜, 진짜 절 좋아하세요?"

그의 고백에 어벙한 표정으로 돌하르방처럼 서 있던 애정이 겨우 물었다.

"마음에도 없으면서 누군가에게 시도 때도 없이 좋아한다고 고백하고 다니는 한가한 놈으로 보여요?"

"아니요."

"그럼 실없는 놈처럼 보입니까?"

"아니요. 전혀요."

"그런데 뭘 물어요."

그래, 평소의 성격이나 풍기는 아우라로 봐서는 절대 실없는 소리를 하실 분은 아니시지.

"언제부터 저를……."

"그건 저녁 먹으면서 말하고 싶은데."

"아, 네."

확실히 강준이 했던 고백하고는 느낌이 달랐다. 시답지 않은 농담조차 나오지 않았고 신중해야 할 것만 같은 압박감이 있었다.

"뭐 좋아해요?"

"네?"

"좋아하거나 선호하는 음식 있을 거 아니에요. 정 대리가 좋아하는 음식으로 저녁을 먹고 싶은데."

"아, 예에. 전 아무거나 잘 먹어요, 아무거나."

"그럼, 내가 평소에 자주 가던 곳으로 예약하죠."

"네."

너무 놀라 정신이 없어 얼떨결에 대답을 하고 나와 버렸다. 문이 닫히고 나서야 돌아온 정신에 헉, 하는 소리와 함께 돌아섰다. 하지만 굳게 닫혀 있는 문만이 애정을 반겼다. 이 문을 다시 열고 들어가서 '저녁 먹는 거 취소요!' 라고 외칠 용기가 없었다.

"그래, 저녁이나 같이 먹으면서 어떻게 된 일인지 자세히 들어 보자."

"혼잣말치고는 좀 큰 것 같네요."

"깜짝이야."

뒤에서 갑자기 들려오는 강준의 목소리에 심하게 놀란 애정은 사무실인 것을 망각하고 그 자리에 털썩 주저앉을 뻔했다. 하지만 반사적으로 손을 뻗어 팔을 잡아 준 강준 덕분에 추한 꼴로 대리의 위신을 깎는 일은 발생하지 않았다.

"이사님이 같이 저녁 먹자고 하세요?"

"대부분 이럴 땐 괜찮아요? 아니면 놀라게 해서 미안해요, 가 나오던데."

"어디서요?"

"드라마나 소설 속 남자 주인공들."

"괜찮아요? 놀라게 해서 미안해요. 이사님이 같이 저녁 먹자고 그래요?"

순간 강준이 랩퍼인 줄 알았다. 라임을 맞출 뿐만 아니라 말도 빨라서.

결국 자신이 듣고자 하는 말을 다시 물어 오는 강준에 애정은 대략 난감했다. 드라마나 영화를 볼 때 한 번쯤 절절한 삼각관계에 빠져 봤으면 좋겠다, 라는 생각을 해 보았지만 막상 눈앞에 현실로 다가오니 많이 당황스러웠다.

행여나 안에서 들릴까 싶어 애정은 5분 뒤에 따라 나오라는 말을 하고서 먼저 휴게실로 향했다. 얼마 뒤에 강준이 휴게실 안으로 들어왔다.

"그래. 맞아. 이사님이 같이 저녁을 먹자고 하시네. 하실 말씀이 있으시다고."

애정은 자신이 왜 굳이 휴게실까지 와서 강준에게 자신의 스케줄에 대해 고하고 있는지 이해할 수 없었다. 다만 확실한 건 대답을 갈망하는 듯한 강준의 눈빛을 쉽게 거절하기가 어려웠다는 것이다.

"무슨 할 말이요?"

강준은 궁금해하면서도 초조해 죽겠다는 표정으로 물어 왔다.

"그걸 알면 내가 같이 저녁을 먹으려 할까?"

애정의 대답에 여태 긴장하고 있던 강준의 낯빛에 살짝 웃음기가 서렸다.

"왜 웃어?"

"단지 이사님이 하실 말씀 듣겠다고 저녁 먹으러 가는 거라면서요. 다른 이유 없고."

너를 만나는데도 별 다른 이유 없었어. 그저 날씨가 좋아서 만난 것뿐이라고.

하지만 이 말을 내뱉는 순간 지금 눈앞에서 해맑은 미소를 짓고 있는 강준의 얼굴을 더 볼 수 것 같아서 말았다.

"좋아하는 감정 기대 안 한다며."

"그래서 말했잖아요. 근데 그게 생각처럼 잘 안 될 거라고."

"그럼 결국 좋아하는 상대방에게 기대하고 책임감을 부여시킨다는 거야?"

"사실 그건 저보다 대리님이 안 했으면 좋겠는 일이에요."

"무슨 말이야?"

"좋아하는 상대방에게 기대하고 책임감을 부여시켰을 때, 상처를 받는 건 당사자니까. 난 상처 좀 받아도 괜찮아요. 상대가 대리님이라면."

"네 말 이해 못 하겠어."

강준이 입술을 막 떼어 내려 했을 때였다. 휴게실 문이 열리더니 조 과장이 동전을 짤짤거리며 들어왔다. 그러다가 서로 마주 보고 서 있는 애정과 강준을 발견하곤 가뜩이나 주름 자국이 나 있는 미간을 거칠게 구겼다. 심통이 아주 많이 난 불도그 같았다.

"둘이 여기서 뭐해? 땡땡이치는 거야? 아주 그냥, 회사 돈 거저먹으려고 작정들 했지?"

본인은 여태 담배 피고 내려와서는 곧장 사무실로 안 가고 휴게실로 들어온 주제에. 또 저 돈으로 음료수를 뽑고 의자에 앉아 다 마실 때까지 안 들어올 거면서.

애정은 하고 싶은 말이 아주 많았지만 역시나 오늘도 입술을 굳게 다물었다. 상사한테 밉보여야 좋을 게 없었다.

지랄 맞은 상사에게 사이다처럼 발언을 퍼붓는 것은 드라마나 영화 속에서나 있을 법한 이야기다. 그래서 사람들은 현실 같은 고구마보다는 허상 속의 사이다에 더욱 열광하는 것일지도 모른다. 가뜩이나 인생 사는 거 막막한데, 드라마나 영화에서까지 현실을 직시하고 싶진 않겠지.

애정은 복권이나 하나 사야겠다고 결심했다. 인생 역전을 노릴 수 있는 건, 이제 복권뿐이다. 복권만 당첨되어 봐라, 네 면상에 사직서를 집어 던지고 하고 싶었던 말들을 전부 쏘아 붙여 버린 다음에 미련 없이 이 회사를 관두리.

죄송하다고 한마디 하고 나가려는데, 강준이 주머니에서 천 원짜리를 꺼냈다.

"저희도 지금 막 왔습니다."

미소를 품은 입술로 강준은 여유롭게 자판기 앞에 섰다.

"뭐 드실래요? 제가 사 드릴게요."

여유롭다. 조 과장의 핀잔에 주눅이 들었다기보다는 성깔 좀 작작 내라, 라는 의미처럼 강준은 조 과장의 성질에도 전혀 개의치 않아 했다.

"난 이 이온 음료. 아무튼 강준 씨가 센스 있긴 해. 정 대리도 좀 본받아."

왜 또 갑자기 불똥이 나한테 튀고 난리야? 천 원짜리 음료수 하나에 센스 없는 인간이 되다니, 세상 살기 진짜 빠듯하다.

강준이 조 과장이 원한 음료수를 꺼내 건네며 싱긋 웃었다.

"전부 다 정 대리님한테 배운 센스입니다."

별것도 아닌 걸로 뭐라고 하는 조 과장에 짜증이 나서 울컥했던 애정은 들려오는 강준의 말에 감동이 몰려왔다.

"대리님은 뭐 드실래요?"

"난 아무거나."

강준은 포도 맛이 나는 탄산음료 두 개를 뽑아 캔 하나를 시원스럽게 오픈한 후, 애정에게 건네고 자신의 것도 열어 마셨다.

"그럼 저희는 들어가 볼게요."

조 과장과 한 공간에 있는 것이 강준 또한 불편했는지, 이제 막 소파에 앉아서 말을 꺼내려는 조 과장을 뒤로하고 애정과 함께 휴게실을 나왔다.

"점심 꼭 같이 먹어요."

사무실로 막 들어오기 직전, 강준은 애정의 팔을 살짝 붙잡고 말했다.

"너도 알다시피 내가 점심을 같이 먹는 무리들이 있잖아."

"나랑 먼저 먹기로 약속했다고 하면 되죠."

"상대가 너라고 말한다면 안 따라붙겠냐? 그냥 내 친구가 와 있다고 해야지."

또 강준이 싱긋 웃어 보인다. 지적할 거 하나 없는 고른 이와 반달모양으로 확 휘어지는 눈. '미소가 예쁜 대회' 같은 게 있다면 두말할 것도 없이 1등을 차지할 만한 웃음에 애정의 기분이 좋아지려고 들었다.

"그래도 나랑 단둘이 점심을 먹을 의향은 있으신가 보네요. 그것도 거짓말할 만큼, 아주 적극적으로."

내뱉는 것마다 인정하지 않을 수 없는 말들이었다. 강준의 눈빛은 사람을 마비시키는 특유의 힘이 있었다. 저 눈빛으로 말하면 뭔들 못 들어줄까. 종종 여직원들이 했던 말들을 어느 정도 인정하지 않을 수 없었다.

아마 강준은 영업직이었다면 꽤나 성공을 했을 거였다. 저 눈빛은 때로 별것도 아닌 실수로 트집을 잡고 상대방을 샌드백 삼아 주둥이로 주먹질하는 조 과장도 다물게 할 때가 있었으니 말이다.

"됐고, 너 앞으로 웃지 마."

단단하게 묶어 놓은 마음속 매듭이 자꾸만 풀어지려고 하니까.

"왜요? 심쿵해요?"

"심쿵은 개뿔."

핀잔을 주면서도 몸을 획 돌려 사무실로 들어서는 애정의 입가에 옅은 미소가 떠올라 있었다.


어느덧 다가온 퇴근 시간에 애정은 잔뜩 긴장한 채로 회사 건물 밖 지상 주차장으로 향했다. 정한은 미리 나와 차에 기대고 서서는 애정을 기다리고 있었다.

"타요."

직접 조수석 문을 열어 주며 정한이 말했다. 냉혈한인 줄 알았던 사람에게 이런 다정한 매너가 있다는 사실에 성은이 망극하며 조수석에 올라탔다.

차는 부드럽게 주차장을 빠져나가 곧 도로로 진입했다. 저녁을 맞이한 거리는 사람들의 분주한 걸음과 다채로운 간판들이 내는 빛으로 설렘이 가득했다.

"뭘 그렇게 보는 겁니까?"

신호 대기로 차가 멈추자 정한의 목소리가 들려왔다.

"별건…… 아!"

대답하기 위해 고개를 돌린 순간 너무 가까운 정한의 얼굴에 놀라 애정은 억, 하는 소리와 함께 머리를 뒤로 빼다가 창문에 세게 박아 버리고 말았다.

"아야!"

스스로 뒤통수를 혹사시키기를 선보이며 아파서 신음을 내뱉었다.

"참, 요란해요. 정 대리는."

아픈 뒤통수를 정한이 부드럽게 어루만져 주었다. 그것은 흡사 '여자들이 좋아하는 남자들의 행동'을 글로 잘못 배우고 선보이는 필살기 같은 스킨십이었다. 정성껏 준비하고 온 머리를 쓰다듬는 건, 썩 유쾌한 일에 속하지 않았다. 설레기는커녕 짜증이 날 거라고 확신했다.

오래도록 연애했던 태형이 연애 초기 때 자주 씨먹던 스킨십이기도 했다. 남자들이 여자를 꼬실 때는 원래 이렇게 다 한결같은 것일까?

그런데…… 기분이 나쁘지 않았다. 진부할 만도 한데, 어쩐지 태형 때와는 느낌이 달랐다. 뭐랄까, 매일 반에서 꼴등만 하던 학생이 처음으로 성적이 바짝 올라 선생님에게 칭찬을 듣는 느낌? 물론 상황은 매우 다르지만.

"잠깐만. 여기가 좀 심하게 불룩한 것 같은데, 혹 난 거 아닙니까?"

정한이 머리를 만지다가 심각한 표정으로 물었다.

"제가 원래 짱구 머리예요."

"아, 그러고 보니까 짱구 닮았네요."

"칭찬……인가요?"

"볼이 짱구 같아요. 귀엽다는 뜻입니다."

짱구는 귀여웠지만 딱히 칭찬 같지 않은 느낌에 애정은 어리둥절해하며 정한이 예약한 레스토랑에 도착했다.

척 보아도 고급스러운 자태를 뽐내는 레스토랑 안에서는 많은 사람들이 우아하게 칼질을 하고 있었다. 친절한 직원의 안내에 따라 두 사람은 홀이 아닌 룸으로 향했다. 꽤 널찍한 공간임에도 단둘이 있으려니 분위기가 묘했다.

"C코스로 먹을까요?"

정한이 말한 C코스로 힐끔, 눈길을 돌렸다. 이름조차 생소한 재료들이 즐비한 것과는 별개로 이 레스토랑에서 가장 고가인 코스였다.

애정의 눈이 휘둥그레졌다. 중소기업이지만 대리급이라 돈을 못 버는 편은 아니었다. 나름 고가의 명품 가방도 두 개정도 있고, 웬만한 먹고 싶은 건 다 먹고 살고, 휴가 때마다 여행도 가는 편이었다.

하지만 지금 눈앞에 보이는 이 숫자는 아주 큰마음을 먹고도 수시로 흔들릴 수 있을 만한 가격이었다. 차라리 이걸 먹느니 후배들을 데려다가 기분 좋게 삼겹살이나 쏘는 편이 훨씬 더 뿌듯할 정도였다.

고로 C코스를 먹겠냐고 친절히 물어 오는 상사의 질문에 망설일 필요가 딱히 없었다.

오늘 같은 날 아니면 이런 걸 언제 먹어 보겠어?

애정은 냉큼 끄덕여지려는 고개를 애써 천천히 끄덕였다.

"네. C코스가 좋겠어요."

처음 먹어 보는 음식에 대한 격한 설렘을 꾹 눌러 담으며 덤덤한 목소리로 말하자 정한은 직원을 불러 주문을 했다.

"먹는 동안 조금은 불편할 수도 있으니까 얘기는 식사를 다 끝내고 하도록 하죠."

"네. 아주 좋은 생각이신 것 같습니다."

애정의 대답에 정한이 피식, 하고 웃었다. 얇은 입꼬리 한쪽이 고혹적이게 올라갔다. 매일 무미건조하면서도 조금은 화가 난 듯한 얼굴을 보이던 정한이 웃는 것을 보니 애정은 그냥 지나칠 수가 없었다.

"왜 웃으세요?"

최대한 친절하고 상냥하게 물어본 애정의 질문에 정한의 대답이 바로 들려왔다.

"정 대리는 솔직해서 참 좋습니다."

"제가 솔직한가요?"

"그런 편이죠."

"행여나 기분이 나쁘셨던 적이 있으신……."

"아니요. 그런 적은 없습니다. 솔직하게 얘기를 하는데도 상대방을 기분 나쁘게 하거나 서운하게 하지 않고 웃게 만드는 거. 그게 정 대리의 가장 큰 매력인 것 같습니다."

방금 전 짱구와는 다르게 이번에는 확실히 칭찬인 것 같아 기분이 좋았다.

"대부분 이럴 때는 제가요? 하고 놀라던가, 아니라면서 겸손한 척을 하거든요. 근데 정 대리는 고개를 끄덕이고 있어요. 인정한다는 거죠. 자기가 매력 있다는 걸."

"회사에서 하도 혼만 나니까 칭찬에 좀 목말라 있었거든요. 다른 누구도 아닌 이사님께서 칭찬해 주시니까 무조건 흡수해야죠."

"내가 정 대리를 그렇게 많이 혼냈습니까? 내 기억에는 딱히 없는 것 같은데."

진짜 모르는 건지, 능청맞게 거짓말을 잘 하는 건지 애정은 헷갈렸다.

"눈빛으로 많이 혼내시죠. 진짜 마음에 안 드는 것을 대할 때의 이사님 눈빛은 꽤 무섭거든요."

"지금 내 눈빛은 어때요? 아직도 무서워요?"

그가 애정을 빤히 바라보며 물었다. 평소에 자신을 바라보는 눈빛과 확연히 달랐다. 사무실에선 잘 마주치지도 못했던 시선을 자꾸만 마주치고 있을 정도였다.

부드러움이 가득한, 사랑에 빠진 남자의 눈빛이었다. 하지만 애정은 대답하지 않고 그저 가만히 미소를 지었다.

이윽고 주문한 코스 요리가 하나둘씩 나오기 시작했다. 특히 관자 구이와 소고기는 이전에 자신이 먹어 봤던 재료들이 맞나 싶을 정도로 맛있었다. 허기가 져서 그랬는지, 아니면 서둘러 이야기를 듣고 싶어서 그랬는지 별안간 대화 없이 빠른 속도로 식사를 해치웠다.

모양이 화려한 디저트와 향긋한 커피를 앞에 두고 드디어 정한이 말을 꺼내 놓았다.

"오늘 아침에 집무실에서 한 얘기 말입니다."

"아, 네."

"내 감정엔 별다른 변화가 없어요. 실없이 한 소리도 아니고."

"……."

"내가 정 대리를 좋아해요."

잘못 들은 말도, 그가 농담을 한 것도 아니라면 애정은 이제부터 꽤나 진지해져야 했다.

"언제부터요?"

"음, 정확히 언제부터였는지는 기억나지 않아요. 다만 정 대리가 괜찮은 사람이구나라고 느꼈던 적은 있었어요."

"제가요?"

"네. 점심을 먹고 잠깐 휴식을 취하려 옥상으로 올라갔었는데 거기서 내 뒷담을 하고 있더라고요. 정 대리를 포함하여 많은 팀원들이."

흔히 있는 일이라 애정은 멋쩍은 미소를 지을 수밖에 없었다. 정한은 모든 면에서 다른 사람들보다 월등했다. 외모뿐만 아니라 능력, 심지어는 목소리까지도 여자 팀원들의 칭송을 받을 만큼 훌륭했다.

하지만 워낙 무뚝뚝하고 공사 구분을 확실히 해 좋게 말하면 일 잘하는 상사였지만, 보통 그를 냉혈남이나 독사라고들 불렀다. 그리고 상사 뒷담은 부하 직원들만의 달콤한 유혹이었다.

"그런데 그날 정 대리가 그러더군요. '그래도 그 위치에 있는 사람이라면 책임감 때문에 그런 게 아닐까요? 막상 다른 팀을 생각하면 조금 정신이 없을 것 같기도 해요' 라고."

사실 그건 편을 든 것보다는 그전까지 제일 열심히 이사님의 뒷담을 깐 것에 대한 미안함 때문에 그런 거였다. 그날은 운수 좋은 날이었나 보다. 괜히 정한에게도 같이 뒷담을 한 직원들에게도 미안해졌다.

"그리고 며칠 뒤에 내 책상 위에 우유도 놔줬잖습니까."

그건 원 플러스 원 상품으로, 하필이면 그걸 사고 나올 때 편의점에서 정한을 마주쳤기 때문이었다. 망설이다가 돼지로 오해할까 싶어서 드린 건데…….

하지만 진실은 저 멀리, 디저트와 함께 식도로 넘겨 버렸다.

"자꾸 눈길이 갔습니다. 그 뒤로는 시도 때도 없이 생각나고."

"그러셨구나."

"고백해서 많이 당황하는 것 같던데."

"너무 갑작스럽기도 하고, 상상도 못 했었거든요. 애초에

114

저한테 아예 관심이 없으신 줄 알았어요. 눈길도 안 주시고 있는 듯 없는 듯 대하셨잖아요."

"그때는 정 대리한테 남자 친구가 있었으니까요. 자꾸만 마음이 가는 걸 참아야 했으니까 일부러 멀리할 수밖에 없었습니다."

"아, 그렇긴 하죠. 임자 있는 사람 꾀어서 그걸 자랑이라고 떠벌리고 다니는 인간들은 짐승만도 못 한 거죠."

애정은 바람을 피워 놓고 뻔뻔하게 낯짝을 들이밀던 태형이 떠올라 갑자기 열이 올랐다. 이렇게 지극히 정상적인 생각을 가지고 있는 사람들도 있는데 왜 최태형은……!

잊자, 잊자.

하지만 아무리 마음속으로 달래 보려고 해도 가끔 이렇게 예고도 없이 불쑥불쑥 과거가 고개를 내밀어 그녀를 괴롭힐 때가 있었다.

뜨거운 얼굴을 식히기 위해 당장이라도 세수를 하고 싶었지만 상황이 여의치 않아 차가운 물만 냅다 들이켰다.

"정 대리."

"네."

"나랑 연애합시다."

빙글빙글 돌리지 않고 직진해 버리는 정한에 애정은 입안이 다 마르는 것만 같았다. 수만 가지의 생각들이 태풍처럼 몰아닥쳤다.

아직은 조금 무서운 상사, 사내 연애, 이별, 상처.

……그리고 박강준.

엄밀히 따지면 강준이 고백을 한 것이지, 자신은 그에게 대답한 적이 없었다. 매번 괜찮다고 거절하는 자신을 끌어낸 건 강준이었다. 그러니 굳이 정한과의 연애를 생각할 때 마음에 걸리는 요소들 중에 강준이 포함되지 않아도 될 것 같은데…….

자신의 선택으로 인해 누군가가 상처를 받을까 무서웠다.

드라마에서 멋진 두 남자에게 동시에 사랑을 받는 여자를 부러워하면서도 미적지근하게 행동하는 것에 대해서 욕을 했는데, 지금 자신이 딱 그런 처지였다.

진짜 사람 일은 모른다. 그래서 늘 함부로 판단하고 말해서는 안 되는 거였다.

"이래서 직접 겪어 보지 않은 이상 함부로 욕할 것도 아니야."

"혼잣말치고는 굉장히 크네. 모르는 척하면 미안해질 정도로."

"하하. 가끔 이렇게 마음에 있는 말들이 입 밖으로 나올 때가 많아요. 자랑은 아니구요."

정한은 엉뚱한 애정의 뒷말이 귀여웠는지, 옅은 미소를 지어 보였다. 애정은 그런 표정을 짓지 말라고 경고하고 싶었다.

언제나 냉혈하기 짝이 없는 당신이 그렇게 달달한 미소를 지어 버리면 마음이 약해지잖아요!

하지만 애정은 여태 자신이 갖고 있던 소신을 앞세워 생각들을 차분히 정리했다.

"이사님."

"네."

"절 좋게 봐 주신 건 너무 감사한 일이지만, 죄송해요. 전 연애할 생각이 없어요."

"차라리 내가 별로 마음에 안 든다고 말해요. 그게 나한텐 더 희망적이니까."

"네?"

"내가 마음에 안 드는 거라면 정 대리가 마음에 들 수 있게 노력이라도 할 수 있을 거 아니에요. 연애할 생각이 없다고 단정 지어 버리면 너무 막막해지잖아요."

"그게 무슨……."

"정 대리한테 내가 직접 음식을 만들어서 대접했는데, 정 대리가 지금은 이 음식을 먹고 싶지 않다고 말하는 거랑 아예 식사 자체를 안 하겠다는 거랑은 다르다는 겁니다."

"하지만 마음에도 없는 연애를 하고 싶진 않아요. 시간 낭비, 감정 낭비잖아요."

흔들림 없는 똑 부러진 말에 정한은 잠시 시선을 애정에게 고정시켰다. 다소 냉소적인 눈빛에 애정은 분명 정한이 화가 났다고 여겼다. 평소 애정이 생각하고 있던 이미지대로라면 그의 자존심에 충분히 스크래치가 생갈 만한 일이었다. 정한이 화를 내더라도 이해할 수 있었다.

하지만 정한에겐 의외의 말이 돌아왔다.

"정 대리 말이 맞죠."

"네?"

"마음에도 없는 연애는 시간과 감정 낭비라는 거 말입니다. 정 대리 말이 맞다고요. 그래서 시간을 좀 주고 싶네요."

당장 확신하기 어려웠던 애정도 정한의 제안에 동의했다.

"네. 제가 이렇게 생각 없이 사는 애 같아도 생각보다 여기가 엄청 복잡해요."

애정은 제 머리와 가슴 쪽을 툭툭, 가리켰다. 애정의 무엇이 정한의 입술 끝에 또 미소를 짓게 만들었는지는 몰라도 정한은 그녀를 바라보며 웃고 있었다.

"그렇게 할게요. 어차피 예상하고 있었으니까."

"쉬운 여자로는 안 보신 것 같아서 다행이에요."

"정 대리 절대 쉬워 보이지 않아요. 전혀."

"어쩐지 이사님이 하는 말은 다 신뢰가 가네요."

"실없는 남자로 안 보는 것 같아서 다행이에요."

자신과 똑같은 말로 대답하는 정한에 애정이 피식, 웃어 버렸다. 처음 이곳에 들어왔던 것과는 달리, 공기가 제법 느긋해진 듯했다.

정한과 식사를 끝내고 집으로 돌아오자마자 애정은 샤워를 하고 나와 젖은 머리를 말리고 바로 침대에 벌러덩 드러누웠다.

서른이 되니 몸도 예전 같지 않았다. 뭘 했다고 삭신이 다 쑤시는 것 같아 아구구, 앓는 소리를 내며 편안한 자세를 찾아 한참을 뒤척였다.

문득 휴대폰을 확인하니 강준에게서 두 통의 메시지가 와 있었다.

〈우리 집 근처에 주꾸미 집 생겼는데, 대리님 생각나요.〉
〈집에 도착했어요?〉

정한과 저녁 식사를 한다고 했는데, 그것에 대해선 일체 언급한 것이 없었다. 오히려 강준이 정한에 대해서 꼬치꼬치 캐물었다면 연애하는 사이도 아닌데 무슨 상관이냐며 귀찮아 했을 터였다.

"그건 그렇고, 주꾸미를 보면 날 생각한다고? 한 명은 짱구, 한 명은 주꾸미. 대체 왜 날 좋아한다고들 고백을 한 거야?"

의미 없는 불만을 터트리며 강준에게 답장하려는데, 진동이 울렸다. 이번엔 정한이었다.

〈오늘 즐거웠습니다. 나뿐만이 아니라 정 대리도 즐거웠던 식사였다면 참 기분이 좋을 것 같네요. 문단속 잘하고 내일 보죠.〉

두 사람 모두 같은 존댓말인데도 느낌이 확연히 달랐다. 직장 상사와 부하 직원이 아니라 성격이 달라서 더 크게 느껴지는 것 같았다.

"아, 나 진짜 어쩌지?"

이러지도 저러지도 못하고 한참을 골치 아파하던 애정이 결국 전화를 건 사람은 윤혜였다. 신호는 얼마 가지 않아, 윤혜의 목소리로 바뀌었다.

"윤혜, 뭐해?"

—그냥 멍 때리고 있었어. 넌?

"나도 뭐……. 윤혜야, 넌 세상에서 뭐가 제일 좋아?"

—당연한 대답이 나오지 않겠니?

윤혜에겐 오래전부터 인생의 반을 함께해 온 재호가 있었다.

—치킨!

"치킨?"

분명 재호가 나올 줄 알았던 애정은 뒤통수를 맞은 것 같은 얼떨떨함이 들었다.

—세상의 모든 음식들이 다 사라져도 상관없어. 치킨만은 안 돼.

"치킨 중에서도 뭐가 제일 좋아?"

진지하게 대화하고 싶었는데 하필이면 치킨이라는 게 좀 우스꽝스러웠지만 애정은 최선을 다했다.

—그걸 어떻게 골라? 프라이드 시키면 양념이 생각나고, 양념 시키면 간장이 생각나는 게 치킨인데.

"그래도 그중에서 딱 하나가 있을 거 아냐."

—프라이드 반, 양념 반. 그 이상은 대답하기 곤란해.

"그럼 네 눈앞에 양념과 프라이드 치킨이 있어. 네가 꼭 하나만 먹어야 돼. 그럼 뭘 먹을래? 먹는다면 그 이유는?"

—왜 하나만 먹어? 두 개 다 먹으려고 시킨 건데?

"됐다."

처음부터 사람들을 프라이드 반, 양념 반으로 비교한 것 자체가 잘못된 일이었다. 애정은 포기하고 아무것도 그려지지 않은 천장에 강준과 정한의 얼굴을 그려 넣었다.

아, 둘 다 너무 잘났어!

—왜? 치킨 시켜 먹게?

"아니. 아차, 재호하고는 잘 지내?"

—몰라. 그냥 그래.

"왜? 재호 아직도 데이트할 때, 휴대폰만 보고 있어?"

—걔 스중이야.

"스중이 뭐야?"

—스마트폰 중독자. 그것도 아니면 스미.

"혹시 스마트폰에 미친 자?"

—정답.

"그럼 데이트할 때, 휴대폰 가지고 나오지 말라고 그래."

—그럼 내가 불편해. 타고난 길치셔서 제대로 길도 못 찾고, 중간에 오다가 졸면 끝나. 혼자 종점까지 갔다 오거든.

"친구로서는 괜찮은데, 남자 친구로서는 참 피곤하구나."

—친구면 딱 그 정도로만 기대를 하게 되니까. 연인은 또 그런 게 아니잖아.

"그렇긴 하지."

—아휴, 아무튼 나 이제 자야 돼. 치킨 적당히 먹고.

"알았어. 잘 자."

뭔가 해결을 하고 싶어서 상담을 시도했지만 뭐 하나 얻은 것 없이 야식 하나 먹는데도 참 고민이 많은 친구로 찍힌 채 통화는 마무리되었다. 순간 애정은 실소를 터트렸다.

"고민할 게 뭐 있어? 너는 둘 다 마음에 없는데."

한 사람은 같은 회사에 다니는 사근사근하고 귀여운 후배다. 같이 놀자고 해서 몇 번 만난 것이 전부였다.

다른 한 사람은 같은 회사에 다니는 무서운 상사다. 같이 밥 한 끼 먹은 게 전부다. 그리고 분명 연애할 생각이 없음을 전했다.

제아무리 심쿵했다고 한들 잘생긴 사람들 앞에서라면 어떤 여자라도 마찬가지였을 거였다. 그게 전부다.

최대한 빠른 시일 내에 제 마음의 결정을 얘기해 줘야겠다. 두 사람 모두에게. 혹시나 두 사람이 조금의 기대를 할 수도 있으니, 내일부터는 무조건 딱딱하고 차갑게 굴어야겠다.

"그럼 고민 끝이네!"

그러면서도 마음 한구석이 자꾸만 불편한 게, 애정은 결국 꼴딱 밤을 새고 말았다.

05

"대리님 혹시 어디 아프신 거예요?"

어제 밤새도록 잠을 한숨도 이루지 못한 애정의 얼굴은 폭격을 맞은 재난 영화 속 주인공 같았다. 애정이 걱정이 된 건지, 강준의 반대쪽 옆에 앉은 연희가 조심스레 물어 왔다. 연희는 강준과 동기로 남자 팀원들이 뽑은 이상형 1순위로 청순의 대명사였다.

"아니, 그냥 잠을 좀 못 잤더니."

"제가 커피 한 잔 타 드릴게요."

"아니야. 그럴 필요 없어. 번거롭게, 뭘."

"저도 아침에 커피를 안 마셨더니 피곤해서요. 마침 제 것도 탈 겸 대리님 것도 한 잔 타 올게요."

애정이 연희를 예뻐하는 이유였다. 말 한마디를 해도 사근사근해 상대방 기분 좋게 했고, 모든 행동이 조심스러운 마음 여리고 착한 사람이라서.

"그럼 부탁해. 고마워."

자신은 절대 따라할 수도 없는 싱그러운 미소로 대답을 대신하고 일어선 연희에 애정이 힘든 몸을 막 책상 위로 접혔을 때였다.

"강준 씨, 안녕."

연희의 목소리가 파티션 너머로 들려왔다. 괜히 이전에는 전혀 없었던 긴장이 생겼다.

"어제 잠 못 잤어요?"

엎드려 있는 애정에 강준이 재킷을 벗어 의자에 걸치며 물었다.

"어, 좀 설쳤어."

"커피 사다 줄게요."

"아니야. 고맙게도 연희 씨가 타다 준대."

"잠은 왜 못 잤는데요?"

"그냥 이것저것 생각하느라."

"그랬구나."

뭔가 할 말이 있는 듯한데, 강준은 그냥 말아 버리는 눈치였다.

"무슨 할 말 있어?"

"아니요."

몸을 돌려 업무할 준비를 하는 강준에게서 애정의 시선이 떨어지지 않았다. 강준이 무슨 말을 하려고 했는지 궁금해 자꾸만 옆을 힐끔거리게 되었다.

어제 분명 강준이나 정한이 자신에게 절대 관심을 두게 하지 말자고 결심을 했거늘, 왜 오히려 자신이 안절부절못하는 걸까? 대체 왜 마음이 미련하고 괘씸하고 한심한 갈대처럼 흔들리는 거야?

참지 못하고 무슨 말을 하려던 거냐고 묻기 위해 막 입술을 떼어 냈을 때였다. 커피를 타러 갔던 연희가 돌아왔다.

"대리님, 여기 커피요."

"고마워."

커피를 마신다고 해서 직장인의 피로가 확 풀리는 건 아니었지만 제 커피를 챙겨다 준 연희가 고마워 애정은 연신 힘나는 제스처를 취했다.

"연희 씨 덕분에 잠이 좀 달아나는 것 같아."

"다행이네요. 어? 이사님 오셨네요."

제 할 일을 하던 팀원들이 전부 일어나 이사실로 향하는 정한을 향해 공손하게 인사를 해 보였다. 정한의 시선이 정확히 애정을 향해 꽂혔다. 전에는 전혀 없었던 일이었기 때문에 애정도 자꾸만 신경이 쓰이는 건 사실이었다.

그러면서도 옆에 있는 강준 역시 신경이 쓰여 그야말로 이러지도 저러지도 못해 미쳐 버릴 것만 같았다.

내가 두 사람한테 동시에 고백을 한 것도, 양다리를 걸친 것도 아닌데 왜 가시방석이어야 하는 거지? 대체 왜?

"대체 왜 그러시는 거예요? 자꾸만 신경 쓰이게."

괴로움에 머리카락을 쥐어뜯고 있는데, 옆에 있던 강준이 중저음의 목소리로 물어 왔다.

"신경 쓰지 마."

"어떻게 신경을 안 써요?"

좋아하는 사람이니까?

"혼자서 자꾸 머리를 쥐어뜯고 이상한 소리를 내시는데."

예상에서 빗나가는 대답에 머쓱해하며 아까 하려던 말이 무엇이냐고 다시 물어보기 위해 입술을 떼어 냈을 때였다. 이번에는 조 과장과 눈이 마주쳤다.

"아주 그냥 출근하자마자 수다 떨고 싶어 가지고 입술 들 썩이는 거 봐라. 일 안 하고 월급 받아 가는 기분이나 좀 물 어보자. 염치라는 게 있어?"

아주 눈만 켜면 자신을 못 잡아먹어서 안달이 난 조 과장 에 애정은 어금니를 바득바득 갈았다. 안 그래도 복잡한 머 릿속을 헤집는 바람에 화를 삭이고 있는데 강준이 대신 나섰 다.

"대리님은 수다 떨고 계셨던 게 아니에요, 과장님. 제가 모르는 걸 물어보고 있었습니다."

"아, 그랬던 거야? 아니, 난 또 평소 우리 정 대리 이미지 가 그래서 떠드는 줄 알았지."

하, 평소 내 이미지가 어떤데?

강준의 말에 순순히 돌아서는 조 과장 뒤통수에 대고 실컷 욕을 퍼부었지만 뻗쳐오르는 성질이 감당되지 않았다. 파티 션 밑에 숨어서 주먹질을 하고 있는데 옆에서 연희가 애정의 등을 다독이며 달랬다.

"참으세요."

"응. 그래야지."

연희와 대화하는데 뒤통수에서 강준의 강한 시선이 느껴졌다.

내가 이렇게 인내심이 없으면서도 누군가의 시선에 민감하게 반응을 했던 사람이었나?

애정은 요즘 자꾸만 또 다른 자신과 마주하는 것 같은 낯선 기분이 들었다. 결국 참다못해 돌아섰다. 강준의 눈빛에는 여전히 하고 싶은 말이 잔뜩 서려 있었다.

무언가를 쉽사리 거절할 수도, 무관심조차도 허락하지 않는 저 눈빛……

"좀 있다가 나랑 얘기 좀 하자."

애정은 또 조 과장의 잔소리가 폭탄처럼 날아올까 싶어 최대한 파티션에 몸을 수그리고 속삭였다.

"점심 같이 먹으면서요?"

"어, 점심 같이 먹으면서 얘기하자."

얼떨결에 점심 약속을 잡고 이제 일에 집중하기 위해서 컴퓨터로 시선을 옮기는데, 이사실 문이 열리더니 정한이 나왔다.

"정 대리, 잠깐 나 좀 보죠."

결국 업무는 시작도 못 한 채 애정은 자리에서 일어섰다. 이사실까지 향하는 동안 뒤에서 강준의 시선이 따라오고 있다는 것을 알고 있었지만 이번에는 돌아보지 않았다. 그냥 돌아보면 안 될 것만 같았다.

끝까지 뒤통수를 유지한 채 이사실 안으로 들어가 문을 닫은 애정은 책상에 대충 걸터앉아 있는 정한에게로 다가갔다.

"뭐 필요한 거 있으세요?"

"오늘 점심에 약속 따로 없죠?"

"방금 생겼어요."

"누구랑?"

따지고 물어 오는 뉘앙스는 아니었다. 그저 정말 궁금해하는 눈치였다. 팀원들의 사적인 일에 관심이라고는 쥐뿔도 없던 정한이 확실히 애정의 일에는 궁금증이 생긴 모양이다.

상대를 좋아한다는 가장 큰 증거였다.

"어……."

"없는데 억지로 지어내고 있는 건 아니지?"

"그런 거 아니에요. 강준 씨랑요."

"박강준 씨?"

"네."

"단둘이?"

"네."

"하긴, 옆자리에 앉아서 꽤나 친할 수도 있겠군요."

그저 남녀 사이가 아닌 옆자리에 앉은 선후배로서 친한 것이라고 열심히 자기 합리화를 시키고 있는 정한이 조금 안쓰러워 보이기도 했다.

하지만 마음이 정리 되지 않는 이상 섣부른 말은 금물이었다.

"네, 뭐……."

"그럼 저녁은 나랑 같이 먹죠."

어제 결심했던 것처럼 똑 부러지게 얘기하자. 특히 지금 상대는 직장 상사다. 정신 바짝 차려야 한다.

잘못 행동했다가 어긋나기라도 하면 감당하지 못할 대가가 기다리고 있을지도 모른다 생각하니 애정은 정신이 번쩍 들었다.

"죄송합니다. 같이 저녁 못 먹겠습니다."

"왜요?"

"계속 얻어먹는 것도 죄송하고……."

"그럼 오늘은 정 대리가 사요."

"아니, 제 말은 그게 아니라……."

"마음에도 없는 사람이랑 같이 시간을 가지면 미안해질까 봐서 그럽니까? 괜히 어장 관리하는 여자가 되는 것 같아서요?"

"정답이세요."

"어장 관리라고 생각 안 합니다. 내가 정 대리랑 같이 있고 싶어서 그러는 거니까."

"이사님."

"정 대리가 날 가지고 놀든, 어장 관리를 하든 상관없다는 걸 말하는 겁니다. 같이 있을 때의 즐거움으로 커버가 되니까요."

정한의 말에 애정은 크게 충격을 받았다. 가지고 놀든, 어장 관리든 상관이 없다니. 이미 상처 받을 준비가 되어 있다는 듯한 정한의 태도는 그동안 상처 받고 싶지 않아 사랑마저 피하고 다니던 자신과 너무 달랐다.

"사람을 좋아한다는 감정의 깊이에 있어서 길고 짧은 게 있을까 싶습니다. 좋으면 좋은 거지, 난 그런 거 잘 모릅니다."

"워낙 철저한 분이셔서 그런 것도 잘 아실 줄 알았어요."

"내가 일에나 철저하죠. 감정에 있어서도 철저히 계산하는 사람이 몇 명이나 있겠어요. 아무튼 나는 정 대리한테 받는 상처보다 행복이 더 중요하니까 그런 거 신경 쓴다고 피해 다니지 않았으면 좋겠습니다."

강준과 마찬가지로 정한 역시 사랑하고 사랑받기 위해서 상처 따위는 충분히 감수할 수 있다고 말하고 있었다.

"저녁 약속 없는 거죠?"

"……."

"점심때랑은 다르게 대답 없는 거 보니까 없나 보네요. 그럼 어제 거기서 기다리고 있을게요."


강준과 함께 점심을 먹기 위해 도착한 곳은 회사에서 조금 떨어진 골목에 위치한 작은 라멘 집이었다. 점심시간이라 사람이 꽉 차 있어 10분 정도 기다려 된다는 말에 강준이 물었다.

"다른 거 먹을래요?"

"아니, 괜찮아. 냄새 맡으니까 더 먹고 싶어."

강준과 애정은 웨이팅 석으로 향했다. 나란히 앉아서 기다리고 있는데, 마침 가게 안으로 아주머니 몇 분이 들어오셨다.

차례를 기다리기 위해 아주머니들이 두 사람 곁으로 다가오자 강준은 자연스럽게 자리에서 일어서 애정의 앞에 섰다.

자신보다 나이가 있는 분들을 향한 몸에 밴 양보라는 것을 단박에 알아차렸다.

"여기 앉을래?"

"아니요. 서 있는 게 더 편해요."

"서 있는 게 뭐가 편해? 누구나 앉아 있는 게 더 편하지."

애정의 핀잔에도 강준은 실없이 웃어 버리고 말았다.

"누구한테나 이렇게 다 친절하지?"

왜 갑자기 이런 말이 튀어나왔는지 모르겠다. 하지만 그 정도로 여태 애정이 봐 왔던 강준은 그런 사람이었다. 누구에게나 친절하고 잘 웃었다. 하다못해 그냥 길을 지나가는 사람에게조차 겸손하고 친절했다. 그래서 누구나 좋아할 법한 사람이었다.

그 영향을 받아 함께 있으면 덩달아 겸손해질 수밖에 없었다. 비록 저보단 나이가 어리지만 배울 점이 많았다.

가게를 오는 길에만 해도 몇 번이나 그런 모습들이 보였다. 만약 그에게 여자 친구가 있었다면 그녀는 강준의 그러한 면이 좋으면서도 어딘가 신경 쓰였을 것 같았다.

"왜요? 싫어요?"

"아니. 좋고 싫은 게 어디 있어. 그게 네 성격인데. 다만 항상 너는 상대방을 배려하고 친절을 보이는데, 상대방이 그러지 않으면 화나고 억울할 때가 있을 것 같아서."

"당연히 있죠. 근데 신기하게 대부분 제가 그러면 상대방도 친절하게 대해 주더라고요. 그냥 싸우는 게 싫어요. 싸워서 좋을 게 없잖아요."

"그래서 늘 그렇게 배려하고 양보를 하면서 사는구나. 싸우기 싫어서."

"아니요."

애정은 '뭐가 아니야?' 하고 묻는 눈빛으로 강준을 올려다보았다.

"그렇다고 늘 배려하고 양보만 하면서 사는 건 아니에요. 내가 갖고 싶은 건, 꼭 갖고 마니까. 그리고 친절하다고 해서 모든 여자들을 대리님과 똑같이 대하는 것도 아니고요. 먼저 연락하는 것도, 계속 밥 같이 먹자는 것도, 자꾸 쳐다보는 것도 좋아하는 대리님한테만 하고 있는 거예요."

이런 작은 라멘 집에서조차 강준의 미소는 빛나고 있었다. 너무 탐스러웠다.

마침 정리가 다 되었다며 안내해 주겠다는 직원의 말에 두 사람은 안으로 들어갔다. 마주 보는 게 아니라 나란히 앉는 자리였는데, 생각보다 좁아서 몸을 조금만 틀어도 서로 다리가 엉키게 생겼다.

애정은 최대한 몸을 앞쪽으로 힘주어 앉았다.

"뭐 먹을 거예요?"

"난 너의 예쁜 미소를 보고 느꼈어. 미소 라멘."

"재밌네요."

영혼 하나 없는 얼굴로 말하는 강준에 애정은 머쓱하다기보다는 웃겼다.

"그렇게까지 정색하기 있냐, 없냐?"

대답하지 않고 강준은 자리에서 일어섰다. 알고 보니 일본처럼 자판기로 직접 주문을 하는 시스템이었다. 라멘을 고르고 돌아오는 길에 강준의 손에는 앞치마가 들려 있었다.

"혹시 모르니까."

자연스럽게 앞치마를 매 주는 강준의 손길에 애정은 움찔댔다. 괜한 긴장감이 몸을 굳히게 만드는 바람에 라멘이 나올 때까지 아무 말도 하지 못했다.

애정의 컵이 비워질 때마다 강준은 자연스럽게 물을 채워 주었다. 사소하게 챙겨 주는 면이 더욱 사랑받는 것 같은 느낌을 들게 해 주었다.

이런 사소한 것들을 챙겨 주는 게 사랑의 본모습이 아닐까?

"아차, 아까 할 얘기 있다고 했잖아요."

"어? 그랬지."

"뭔데요?"

"아까 내가 잠 못 잤다고 했을 때, 할 말이 있어 보이는 것 같기에."

"그래 보였어요?"

"응."

"딱히 할 말 있었던 건 아니에요."

대답하면서 눈동자가 갈 길을 잃고 방황한다. 거짓말을 하고 있다는 뜻이었다.

"지금 되게 티 나. 모르는 척하기 좀 민망할 정도로."

"잠도 안 자면서 내 메시지에 답장도 안 해 준 게 좀 섭섭했었는데, 생각해 보니까 그걸 자꾸만 바라고 티를 내는 내가 좀 염치가 없는 것 같아서요."

"……."

"짝사랑이니까 그런 거 바라면 안 되는 거잖아요."

"설마 너도 잠 못 잔 거야?"

"네. 그래도 절대 미안해하지는 말아요. 내가 좋아서 그러는 거니까."

"알았어."

"아차, 이거요."

갑자기 생각났다는 듯이 강준이 주머니 속에서 무언가를 꺼냈다. 손바닥만 한 앙증맞은 수첩이었다.

"이게 뭐야?"

"앞에서부터 넘겨 봐요."

강준이 시키는 대로 하던 애정의 얼굴에 흥미로운 미소가 떠올랐다. 강준은 수첩 한 장, 한 장마다 일일이 그림을 그렸는데 애정이 복싱 글러브를 끼고 조 과장의 얼굴을 제대로 한 방 먹이는 그림이었다. 마치 생동성 있게 움직이는 것 같은 그림이 신기하고 속 시원해서 애정은 몇 번이고 수첩을 넘겼다.

"와, 너 그림 실력 좋다! 속이 다 시원해!"

"화날 때마다 그거 봐요."

"그래야겠어. 고마워. 아주 잘 간직할게."

어느새 식사를 끝내고 가게 문을 열고 나오려는데 생각보다 무거웠다. 오래도록 사무직을 하면서 생긴 수근관증후군 때문인지, 요즘에는 손목에 힘을 조금만 줘도 손가락 끝까지 지끈거렸다.

다른 손을 겹쳐 힘을 주려 하자 뒤에서 강준이 대신 문을 밀어 열어 주었다. 순간이었지만 강준의 옅고 따뜻한 숨결이 귀를 스쳐 지나갔다.

마치 불을 가져다 댄 것처럼 금세 뜨거워지고 있는 것이 느껴졌다.

"왜 그래요? 어디 불편해요?"

자꾸만 귀를 만지는 애정에 강준이 넌지시 물어 왔다.

"어? 아니야."

"귀에서 피 나는 거 아니에요? 왜 이렇게 빨개요?"

무의식중에 자신의 귀로 손을 뻗는 강준에 애정이 부리나케 앞으로 뛰어갔다.

"왜 뛰어요?"

"커, 커피! 커피 마시려고! 안 뛰면 못 마셔!"

커피 못 마셔서 안달 난 여자처럼 보이더라도 어쩔 수 없었다. 강준도 그녀를 향해 달려오고 있었다. 필사적으로 달리고 있는 애정과는 달리 여유로운 달리기였다.

애정은 더욱 속도를 내서 달렸다. 제발, 시원한 바람으로 뜨거운 귀가 좀 식혀지길 간절히 바라면서.


위가 잔뜩 늘어난 기분이다. 국물까지 비운 라멘에 이어 커피까지 마셨으니, 몸이 전부 물로만 채워진 기분이었다.

울렁거리는 속을 안고서는 겨우겨우 업무를 보고 있었다.

"정 대리, 이리 와 봐!"

조 과장, 저게 또 시작이다. 가뜩이나 소화가 잘 되지 않는 것 같은데, 조 과장 목소리에 위장은 더 꼬이는 것만 같았다.

"예. 과장님."

"표정이 왜 그래? 내가 부르는 거에 뭐 불만 있어?"

저렇게 심사가 뒤틀린 사람들은 세상 어떻게 살아갈까 싶을 정도로 한심스러웠다.

"그런 게 아니라 소화가 안 되는 것 같아서요."

"점심에 뭘 얼마나 성대하게 먹었으면 소화가 잘 안 돼? 일 안 하려고 꾀부리는 거지?"

적당히 해라, 이것아.

대답할 힘도 없어서 어금니를 바득바득 물며 서 있었다.

"약 꼭 사 먹어. 조퇴한다고 헛소리하지 말고."

"네. 꼭 사 먹어서 위를 달래도록 하겠습니다. 그 부분에 대해서는 절대 걱정하지 마세요."

네가 내 생각을 하는 것 자체가 불쾌하니까.

"하실 말씀 하세요."

"아, 다음 주 화요일부터 일주일 동안 부산 좀 갔다 와. 우리 예쁜 연희랑 강준 씨 데리고."

연희에게는 '씨'를 붙이지 않고서 능글맞게 웃는 모습에 당사자가 아닌데도 괜히 기분이 나빴다.

"부산에요?"

"응. 부산 지점에서 워크숍 갔다 오는 길에 교통사고가 나서 인력이 너무 부족하대. 한 일주일 정도만 봐 달라고 하니까. 이번 신상품이 마트에 새로 출시되잖아. 지금 당장 급하게 인력을 구할 수도 없나 봐."

"그럼 여기 일은요?"

"그걸 뭐 하러 정 대리가 걱정을 해? 정 대리보다 훨씬 일을 잘 하는 공 대리도 있고 최 대리도 있는데?"

입만 열면 사람 염장을 질러 대는 조 과장에게 오늘도 굴복해야 한다는 것이 굴욕적인 일이었지만 그걸 또 애정은 해내고 만다.

"네. 알겠습니다."

위가 뒤틀리는 것 같아 싸울 힘도 없어 자리로 돌아왔다. 마침 강준은 자리에 없었고 연희만 있었다.

애정은 급하게 서랍을 열어 강준이 줬던 수첩을 세 번이나 넘겼다. 한 여섯 대 정도 때리고 나자 속이 좀 시원해지는 기분이었다.

"연희 씨, 다음 주 화요일부터 부산으로 출장 가야 된대. 자기랑 나랑 강준 씨랑."

"정말요? 와, 나 부산 한 번도 안 가 봤는데!"

연희는 출장보다 부산을 간다는 것에 꽤 신이 난 눈치였다.

"그래. 퇴근하면 같이 바다도 보고 회에 소주도 때리자."

"완전 좋아요, 대리님. 거기 국밥도 유명하다던데, 그것도 꼭 먹어요."

"그래, 그래."

좋아하는 연희를 뒤로하고 애정은 자리에서 일어섰다. 아무래도 화장실에서 구역질을 한 번 해야 할 것만 같았다. 실컷 맛있게 먹어 놓고 이게 뭐람?

뒤틀리는 것 같은 배를 부여잡고 사무실을 나와 화장실로 향했다. 하지만 자꾸만 울렁거리는 속과는 달리 뭐가 딱히 나오는 것도 없었다.

헛구역질을 해 봤지만 소용이 없어 그냥 입만 물로 헹구고 나오는데, 강준이 막 사무실로 들어가려다 말고 애정에게로 다가왔다.

"이거 얼른 먹어요."

강준의 손에 들려 있는 건 알약과 물로 된 두 종류의 소화제였다.

"나 아픈 거 어떻게 알았어?"

"평소답지 않게 얼굴이 하얗게 질리고 몸을 자꾸만 책상에 누우시려는 게 마음에 걸렸었는데, 아까 과장님한테 말하는 거 듣고 바로 나갔다가 왔어요."

그러고 보니 강준의 머리가 잔뜩 흐트러져 있었다. 약국은 회사에서 꽤 멀리 떨어져 있었다.

"뛰어갔다 온 거야?"

"얼른 먹어요."

별거 아니라는 듯 강준이 애정의 손바닥 위에 소화제들을 놓아주었다.

"급체는 이렇게 먹어야 금방 낫는데요."

"응."

약을 꿀꺽 삼켰다.

"그래도 정 안 되면 병원 다녀와요."

"그러면 조 과장 뒤집어질걸?"

"제가 어떻게든 잘 말해 드릴 테니, 그런 건 걱정 마시고
요."

강준의 표정이 자못 심각했다.

"고마워. 자꾸 너한테 신세만 지는 것 같아."

"내가 좋아서 하는 일이니까 마음에 담아 두지 않아도 돼
요. 손 이리 줘 봐요."

"손?"

아무렇지 않게 손을 내밀었다. 강준이 엄지와 검지 사이를
꾹꾹 눌렀다.

"아악! 아파아!"

"아파도 좀만 참아요."

"아니, 이건 좀 심하게 아픈데?"

애정이 벗어나려고 했지만 강준은 더욱 힘주어 꽉 눌렀다.

"여기 이렇게 지압을 해 주는 게 효과가 있대요."

강준이 좀 주물러 주니 정말 괜찮은 것 같았다.

"나 이제 들어가 봐야 해. 안 그러면 조 과장이 지랄 발광
하거든."

"네. 그럴 것 같네요."

이렇게 잘해 주면 냉정해지기가 너무 힘이 든다. 벌써 수
십 번은 넘게 제 결심을 어겼다. 애정은 흐지부지될 것만 같

은 제 의지가 마음에 들지 않아 스스로를 크게 나무라며 사무실 안으로 들어섰다.

소화제를 먹어 괜찮긴 했지만 이대로 저녁을 먹으면 다시 체할 것만 같았다. 더군다나 음식 생각만 해도 속이 울렁거렸다. 세상에, 자신에게도 이런 날이 다 오다니. 철없는 생각이지만 이번 기회에 살이나 왕창 빠졌으면 하는 생각이 들었다.

퇴근하고 서둘러 밖으로 나오니 정한이 서 있었다.

"어디 아픕니까?"

아직까지 하얗게 질린 애정의 얼굴을 단박에 알아차린 정한이 걱정스레 물었다. 애정은 입을 삐죽거리며 고개를 끄덕였다. 같잖지도 않게 여자 짓이었다.

"아, 제가 점심에 음식을 잘못 먹었나 봐요. 체했어요."

"체했을 때는 아무것도 먹지 않는 게 제일 좋아요."

"네. 그래서 오늘 저녁 같이 못 먹을 것 같아요."

"약은 먹었습니까?"

"네. 먹었어요."

"그래요. 아플 때는 푹 쉬어야죠. 타요. 집에 데려다줄게요."

괜찮다고 거절할 만도 했지만 애정은 그러지 않았다. 사실 몸이 아프고 피곤한 탓에 퇴근 시간의 지옥철을 타고 싶지 않은 게 컸다.

"감사합니다."

정한이 직접 조수석 문을 열어 줘 막 타려는데, 하필이면 퇴근하고 건물을 나오는 강준을 발견했다. 강준은 정한과 함께 있는 애정을 발견하지 못하고 몇몇 팀원들과 이런저런 대화를 나누며 지나가고 있었다.

공 대리가 무슨 웃긴 얘기라도 했는지, 함박 미소를 짓는 강준을 멍하니 바라보았다.

"왜 그럽니까?"

"아니요. 아무것도 아니에요."

조수석에 올라타서 안전벨트를 매는 동안에도 애정의 시선은 자꾸만 강준을 향해 움직였다.

바로 집에 가는 건가? 아니면 한잔하러 가나?

"부산으로 출장 간다면서요."

"아, 네. 강준 씨, 연희 씨랑 같이요."

"부산 지점 지금 난리라고 들었는데, 힘들지 않겠어요? 공 대리 보낼까요?"

"아니요. 오랜만에 부산 공기도 좀 맡고 약속한 게 있어서 제가 꼭 가야 해요."

"약속?"

"네. 연희 씨랑 부산 어묵도 먹고 회랑 소주도 먹기로 했거든요."

애정의 대답에 정한이 소리 내어 웃었다. 밀폐된 공간이 그의 웃음으로 채워지자 애정은 다소 어리둥절한 눈빛이 되었다.

"뭐 특별한 약속이라도 한 줄 알았더니. 팀원들이 정 대리를 꽤 좋아하는 거 알고 있습니까?"

"저를요?"

"웃긴 데다가 보통 상사들처럼 꼰대 같지 않다고."

"누군가를 힘들게 하는 거에 취미 없거든요."

"그래도 좋은 사람인 거 너무 티 내고 다니지 말아요. 경쟁자 많아질까 봐 겁나니까."

듣기 좋은 정한의 칭찬에 싱긋 웃어 보였다. 집 주소를 확인한 정한의 차가 천천히 출발해 도로에 진입하자 더 이상 강준은 보이지 않았다.

"저 때문에 저녁 못 드셔서 배고프시겠어요."

"집에 가서 먹어야죠."

"혼자…… 지내시죠?"

정한은 가볍게 고개를 끄덕였다.

"그러시구나. 귀찮다고 건강에 안 좋은 인스턴트 같은 거 드시지 마시고 웬만하면 직접 해 드세요."

"정 대리는요? 부모님이랑 같이 삽니까?"

"아, 저도 자취해요."

"주로 뭘 해 먹어요? 추천해 줄 거라도 있습니까?"

"전 주로 편의점에서 도시락 사 먹어요."

잠깐의 침묵이 흐르고 난 뒤에 정한이 또 한 번 크게 웃음을 터트렸다. 처음에는 웃음 포인트를 찾지 못했던 애정도 슬슬 입술과 광대를 들썩거렸다.

"대체 정체가 뭡니까, 정 대리는."

"그러게요. 제가 생각해도 웃기네요. 그런데 남한테는 뭐든 말하기 쉽잖아요. 근데 진짜 인스턴트 드시지 마시고 꼭 건강 생각해서 밥 챙겨 드세요."

"잘하는 요리 있어요?"

"딱히 없어요. 요리에 별로 관심도 없고 손재주가 없어서 뭐든 만드는 걸 잘 못 해요."

"예쁜 손이라 그런가 보네요. 손이 예쁜데 재주까지 뛰어나면 그러지 못한 사람들이 질투할까 봐서."

애정이 자신의 손을 바라보았다. 보통의 여자들보다 길쭉길쭉하니 큰 손이었다. 어렸을 적에 피아노를 배운 적도 있어서 그런지, 손이 고른 편이었다. 더군다나 집에서 매일 인스턴트식품을 먹어서 설거지도 잘 하지 않는 편이라 살결은 뽀송뽀송했다.

"그러게요. 이렇게 보니까 제 손 예쁘네요."

애정이 자신의 양손을 쫙 펴며 흐뭇하게 바라보았다. 자신이 잘 알지 못했던 부분을 정한이 알려 준 것 같아 기분이 좋았다.

집 근처에 도착하자 애정은 차에서 내렸다.

"감사합니다. 조심히 들어가세요."

"응. 내일은 속 괜찮으면 꼭 같이 저녁 먹자."

"네."

예의 바르게 인사하고서 오피스텔 단지 안으로 들어왔는데, 로비에 익숙한 뒤태가 있었다. 애정의 눈이 휘둥그레졌다.

"신재호?"

"야, 너 왜 전화 안 받아. 휴대폰은 시계로 가지고 다니냐?"

애정의 오랜 친구이자 윤혜의 남자 친구, 재호였다.

06

다행히 정중앙에 기둥이 박혀 있어 밖에 있던 정한도, 안에 있던 재호도 서로를 볼 수 없었다.

애정은 몸을 살짝 틀어 아직 가지 않고 서 있는 정한에게 손 인사를 하고 큰 기둥 뒤로 몸을 숨겨 겨우 엘리베이터에 올라탔다. 여전히 바깥을 쳐다보려 애쓰고 있는 재호를 향해 주먹과 발길질을 하며 얼른 엘리베이터에 올라타라고 협박했다.

재호는 별 반항 없이 엘리베이터에 올라탔다.

"후우."

"남자 친구?"

"아니, 회사 상사."

"회사 상사가 왜 널 집까지 데려다줘?"

날 짝사랑하고 계시거든, 이라고 대답하고 싶었지만 그러지 않았다. 아무리 친한 재호였지만 행여나 정한이 애정에게 어장 관리 당한다고 생각하여 불쌍하게 볼까 싶어서였다. 자신을 좋아해 주는 정한이 초라해지는 건 원하지 않았다.

"집이 이 근처고 또 오늘 내가 좀 아팠어."

"네가? 바위도 때려 부술 애가 어디가 아파?"

"급체했어."

"너 뭐 많이 먹다가 그랬냐?"

아프다는 자신을 걱정은커녕 놀리려고만 하는 재호를 애정은 얇은 눈으로 째려보았다.

"아픈 애 맞아?"

"근데 그거 뭐야?"

재호의 말을 무시하며 애정은 그가 들고 있는 봉지를 눈길로 가리켰다.

"술."

"수울? 웬 술?"

"너랑 한잔하려고."

순간 애정은 온몸으로 직감할 수 있었다. 어쩌면 오늘 재호가 하는 말 중 대부분이 윤혜의 이야기일 테고 생각보다 심각할지도 모르겠다.

도착한 엘리베이터 문이 열리고 두 사람은 나란히 내려 애정의 집 안으로 들어갔다.

"야, 진심 과일 썩은 냄새나."

"오버하지 마! 일주일 청소 안 했다고 집에서 그런 냄새가 날 리가 없잖아."

재호가 찜찜하다며 당장 창문을 열라고 소리쳤다. 여태 자신을 소중히 여겨 주던 두 남자와 함께 있다가 과일 썩은 냄새 취급하는 재호와 함께 있으려니 얼굴이 자연스럽게 붉으락푸르락해졌다.

창문을 열고 보니 집 안이 조금 쾌쾌했던 것 같기도 했다.

"난 못 먹어. 알지?"

"알았어. 혼자 먹을게."

"미안. 하필이면 나 아플 때 와 가지고. 안주로 라면이라도 끓여 줄까?"

"그래."

"대부분 이럴 때는 아니야, 내가 끓여 먹을게. 이러지 않아?"

"그건 남자 친구 아니야?"

"윤혜한테는 그래?"

"당연하지."

"그럼 다행이고."

애정은 선반에서 냄비 하나를 꺼내 물을 받고서 가스레인지 위에 올려놓았다. 라면 두 봉지를 꺼내 끓일 세팅을 마치고 냉장고 문을 열었다.

"김치도 넣어 줘? 너 그렇게 먹는 거 좋아한다며."

"윤혜가 그래?"

"당연하지. 나는 네 라면 취향에 관심도 없었는걸. 윤혜가 라면 먹을 때, 우리 재호는 여기다가 꼭 김치를 넣어서 끓여 먹는다고 해서 몇 번 먹다 보니까 그게 제 취향이 됐다면서

귀에 딱지가 붙을 정도로 말했었지."

김치를 송송 썰며 열심히 말하는데 돌아오는 대답이 없었다. 돌아보니 혼자 소주를 컵에 따라 마시고 있었다.

"재호야, 그거 알아?"

"뭐?"

"네 모습 되게 청승맞아 보인다?"

"그래 보일까 봐 너한테 온 거잖아. 그나마 너한테 이런 모습 보이는 게 제일 덜 창피해서."

재호와의 우정이 이제야 증명된 것 같아 뭉클했다.

"윤혜는 알아? 너 여기 온 거?"

"아니. 말 안 했어."

"왜?"

"그냥."

"그럼 윤혜가 궁금해할 수밖에 없잖아. 말을 안 해 주면 서운하다고."

자신도 모르게 몰아붙이던 애정은 재호가 내쉬는 커다란 한숨에 아차, 싶었다. 분명 엄청난 고민이 있어서 찾아왔을 게 분명한데 같은 여자라서 그런지 윤혜의 감정에 더욱 치중하고 있었다.

"라면 거의 다 끓였으니까 좀만 기다려. 빈속에 소주만 먹지 말고."

"내가 여기 온다고 하면 분명히 윤혜도 올 것 같아서 말 안 했어."

"거기까지는 생각 못 했네. 미안."

다 끓인 라면을 앞에 놓아주고 앉았다. 계속 혼자 소주를 따라 마시려는 재호의 손을 제지시키고 직접 잔을 채워 주었다. 재호는 아무 말 없이 라면과 소주를 번갈아 먹었다. 애정은 그저 묵묵히 지켜봐 주었다.

소주 두 병이 비워지고 라면도 거의 다 먹어 갈 때쯤, 재호가 힘겹게 입술을 떼어 냈다.

"윤혜랑 결혼……해야겠지?"

"결혼?"

"우리 벌써 서른이고 10년이나 연애했으니까."

말투를 보아하니 자발적인 결혼이 아닌 무언가에 떠밀려서 강박처럼 여기고 있다는 생각을 떨어트릴 수가 없었다.

"윤혜랑 결혼하기 싫어?"

애정의 물음에 재호가 한 치의 망설임도 없이 고개를 내저었다.

"아니. 윤해랑 결혼은 하고 싶어."

더 이상 묻지 않았다. 그저 재호가 스스로 말할 때까지 기다려 주었다.

"그런데 결혼이 사랑으로만 되는 건 아니잖아. 돈이 없어서 숱하게 싸우시던 우리 부모님들을 보면서 내 아내가 될 사람은 돈 때문에 스트레스를 받지 않게 부자가 되겠다고 결심했었어. 그런데 지금 나를 봐."

"재호야."

"점점 더 직시하게 되는 현실이 무서워. 계속 이대로 가도 되는 걸까? 내 삶이 너무 불안하고 막막해. 그런 내가 지금은 누구의 위로도 될 수 없을 것 같아."

한때 주목받던 태권도 선수였던 재호는 치명적인 부상 이후 다시 복귀를 하지 못하고 지금은 큰아버지 댁 갈비집에서 일하고 있었다. 일을 하면서도 재호는 언제나 접어야 했던 자신의 꿈을 그리워했다.

"윤혜는 왜 이렇게 자기 마음을 몰라 주냐고 물어. 그 예쁜 마음을 알아. 그래서 윤혜 곁에 있는 게 더 염치가 없는 것 같아."

"그럼 윤혜하고 데이트할 때, 왜 맨날 휴대폰만 보고 있는 거야? 윤혜는 너한테 사랑받고 싶은 여자가 되고 싶은 거야. 그냥 걔는……."

"언제까지 갈비집에서 일할 거냐고 자주 물었었어. 나는 지금 당장 하고 싶은 것도, 할 수 있는 것도 없는데 그게 듣기 싫어서 그렇게 못된 버릇이 나온 것 같아."

"말은 해 봤어? 네가 그런 말을 할 때마다 스트레스를 받는다고."

"다 너를 위한 거라고 하지. 나도 알고 있어. 근데 말하면 싸울 수밖에 없으니까."

너무 걱정스러워 나온 말들이 누군가에게는 치명적인 독이 되어 피하고 싶은 마음에 꽁꽁 숨어 버리게 만들기도 한다. 14년간 간절히 원했던 꿈을 한순간에 잃어버린 재호는 여전히 그 꿈에서 벗어나지 못하고 있었다.

거기에 대고 어느 누가 언제까지 그곳에 갇혀 살 것이냐며 핀잔할 자격있을까. 상대방이 아무리 사랑이라는 감정을 앞세우더라도 말이다.

재호가 짠했지만 애정은 윤혜의 마음 또한 이해 가지 않는 건 아니었다. 어떻게 위로를 해 줘야 할지 몰라 이번에도 그저 입을 다물고 잔을 채워 주었다.

재호는 한참을 그렇게 소리 없이 머물러 있다가 집으로 돌아갔다. 확실한 정답을 찾기 위해 온 것 같지는 않았다. 그저 잘잘못을 따지지 않고 자신의 말을 들어 줄 누군가가 필요했던 모양이다.

사는 게 어렵다. 사랑이 너무 어렵다.

이 세상을 살기에는 사랑 말고도 참 어려운 것이 많은데, 사랑만큼은 조금 쉽게 갈 순 없을까?

아니, 사실 이 세상을 살아가면서 제일 어려운 건 사랑일지도 모른다.

사람들은 일상생활에서 교훈을 얻으며 같은 실수를 반복하지 않도록 노력한다. 하지만 사랑은 그렇지 못하다.

상처 받고, 다투고, 아프고, 슬퍼도 그래도 다시 찾는 게 사랑이다. 그래서 여전히 사랑이 어렵다.

"속은 좀 어때요?"

출근해서 자리에 앉자마자 물어 오는 강준에 애정은 여유롭게 손을 흔들었다.

"바로 약을 사다 준 덕분인지 싹 나았어."

"다행이네요. 그래도 한동안 술이나 밀가루 같이 자극적인 건 먹지 말아요."

"응. 그래야지."

"그리고 이거요."

강준이 무언가를 애정에게 건넸다. 집에서 직접 가져온 듯한 보온병이었다.

"이게 뭐야?"

"매실차요."

"매실차?"

"체한 것에 도움이 된다기에 싸 와 봤어요."

"자상도 해라."

"그래서 반할 것 같아요?"

넌지시 물어 오는 강준의 목소리를 행여나 누가 들었을까 봐 초조하게 주변을 살폈다. 아직 출근한 사람들이 몇 안 돼 다행이라고 생각하며 다시 자리에 앉았다.

"잘 마실게."

"오늘 점심도 같이 먹어요."

"나 죽 먹을 생각인데."

"저도 죽 좋아해요."

몇 번 점심을 같이 먹었더니 이 패턴도 꽤 익숙해지는 것 같다. PC를 켜 한창 업무 준비를 하고 있는데 연희가 출근했다. 저만치에서부터 반갑게 인사하며 들어오던 연희는 눈이 마주친 애정에게도 상냥하게 인사를 한 후, 강준의 자리에 멈춰 섰다.

"강준 씨, 이거 강준 씨 거 맞죠?"

애정이 슬쩍 두 사람을 살폈다. 연희가 건네고 있는 건 신용 카드였다. 어제 다 같이 무리 지어 나가더니 바로 집으로 가지 않고 뭘 먹었구나 싶었다.

"어? 잃어버린 줄 알았는데."

"막 택시 내리려는데 발견했어요."

택시? 단둘이 택시를 탄 건가?

"고마워요."

"별거 아니에요. 어제 술 좀 마시는 것 같던데, 속 괜찮아요?"

박강준이 술을 많이 마셔? 아니, 얼마나 마셨기에 속을 다 걱정할 정도야?

"네. 괜찮아요."

"다행이네요. 그래도 혹시 모르니까 이거 마셔요."

연희가 우유 하나를 건넸다. 괜히 서운해하던 찰나에 연희가 애정에게도 우유를 내밀었다.

"대리님도 드세요."

"어? 고마워. 잘 마실게."

받은 우유를 까서 벌컥벌컥 마시면서도 눈길은 자꾸만 강준을 향해 움직였다.

술을 많이 마셨다, 이거지. 대체 무슨 이유 때문에 그렇게 술을 많이 마셨을까?

애정의 눈길은 이제 우유 팩을 입에 댄 채인 연희에게로 슬그머니 향했다.

같이 택시를 탔다고 했지? 그렇다면 같이 들어간 건데, 혹시 연희 씨랑 단둘이 따로 더 마셨을까?

속 시원하게 대답을 들을 수도 없는 질문들이 애정의 머릿속에 산만하게 떠돌아다녔다.

띠릿—

메시지 알림음이 짤막하게 울렸다. 정한이었다.

〈속은 좀 괜찮습니까? 안 괜찮으면 약 좀 사다 줄까요?〉
〈아니요. 오늘은 괜찮아요.〉

"강준 씨, 혹시 스테이플러 심 있어요?"

"나 있어, 나!"

굳이 가까운 자신을 내버려 두고 강준에게 물어보는 연희를 향해 의자를 길게 빼고 심을 건네주었다.

"감사해요, 대리님. 바쁘신 것 같아서 강준 씨한테 물어본 건데."

"아니야. 하나도 안 바빠. 그러니까 뭐 필요한 거 있으면 나한테 말해. 나 웬만한 거 다 있어."

"네."

다시 짤막한 진동이 울렸다. 정한에게서 온 답장이었다.

〈난 오늘 새롭게 출시된 상품들을 공장에서 확인하고 가느라 늦을 것 같습니다.〉
〈네. 조심해서 다녀오세요!〉

굳이 묻지도 않은 스케줄까지 말해 주는 정한의 메시지에 답장을 보내고 애정은 업무에 집중했다.

어느새 점심시간이 되어 애정과 강준은 회사 근처 죽 집으로 향했다. 애정은 가장 자극적이지 않은 죽을 시켰고 강준은 해장죽을 시켰다.

"술 많이 마셨어?"

"어제요? 네, 꽤 마셨어요."

연희와 마주 보고 앉아 하하, 호호거리며 마셨을 모습을 상상하니 어쩐지 속이 불편해져 왔다. 체해서 불편한 거야, 라며 합리화시키려고 해도 잘 되지 않았다.

"너도 놀 때는 정신이 없는 모양이구나."

흘러가듯 희미하게 말하는 애정에 강준은 그게 무슨 말이냐는 듯 바라보았다.

"아니야. 신경 쓰지 마."

"어제 그렇게 정신을 빼고 놀지는 않았는데. 대리님 아픈데 술 마셔서 기분 상했어요?"

"야, 너랑 내가 무슨 사이라고 내가 그런 걸로 기분이 상하겠냐? 누가 들으면 너랑 나 사귀는 줄……."

괜히 감정이 들킨 것이 민망해져 말이 길어졌다. 자신을 좋아한다고 해서 강준의 사생활이 그녀 위주로 돌아갈 필요는 없었다. 이런 이기적인 욕심 따위 지나가는 개에게 팔고 싶다.

애정은 속으로 자책하며 막 나온 죽을 후후, 불어 댔다.

"안 마시려고 했는데, 공 대리님이 생일이라면서 같이 보내 줄 사람도 없다고 하시더라고요. 그래서 약속이 따로 없었던 저랑 연희 씨만 같이 간 거예요."

"어, 잘했어."

왜 지금 이렇게 시큰둥하게 굴고 있는지 스스로가 얄미웠다. 그럼에도 자꾸만 주둥이가 말을 안 듣고 삐죽거렸다.

"내가 죽 식혀 줄까요?"

"내가 손이 없니, 입이 없니? 알아서 식혀 먹을 테니까 네 죽이나 식혀 먹어. 입천장 데이지 말고. 에베베!"

괜히 툴툴거리고서 당당하게 죽 한입을 먹었다가 그대로 혀와 입천장의 살점이 떨어져 나갈 것 같은 고통을 느꼈다. 너무 뜨거워 죽을 그대로 빈 그릇에 뱉어 버리자마자 강준이 차가운 물을 건네주었다. 얼른 받아 뜨거운 입안을 식혔다.

왜 이런 추한 꼴만 보이는 거야, 자꾸.

"못된 짓해서 벌 받았나 보다."

겨우 진정된 애정이 중얼거렸다.

"그냥 그런 거 있잖아. 매일 연락했던 사람한테서 연락이 없으면 괜히 궁금해지는 거. 어제가 그랬어. 연희 씨하고 단둘이 집에 간 거야?"

말하면서도 악의 하나 없었을 연희에게 자신이 가졌던 감정의 정체가 질투였다는 것을 깨닫자 애정은 크게 놀랄 수밖에 없었다.

"아니요. 공 대리님도 같이 택시 타고 가셨어요."

"아하."

애정은 오해했다는 생각에 살짝 민망해졌다.

"참 솔직하세요."

"응?"

"대놓고 말하셨잖아요. 저한테서 연락이 없으니까 궁금했다고."

사실이었기에 어떤 반문을 해도 거짓말이라는 것을 알았다.

"어제도 진짜 많이 보고 싶었어요."

이번엔 제대로 죽을 식히겠다는 일념 하나로 열심히 입김을 불고 있는데 강준이 불쑥 말을 꺼냈다. 그 목소리가 지나치게 담백해 애정은 죽까지 포기하고 귀를 기울였다.

"다른 사람이 아니라 대리님이 이 자리에 같이 있었으면 좋겠다는 생각을 수백 번은 넘게 했었어요. 전화를 할까 말까, 통화 버튼에서 손가락이 몇 분에 한 번씩 움직이기도 했어요. 그런데 술을 마시고 전화하면 어린애처럼 보채게 될까봐, 그렇게 보일까 봐 일부러 안 한 거예요."

"그럼 메시지는?"

정애정, 방금 뭐라고 그랬어? 정말 가지가지 한다.

"이제 메시지로는 만족 못 할 것 같아요."

"……."

"같이 없을 땐 목소리를 듣고 싶고, 목소리를 듣고 있으면 같이 있고 싶어져요."

그에 반응하듯 강준의 말이 끝나기가 무섭게 휴대폰이 울렸다. 깜짝 놀란 애정이 휴대폰으로 시선을 돌렸다. 정한이었다.

휴대폰을 테이블 위에 올려놓은 바람에 그 이름을 강준도 보았다. 하면 안 될 짓을 한 것처럼 애정은 흠칫 놀랐다.

"이사님이시네요?"

"어? 그러게. 잠깐만."

받지 않으면 단단히 오해할 것 같아 애정은 휴대폰을 들고 일어섰다. 조금 떨어진 곳에서 가서야 전화를 받았다.

"네."

—점심 먹고 있어요?

"네. 지금 막 먹으려고요."

—속도 안 좋을 텐데, 죽 먹지 그래요.

"안 그래도 지금 죽 먹고 있어요."

—어디예요? 나도 이제 막 회사에 도착해서 점심 좀 먹으려는데. 같이 먹게요.

거리가 좀 떨어져 있는 강준을 바라보았다. 강준은 죽을 먹지 않고 가만히 앉아 애정을 기다리고 있었다.

상황이 꽤 난감했다. 여기서 정한이 전혀 모를 다른 사람과 밥을 먹고 있다고 했다간 들어가는 길에 마주칠 확률이 높았다. 숨어서 들어가게 된다면 강준이 의아함을 가질 거였다. 차라리 솔직하게 말할까?

아, 점심 하나 먹는 것에도 이렇게 머리를 굴려야 하다니. 복잡한 건 딱 질색인 애정은 아랫입술을 지그시 깨물었다.

에라, 모르겠다.

"그러면 이리로 오세요. 여기 사거리에 있는 편의점 2층

죽 집이에요."

통화를 끝낸 애정이 자리로 다시 돌아와 앉았다.

"이사님 오신대."

"지금요?"

"응. 식사 안 하셨다고, 같이 먹자고 하시네."

강준의 눈빛이 의아함으로 일렁였다. 충분히 그럴 만도 했다. 이사인 정한이 팀원과 점심을 먹는 경우도 없었고, 그 상대방이 애정이라는 것이 강준을 더욱 혼란스럽게 만드는 듯싶었다.

정한은 생각보다 일찍 도착해 애정을 찾았다. 그리고 강준과 똑같은 얼굴을 하고서 자리로 다가왔다. 하지만 누구보다 당황스러운 건 이 애매한 상황을 초래하고도 설명할 타이밍을 못 잡고 있는 애정이었다.

"오셨어요?"

"강준 씨랑 식사를 자주 하네요. 많이 친한가 봅니다."

정한이 자연스럽게 애정의 옆자리에 앉으며 말했다. 애정은 바짝 마르는 것 같은 입술을 연신 깨물며 강준과 정한의 눈치를 살폈다.

"이사님은 정말 의외신데요. 대리님이랑 이렇게 식사하시는 사이인 줄은 전혀 몰랐어요."

얼굴엔 미소가 가득한데, 어딘가 모르게 잔뜩 경계를 놓치지 않는 강준의 처음 보는 모습에 애정은 잔뜩 긴장했다.

"사실은 딱히 친한 사이는 아니었는데, 이제부터 좀 친해지려고 합니다."

"갑자기 친해지시려고 한다니, 그 이유가 궁금하네요."

"꼭 말해 줘야 하는 건 아니죠?"

두 사람의 대화에 끼어들지 못하고 애정은 안절부절못한 채 앉아 있었다.

"꼭 말씀해 주지 않으셔도 되지만, 신경을 쓰시고 계시는 것 같아서요. 이사님께서."

겉으로는 친절과 상냥함을 드러내고 있었지만 어딘가 경직된 강준의 목소리와 표정에 애정도 덩달아 몸을 굳혔다.

"뭘 말입니까?"

"제가 정 대리님이랑 친한 사이라는 것에 대해서요."

정한의 시선이 옆에 있는 애정에게로 향했다. 멍 때리고 있던 애정을 잠시 그윽하게 바라보던 정한이 천천히 입술을 떼어 냈다.

"맞아요. 사실 무척이나 신경 쓰여요."

다음으로 정한의 입술 사이에서 나올 말은 어쩐지 애정을 더욱 더 혼란에 빠뜨릴 것만 같았다. 애정은 그저 입술만 잘근잘근 깨물었다.

"왜냐하면 내가 지금 정 대리를 짝사랑하고 있는 중이거든요."

"하아."

결국 애정의 입술 사이에서 탄식이 흘러나왔다. 잠시 혼란스러워하던 강준은 금세 정신을 차리고 앞에 놓여 있는 물을 들이켰다.

"내가 정 대리와 친해지는 것에 대해 적극적으로 좀 도와

줄 의향이 있습니까?"

정한의 말에 강준은 한동안 입을 굳게 다물고서 가만히 눈을 감았다. 이렇게 침착성을 잃고 굳은 얼굴을 한 강준은 처음이었다. 처음 입사했을 때도 신입치고는 긴장한 것 하나 없이 언제나 웃는 얼굴로 여유롭게 행동하던 그였다. 감은 눈 위로 파르르 떨려오는 속눈썹이 애정은 마냥 안쓰러웠다.

얼마간의 시간이 흘렀을까. 강준은 천천히 눈을 뜨고 정한을 응시했다. 강준의 눈빛은 좀 전과는 다르게 어떠한 미동도 없이 강건했다.

"죄송합니다만 저는 그럴 의향이 없습니다."

박강준, 너 정말 왜 이래! 지금 네가 상대하고 있는 사람은 이사님이라구!

불안해하는 애정과는 달리 흔들리지 않는 강준에 정한은 흥미롭다는 듯이 피식, 하고 미소를 지었다.

"혹시 박강준 씨도 정 대리를 좋아합니까?"

"네. 좋아합니다."

정한의 입술 사이로 옅은 실소가 터져 나왔다. 두 사람 사이에 보이지는 않지만 서로를 경계하는 살벌한 분위기가 풍겼다.

"지금 나랑 뭐하자는 겁니까."

"이사님이랑 뭐 할 생각 없습니다. 그저 제 솔직한 감정을 말씀드린 것뿐입니다."

"저, 여기서 이럴 게 아니고⋯⋯."

중간에서 애정이 말려 보았지만 이미 두 사람은 그녀가 눈에 들어오지 않는 듯했다.

"지금 타이밍이 좀 웃기다는 생각 안 드나요, 박강준 씨?"

"글쎄요. 저는 꼭 말씀을 드려야 할 타이밍인 것 같아서 전해 드린 것밖에는 없습니다."

"그래요. 내가 먼저 꺼낸 얘기니까 그렇다고 치죠. 언제부터 정 대리를 좋아했습니까."

"처음 입사했을 때부터요."

"그럼 내가 먼저네."

총알만 없지 거의 폭격처럼 오가는 두 사람의 뾰족한 목소리에 결국 참다못한 애정이 일어섰다.

"저 먼저 일어날게요. 그냥 두 분이서 말씀 나누고 오시는 게 더 나을 것 같아요."

강준과 정한이 동시에 애정을 째려보았다. 자리에 있으라는 뜻이었다. 애정은 점점 식어 참기름이 둥둥 떠다니고 있는 죽을 보니 열불이 났다.

"그러면 저쪽 테이블 가서 말씀들 나누시겠어요? 저 죽 먹고 약 먹어야 되거든요."

일촉즉발인 상황에서도 죽 타령을 하고 있는 것이 조금은 한심했지만 살짝 감정이 격해진 애정의 말에 두 남자는 금세 분위기를 누그러뜨렸다.

"박강준, 너도 빨리 죽 먹어. 다 식었잖아."

"네."

강준이 조용히 죽을 먹기 시작했다.

"난 죽을 주문해야 할 것 같은데……."

정한이 직원을 찾는 듯 주변을 두리번거렸다.

"죽 조리되는 데 시간 꽤 걸리니까 일단 제 거 반 덜어 드릴게요."

"아, 그럴래요?"

"제 거 드세요. 아픈 사람 거 뺏어 드시지 마시고."

강준이 말을 자르며 자신이 죽을 덜어 주었다.

"박강준 씨는 뭘 또 말을 그렇게 합니까? 정 대리가 직접 덜어 주겠다고 한 거 못 들었습니까?"

"덩그러니 앉아 계시는 거 그냥 볼 수 없으니까 그러셨겠죠. 딱히 특별한 무언가가 있기보다는."

"아, 특별한 무언가가 있을까 봐서 걱정인가 봅니다."

"그것보다는……."

또다시 오가는 설전에 애정은 아예 죽 그릇을 들고 일어섰다.

"비키세요."

"박강준 씨, 얼른 덜어 줘요."

정한이 급하게 손을 뻗자 강준은 죽을 재빠르게 접시에 덜어 건넸다. 애정은 다시 죽 그릇을 내려놓고 천천히 먹기 시작했다. 부드러운 죽인데도 또 체할 것만 같은 불길한 기분으로 애정은 두 사람을 노려보며 아주 천천히 죽을 잘근잘근 씹어 먹었다.


"부산, 공 대리 보내는 게 맞는 것 같습니다."

점심을 먹자마자 올라와 이사실로 들어오라던 정한은 애

정이 문을 닫자마자 말을 꺼냈다. 평소 위엄 있는 정한답지 않게 은근히 초조해 보이는 모습이었다.

"안 돼요. 이미 짐 다 싸 놨단 말이에요."

"무슨 짐을 벌써부터 싸 놓습니까?"

"전 원래 생각나는 대로 싸야지 그나마 좀 덜 두고 가요. 그리고 연희 씨랑 가서 어묵 먹기로 약속했다고 말씀드렸잖아요."

"오늘 당장 연희 씨랑 같이 내가 부산 어묵 사 줄게요."

"부산에서 먹는 부산 어묵이랑 서울에서 먹는 부산 어묵이랑 같아요?"

"뭐가 틀립니까?"

애정은 이런 유치한 말다툼을 정한과 하게 될 줄 꿈에도 상상하지 못했다. 기가 다 막히다가도 웃음이 새어 나왔다. 겨우겨우 참아 내고 있는데 정한은 여전히 심각했다.

"조 과장님께서 제가 가길 원하세요."

"그래도 안 됩니다. 정 대리를 좋아한다는 박강준 씨랑 일주일을 같이 지내게 할 수는 없어요. 이건 반칙입니다."

"한 방에서 같이 지내는 것도 아닌데 공사 구분 하셔야죠. 이런 말씀까지는 안 드리려고 했는데, 아직 제 남자 친구 아니시거든요?"

"알아요."

이제야 조금 침착해진 정한은 머리가 아파 오는지 지그시 관자놀이를 매만졌다.

"그러니까 박강준 씨도 정 대리를 좋아한다는 거죠?"

"네."

"고백만 받은 겁니까?"

"네. 그때 분명히 말씀드렸잖아요. 아직 연애할 마음 없다고."

"박강준 씨한테도 그렇게 대답했고?"

애정이 낮게 고개를 끄덕이자 정한은 호흡을 가다듬으며 자신의 감정을 추슬렀다.

"그래서 부산은 꼭 가야겠다?"

"네. 이미 약속한 것들이 있으니까요. 무엇보다도 제가 능력을 검증할 기회인데 남에게 미룰 수는 없어요. 갑자기 안 가는 것도 이상해 보이고."

"그래요, 그럼. 그렇게 해요."

그 틈에 정한의 휴대폰이 울렸다. 그가 전화를 받는 동안 애정은 이사실을 빠져나왔다. 자리로 돌아오니 강준은 옆에 없었다.

어딜 간 거야?

머리가 지끈지끈 아파 왔다. 어떻게든 빨리 마음을 정하지 않으면 큰일이 날 것만 같다는 생각이 무서울 정도로 엄습해 왔다.

욕먹어도 GO다.

　아니, 따지고 보면 지금 이게 욕먹을 행동이라고 생각하는 게 억울했다. 순식간에 양다리 걸친 여자가 되어 버린 것 같으니 억울할 수밖에.

　애정은 결심했다. 어떤 모진 소리를 듣더라도 반드시 해결책을 찾겠노라고. 그래서 독설가라면 둘째가라는 동생 애희와 자신을 제일 잘 알고 있는 윤혜에게 SOS를 쳤다.

　주말 오전, 세 사람은 애정의 오피스텔에 모였다.

　"언니는 미쳐 가지고 무슨 낮술이야?"

　먼저 도착한 애희가 신발을 벗으며 투덜거렸다. 그럼에도 얼굴에는 잔뜩 기대가 서려 있었다.

　"넌 미치지도 않은 애가 소주를 여섯 병이나 사 왔냐?"

　애정의 핀잔에 애희는 괜히 입술만 삐죽이며 냉장고 안에

차곡차곡 소주를 넣었다.

"근데 뭐 먹을 게 하나 없네. 윤혜 언니 오기 전에 뭐 시켜
놓자."

"그래. 뭐 먹을래?"

"먹고 싶은 거야 많지. 일단 중식으로 탕수육이랑 짬뽕,
그리고 광어회도 하나 시키자."

"아주 언니 등골을 제대로 빼먹으려고 작정했구나?"

"이리저리 진짜 약속 많고 바쁜 와중에도 한달음에 달려
온 핏줄을 위해 그 정도도 못 내줘?"

"말이라도 못하면……."

"정애희가 아니지."

애정은 주문한 후 소파에 누워 있는 애희에게로 향했다.
애희가 머리 위쪽 귀퉁이를 가리켰다.

"저기 왜 저래?"

애희가 가리킨 곳은 위에서 물이 새는 모양인지 벽지가 젖
으면서 눌어붙은 자국이 선명했다.

"어머, 저기 물 새나 보다."

"자기 집이면서 그것도 여태 몰랐어?"

"말이 좋아 집이지, 매일 잠만 자고 씻으러 오는 곳이거
든? 요즘 너무 바빠서."

"으이구. 아무리 바빠도 그렇지, 딱 보이는구먼 거길 못
봐? 그건 바쁜 게 아니라 그냥 무관심한 거야. 바쁜 건 핑계
일 뿐이라고."

언제 시간 날 때, 주인집 아주머니에게 말해야겠다고 생각

하며 애희 옆에 누웠다.

"아, 좁아!"

"누가 보면 네 소파인 줄 알아."

"사람 불러 놓고 치사하게 이럴 거냐?"

애희의 핀잔에도 애정은 동생 옆에 착 달라붙었다. 이렇게 오랜만에 같이 누워 있으니, 옛날 생각이 떠올랐다. 어렸을 적에는 종종 이렇게 같이 나란히 누워 잠들기도 하고 실컷 수다를 떨기도 했었는데.

지나간 추억들을 떠올리다 보니 슬슬 잠이 오기 시작했다. 막 잠이 들려는 찰나 초인종이 울렸다. 소파에 누워서 한참을 빈둥거리던 애희가 재빠르게 일어났다.

"윤혜 언니네!"

현관문을 열자 윤혜가 맥주 가득한 봉지를 바닥에 내려놓고 양팔을 있는 힘껏 벌렸다. 혹시 배달한 음식이 온 건 아닌가, 은근히 기대하고 있던 애정은 멋쩍어 하며 자신을 보지도 않는 윤혜에게 손 인사를 했다.

"안녕, 친구."

"애희! 이게 얼마 만이야!"

"그러게, 언니! 잘 지낸 거야?"

애희가 윤혜의 품으로 쏙 안겨서는 방방 뛰며 반가움을 나눴다. 자신을 없는 존재 취급하며 애틋한 재회를 하는 두 사람을 뒤로하고 애정은 바닥에 버려진 맥주를 주워 냉장고에 넣어 두었다.

그사이 주문한 음식들이 도착하고서야 세 사람은 비로소

식탁 앞에서 하나가 되었다.

일단 서로 허기진 배를 채우고서 여유가 생겨 그때부터 술을 마시기 시작했다. 처음에는 서로의 근황에 대해서 나누다가 살짝 취기가 올라온 애희가 먼저 말을 꺼내 놓았다.

"그건 그렇고 우리한테 SOS 친 이유가 뭐야, 언니?"

"아, 맞다. 우리 그것 때문에 모인 거였지?"

애정은 연신 헛기침을 했다. 아무리 자신의 측근들이라고 하지만 상황이 상황이니만큼 긴장되지 않을 수가 없었다.

"일단 다들 놀라지 말고 들어."

웬일로 말 많은 두 사람이 입술을 다물고 애정을 기다렸다.

애정은 머릿속으로 강준과 정한을 떠올리며 이야기를 시작했다. 시간 순으로 강준의 고백을 먼저 말하자 흥분하던 두 사람은 정한의 이야기를 꺼내자마자 호들갑까지 떨었다.

"그러니까 같이 일하는 후배가 고백을 한 것도 모자라 같이 일하는 상사까지 고백을 했다고? 언니한테?"

"대박, 이게 웬일이야? 정애정한테도 이런 날이 다 오네!"

"하긴, 우리 언니가 엄청나게 예쁜 얼굴은 아니지만 분명한 매력이 있지."

"인정. 사람 말도 잘 들어 주잖아."

"그래도 직장 상사, 그것도 이사한테 고백받은 건 충격이다."

"내 말이. 사내 삼각관계라니. 그런 건 전부 드라마에서나 있는 일인 줄 알았어."

실시간으로 그들의 대화를 들으며 애정은 술을 들이켰다. 자세한 얘기까지는 할 수 없어서 고백한 것에 대해서만 이야기했지만 그래도 한결 마음이 편안해지는 것 같았다.

"그래서 언니는 누가 더 끌려?"

애희가 잔뜩 흥미로운 눈을 반짝이며 물었다. 윤혜도 입안에 있던 탕수육을 씹는 걸 잊은 채 애정을 응시하고 있었다.

"그걸 잘 모르겠어."

흐지부지한 애정의 대답에 윤혜는 나지막한 한숨을, 애희는 격한 몸부림을 쳤다.

"바보야. 언니 감정을 언니가 모르면 누가 알아?"

"모를 수 있어. 예상치도 못한 사람들에게 받은 너무 갑작스러운 일이잖아."

윤혜의 말에도 애희는 공감을 하지 못하는 눈치였다. 답답했는지 맥주를 시원스럽게 들이켠 애희는 호기롭게 빈 잔을 내려놓으며 말했다.

"더 자주 생각나는 사람이 있을 거 아니야."

"더 생각나는 사람?"

애희의 말에 애정은 눈까지 굴리며 열심히 기억을 되짚어 보았다. 더 자주 생각이 나는 사람이라……

"더 자주 눈길이 가는 사람은?"

"무언가를 부탁할 때 더 들어주고 싶은 사람이라든지."

"더 같이 있고 싶은 사람."

"지금 딱 생각나는 사람."

번갈아 가며 말을 덧붙이는 윤혜와 애희에 애정의 머릿속

에는 강준의 얼굴이 점차 뚜렷해져 갔다. 그래, 지금 생각이
나는 건 강준이었다.

"강준이가 생각나. 이사님보다는."

"그럼 답 나온 거네! 언니는 강준 씨한테 더 끌리는 거야."

생각해 보니 정한과 함께 있을 때도 종종 강준이 떠올랐었
다. 정한과 함께 있는 순간에도 강준이 자꾸만 눈에 밟혔다.
강준이 부탁하는 건 쉽게 거절을 할 수 없었는데, 정한이 하
는 말들은 어려워도 결국 거절할 때가 많았다.

더군다나 강준이 다른 여자하고 대화하거나 웃고 떠드는
것을 보고서 은근한 질투심까지 느꼈었다. 연애 횟수와 상관
없이 제 감정을 깨닫는 건 언제나 느렸다. 하지만 그 감정을
깨닫는 순간, 인정하는 것은 빨랐다.

"그런가 봐."

중얼거림에 가까운 애정의 깨달음에 두 사람은 가만히 그
녀를 바라보았다.

"나, 강준이한테 더 끌리나 봐."

연애를 하지 않겠다고 호언장담했다. 하지만 애정은 지금
제 마음속에 떠돌아다니는 이 수만 가지의 감정을 감히 무시
할 수 없었다.

날이 좋았고, 그래서 강준과 함께 한강에서 자전거를 타고
싶었다. 절대 놓지 않겠다고 뒤에서 말해 주던 목소리가 듣
고 싶었다. 화려한 레스토랑이 아닌 마주 보고 앉아 비둘기
떼와 함께 컵라면에 시원한 맥주를 마시고 싶었다.

그것만으로도 충분히 재밌고 행복할 것 같았다.

강준보다는 정한에게 확실히 제 감정을 얘기해 주는 것이 옳은 것이라 판단한 애정은 출근하며 굳게 다짐했다.

"그래, 이런 건 시간 오래 끌어 봤자 좋을 거 하나 없어."

자리에 앉아 아직 출근하지 않은 정한을 기다리며 굳은 다짐을 천천히 되새기고 있었다. 때마침 정한이 출근했지만 하필이면 본부장을 비롯한 몇 명의 임원들과 함께 들어섰다. 그리고 이사실로 들어가 한참을 나오지 않았다.

메시지나 전화로 하는 것보다 얼굴을 마주 보고 얘기하는 것이 예의라고 생각하여 때를 기다리는데, 그것이 쉽게 찾아오지 않았다. 강준도 오늘까지 마무리 지어야 할 업무가 많은 건지 고개 한 번 들 틈도 없이 바빠 보였다.

결국 말 한마디 하지 못하고 오늘 저녁에 부산으로 출발할 기차 시간이 가까워졌다.

"그럼 부산에서 수고들 하고."

"네. 일주일 뒤에 뵙겠습니다."

평소보다 두 시간 먼저 퇴근하라는 지시를 받은 애정은 사무실 사람들에게 인사하고 강준, 연희와 함께 지상 주차장으로 향했다.

강준의 차로 이동하기로 했기 때문에 그의 도움을 받아 짐들을 트렁크에 실었다. 하지만 마지막 하나 남은 캐리어가 들어갈 공간이 없어 뒷자석 한쪽으로 몰아넣었다.

"잠깐만. 나 가는 동안 입이 좀 심심할 것 같아서 뭐 좀 사 올게."

이 와중에도 심심할 것 같은 입을 배려하느라 혼자 편의점 으로 달려간 애정은 간식들을 이것저것 주워 담았다.

"중간에 휴게소는 가겠지?"

꽤 많은 간식들을 사 들고 다시 돌아왔을 때는 연희가 조 수석에 타 있었다. 아무 말도 하지 못하고 애정은 뒷좌석에 올라탔다.

"대리님, 피곤하실 테니까 가면서 좀 주무세요."

나름 연희의 배려라는 것을 알고 있었다. 옆에 앉아서 조 는 건 운전자에 대한 예의가 아니기에 어찌 보면 불편을 자 초한 것일 터였다. 자신이 어떻게든 피곤함을 참아 보겠노 라, 그러니 대리님은 푹 쉬셔라, 하는 배려인데 스스로가 못 나게 느껴질 정도로 애정은 시큰둥했다.

연희의 옆에는 강준이 있는데, 제 옆에는 보험을 들고 무 료로 얻은 싸구려 캐리어뿐이다.

막 출발하려는데 정한에게서 메시지가 왔다.

〈부산 도착하면 연락해요.〉
〈네. 부산 다녀오면 시간 좀 내주세요. 저 할 말 있어요.〉
〈그렇게 말하니까 궁금해요. 지금 해요.〉
〈문자나 전화로 할 얘기는 아닌 것 같아서요.〉
〈알았어요.〉

메시지를 보내는 사이 강준의 차가 출발했다. 시큰둥한 감정을 애써 뒤로한 채 애정은 부스럭거리며 간식을 꺼냈다. 그중 오징어 몇 조각을 꺼내 연희와 강준에게 건넸다.

"전 오징어는 괜찮아요, 대리님."

상냥하게 거절하는 연희에 강준에게로 오징어를 내밀었다. 당연히 손으로 받을 줄 알았던 강준이 입을 벌려 오징어를 물었다. 오징어를 거의 다 먹고서 이번에는 초콜릿 바를 꺼내 강준에게 건넨다. 입을 살며시 벌려 받아먹는 강준이 사랑스럽게 느껴져서 자신도 모르게 배시시 웃고 있을 때였다.

"대리님 힘드시죠? 저한테 주세요. 제가 강준 씨 줄게요."

"어?"

대답할 틈도 없이 연희가 두 손으로 애정이 갖고 있던 간식을 가져갔다.

"안 힘든데……."

낮게 중얼거렸지만 앞좌석에 있는 연희에게 들릴 리가 없었다. 그렇다고 아직 강준에게 온전한 제 감정을 얘기하지도 않았는데 대놓고 삐지거나 질투할 수도 없어 시무룩해져서는 의자에 힘없이 몸을 기대었다.

앞에서는 부스럭거리며 연희가 과자 봉지를 뜯고 있었다.

"강준 씨, 과자 좀 먹어 볼래요?"

연희가 과자 하나를 들어 강준의 입가로 가져가는 것을 보다가 그가 받아먹기라도 하는 꼴을 보고 싶지 않아 고개를 창밖으로 휙 돌렸다.

"아니요. 괜찮아요."

들려오는 거절에 창밖에 있던 애정의 시선이 다시 앞으로 향했다. 단순한 애정은 그만 푼수처럼 웃었다.

"그래요? 그럼 여기 캐러멜도 있는데, 이거 먹을래요?"

"아니요. 이제 괜찮아요. 대리님, 혹시 껌 있어요?"

"껌? 껌은 안 사 왔⋯⋯. 아차차, 껌은 내 가방에 있어!"

애정이 가방에서 껌 하나를 꺼내 강준에게 건네자 이번에도 입을 벌려 받아먹었다. 이게 뭐라고 기분이 좋아졌다.

"연희 씨도 피곤하면 자도 돼요."

강준의 말에 연희는 손사래까지 치며 눈웃음을 장착한 미소와 함께 대답했다.

"아니에요. 옆에서 졸면 운전자도 졸립다면서요. 그건 예의가 아닌 것 같아요."

"난 그런 거 별로 신경 안 써요."

"그래, 연희 씨. 피곤하면 좀 자."

아까와는 다르게 목소리가 살짝 들떴다. 순간 백미러로 강준과 눈이 마주쳤다. 애정이 활짝 눈꼬리를 접자 강준도 피식, 웃었다. 그의 웃음소리를 들은 연희가 의아하게 바라보자 애정이 얼른 말을 꺼내 놓았다.

"휴게소 갈 거지? 웬만하면 먹을 거 많은 휴게소로 가자."

"배고파요?"

"응. 우리 저녁 안 먹었잖아. 연희 씨도 배고프지?"

"네, 조금요."

얼굴만큼이나 청순하고 예쁜 목소리로 대답을 하는 연희

였다.

"그래요. 휴게소 꼭 들려요."


얼마나 달렸을까.

"대리님."

귓가에 들려오는 담백한 강준의 목소리에 졸았던 애정이 눈을 떴다. 강준은 운전석에 앉아 가만히 애정을 바라보고 있었다. '애정'을 바라보는 그의 눈동자엔 그녀를 향한 '애정'이 가득했다.

"얼마나 달린 거야?"

"대략 3시간 정도?"

밖은 벌써 어두워져 있었다. 반짝거리는 휴게소 간판을 확인하고 애정은 아직 잠이 덜 깬 얼굴로 차에서 내렸다.

그런 애정을 따라 강준도 차에서 내렸다. 선선한 바람을 맞으며 있는 힘껏 기지개를 켰다.

"너 안 피곤해? 진짜 힘들겠다."

"저 체력 강해요."

"그래. 아직 강해야 할 나이지. 아휴, 난 운전도 안 하고 계속 잠만 잤는데, 왜 이렇게 피곤하냐."

앓는 소리를 내던 애정은 보이지 않는 연희를 찾았다.

"연희 씨는?"

"화장실 갔다 온댔는데."

"우리가 그쪽으로 가자."

주차장은 꽤 넓어서 화장실까지의 거리가 상당했다. 어둡고 낯선 곳을 강준과 함께 나란히 걷고 있으려니 기분이 묘했다.

아직 강준과 연애하고 싶을 만큼 그가 좋은 것은 아니었다. 하지만 확실한 건, 이 순간만큼은 정한이 생각나지 않았다. 조금 더 오래 이어졌으면 하는 바람 또한 있었다.

"꼭 단둘이 놀러 온 것 같네."

"또 말씀이 짧으신 박강준 씨."

"혼잣말한 거예요."

"아."

머쓱해져 습관적으로 나오는 표정을 짓자 강준이 애정의 턱 밑 부분에 손을 뻗어 줄을 당기는 시늉을 해 보였다. 애정도 그에 맞춰 천천히 입을 다물며 장난을 치고 있는데, 강준의 어깨 너머로 연희가 보였다.

"대리님! 강준 씨!"

오붓한 분위기를 한껏 만끽하던 찰나에 들려온 연희의 목소리가 찬물을 끼얹었다. 악의가 없는 연희를 자꾸만 속으로 경계하는 것 같은 죄책감에 애정은 더욱 밝은 모습을 하고 연희에게로 달려갔다.

"배고프다! 얼른 뭐라도 좀 먹자, 다들!"

푸드코트로 들어간 세 사람은 나란히 메뉴판을 살폈다.

"전 돈가스 먹을게요."

가장 먼저 메뉴를 고른 연희가 말했다.

"난 우동. 강준 씨는?"

"저도 대리님이랑 같은 걸로요."

"그럼 너는 오리지널 우동 먹어. 나는 김치 우동 먹을게. 나눠 먹자."

"좋아요, 뭐든."

괜히 연희에게 자신들의 묘한 관계를 들킬까 싶어 애정은 눈치를 살피며 법인 카드로 계산했다. 영수증을 잊지 않고 챙겨 소중하게 지갑에 넣어 두고 자리를 찾아 앉았다.

연희가 강준의 맞은편에 앉는 바람에 애정은 텅 비어져 있는 그녀의 옆자리에 따로 앉게 되었다.

"이제 얼마나 더 가면 돼?"

"앞으로 2시간 30분 정도 더 가면 돼요."

"진짜 멀긴 멀구나."

차를 가져올 수밖에 없었던 건 잡아 놓은 숙소와 회사가 꽤 떨어져 있어 대중교통으로 출퇴근하기가 힘들었기 때문이었다.

"강준 씨 진짜 피곤하겠어요. 이거요."

연희가 강준에게 내민 것은 커피와 껌이었다.

"난 괜찮아요. 연희 씨 먹어요."

하지만 강준은 그것을 받지 않았다. 마침 식사가 나왔음을 알리는 벨이 울려 자리에서 일어나 음식을 받으러 갔다. 애정의 것도 같이 나왔는지 양손으로 쟁반을 들고 있는 강준을 향해 애정이 얼른 뛰어가 받았다.

"연희 씨 민망하겠다."

"그럼 대리님이 대신 먹어 줘요."

"괜히 나 때문에 그런 거라면 그냥 받아 줘."

"그건 저 사람 마음을 받는 거나 다름없는 거예요."

자리로 돌아온 강준은 연희가 아닌 애정의 앞에 앉았다. 연희가 애정과 강준을 시무룩한 눈빛으로 번갈아 바라보는 것이 느껴졌다. 곧 연희의 벨이 울리자 그녀는 어딘가 무거워 보이는 걸음을 옮겼다.

허기진 배를 채운 세 사람은 다시 출발했다. 그러는 동안 애정은 또 졸았다. 목적지 부근에 도착한 차가 속도를 줄일 때쯤 본능적으로 놀라서 깬 애정은 한 번도 본 적 없지만 눈앞에 보이는 건물이 출장 내내 머물 숙소라는 것을 깨달았다.

"겉으로 봐서는 괜찮을 것 같아요. 그렇죠, 대리님?"

옆에서 연희가 말간 목소리로 물어 왔다. 부스스한 자신과는 달리 회사에서 출발했을 때와 별다를 바 없어 보이는 연희는 한숨도 자지 않은 듯싶었다.

처음과 달리 뒷좌석에 있던 캐리어를 조수석을 옮긴 탓에 애정은 연희와 나란히 탔었다. 휴게소를 출발할 때, 강준이 그렇게 하자고 했었다.

"그러게. 생각보다 괜찮은 곳을 잡아 주셨나 보네."

회사에서 잡아 준 숙소는 3성급 호텔로 꽤나 깔끔했다.

"내 캐리어 이리 줘. 내가 끌게!"

어느새 자신의 캐리어까지 끌고 호텔 안으로 들어가는 강준을 따라 애정도 서둘러 발걸음을 옮기다가 다시 돌아서서 연희에게로 갔다.

"같이 끌자."

감사하다는 연희의 말에 괜히 마음이 미안해졌다.

"그럼 쉬세요."

체크인을 하고서 한층 아래인 강준이 먼저 엘리베이터에서 내리자 애정은 연희와 함께 한 층 더 올라갔다. 밤 10시가 넘어 도착했으니 피곤할 만도 한데, 애정은 그런 낌새를 전혀 느끼지 못했다. 생각해 보니 차 안에서 그렇게 퍼질러 자 댔으니 피곤할 리가 없다는 결론이 나왔다.

"대리님, 씻으세요."

"아니야. 연희 씨 먼저 씻어."

"전 시간이 좀 오래 걸리는데."

"괜찮아."

강준도 바로 씻으려나? 지쳐서 침대에 누워 있으려나? 연락하면 피곤해하겠지? 방금 봤는데 연락은 무슨······.

속으로 혼잣말을 되새기며 캐리어를 정리하려고 일어섰는데 휴대폰이 울렸다. 정한이었다.

"여보세요."

─이제 막 도착했겠네요.

"네."

─저녁은 먹었어요?

"네. 이사님도 드셨어요?"

─네. 가볍게.

잠깐 침묵이 흘렀다. 그 침묵이 불편해진 애정은 입에 연신 바람을 집어넣고 할 말을 떠올렸다.

─하고 싶은 말이 무지 많은데, 밤이 너무 깊었으니까 참

아 볼게요.

"강준이에 대해서 말씀하시려는 거죠?"

—그래요. 강준 씨에 대한 얘기입니다.

"밤이 좀 깊긴 했어요. 피곤하기도 하고."

—알았습니다. 일단 푹 자고 내일 연락해요.

전화를 끊은 애정은 캐리어를 정리하려다가 침대에 벌러 덩 드러누워 버렸다. 손가락 하나 까딱하고 싶지 않았다.

빈둥거리며 멍 때리고 있는데, 연희가 욕실에서 나왔다. 평소 모습이나 쌩얼이나 별반 다를 게 없어 보였다. 순간 자 괴감이 몰려왔다.

"연희 씨는 어쩜 그렇게 피부가 좋아?"

"대리님도 피부 좋으신 편이시잖아요."

"아휴, 그런 줄 알았는데 연희 씨 보니까 내 피부가 심하 게 겸손치 못했던 것 같아."

애정이 자신의 얼굴을 손으로 쓱쓱 쓸며 능청맞게 대답했 다. 애정을 보며 연희가 예쁘게 웃었다.

"대리님은 진짜 재미있으세요."

"그래? 난 잘 모르겠는데. 그래도 무섭거나 재수 없진 않 다니 다행이다."

"다들 대리님을 좋아해요. 늘 유쾌하시고 텃세도 없으시 고. 말씀도 항상 좋게 해 주시고."

"같은 을끼리 갑질 하는 것만큼 재수 없는 것도 없지. 똘 똘 뭉쳐도 모자란 판국에."

"맞아요."

질끈 쥐는 주먹도 작았다. 딱 천생 여자 같았다.

거울 앞에서 기초화장을 하는 연희를 바라보다가 겨우 정신을 차려 세면도구와 잠옷을 챙겨 들고 욕실로 들어갔다.

샤워를 하고 나오니 연희는 피곤했는지 불을 켠 채 잠들어 있었다. 다른 불들은 끄고 침대 옆에 있는 작은 등만 켜고 앉아 얼굴을 두드리고 있는데, 휴대폰이 짤막하게 울렸다.

〈자요? 안 자면 잠깐 로비에서 봐요.〉

메시지를 확인한 순간 애정의 입꼬리가 미세하지만 슬그머니 올라갔다. 강준이었다.

간단하게 답장하고서 가벼운 옷차림으로 내려간 애정은 로비 소파에 앉아 있는 강준에게 다가갔다.

"안 피곤해?"

"혹시 배 많이 불러요?"

동시에 질문하고서는 눈을 마주치고 피식, 웃었다. 강준의 미소는 부산에서도 사람을 홀리게 만드는 밝음과 사랑스러움이 있었다.

"난 안 피곤해요."

"난 배가 그렇게 많이 부르진 않아."

"그러면 이 앞에 괜찮은 횟집 있다는데, 가서 가볍게 한잔 어때요?"

왜 이렇게 365일, 24시간 내내 입이 심심한지 모르겠지만 회와 소주의 조합을 거절하기는 힘들었다.

189

"그래. 대신 간단하게만. 살쪄."

이 약속을 강준보다는 자신이 지킬 수 있을지가 미지수였지만 애정은 그를 따라 호텔을 나섰다. 잠든 연희를 혼자 두고 간다는 게 조금 미안했지만 피곤해서 잠든 사람을 억지로 깨워 데리고 갈 수도 없는 노릇 아닌가.

속이 훤히 들여다보이는 자기 최면을 걸며 애정은 늦은 시간임에도 사람들이 바글바글한 횟집 안으로 들어섰다.

빈자리를 찾아 앉자 직원이 메뉴판을 가져다주었다.

"뭐 먹고 싶어?"

애정이 메뉴판을 펼쳐 들고 강준에게 내밀었다.

"전 뭐든 잘 먹어요."

"나도 뭐든 잘 먹는데. 그럼 광어회에 산낙지 시킬까?"

"산낙지요?"

강준이 얼어붙었다. 그 모습이 귀여워 놀리고 싶었다.

"뭐든 잘 먹는다며. 여기 개불도 있네. 이것도 먹자."

"개불이요? 그…… 눈, 코, 입도 없는 생물체?"

"눈, 코, 입 없는 생물체 다 먹어 볼래? 여기 멍게, 개불, 해삼 세트 있다. 근데 진짜 맛있어. 날 믿어 봐."

결국 간단하게 먹자던 건 광어회와 산낙지, 그리고 해산물 세트까지 시키는 바람에 상 위를 가득 채우면서 무산되었다.

"그래도 이건 잘라서 나오니까 괜찮아 보이네요."

강준의 시선이 살아서 꿈틀거리고 있는 산낙지로 향했다. 막상 눈앞에 두니 용기를 잃은 얼굴이었다.

애정은 마치 보란 듯이 산낙지를 들어 참기름에 쓱쓱 문

질러 입안으로 가져갔다. 꼬들꼬들하고 고소한 것이 소주를 당기는 맛이었다. 애정은 얼른 소주병을 따서 강준과 자신의 잔을 채우고 건배한 후 쭉 들이켰다.

"캬, 이 맛이야!"

"진짜 맛있어요?"

"응! 완전 맛있어. 한 번 먹어 봐."

애정이 산낙지를 들고 강준에게 들이밀었다. 강준이 반사적으로 기겁하며 피했다. 걷잡을 수 없이 귀여운 모습에 참을 수 없는 웃음을 터트리며 깔깔거렸다. 스스로도 방금 보인 행동에 어이가 없었는지 강준이 작게 웃었다.

"너한테도 그런 표정이 있다니. 귀엽다, 야."

애정은 강준에게 내밀었던 산낙지를 제 입으로 가져갔다. 먹어도 먹어도 질리지 않은 이 고소함이란!

도저히 산낙지는 용기가 안 나는지 강준의 젓가락이 개불 쪽으로 향했다. 하나를 골라서 입에 집어넣고는 천천히 씹기 시작했다. 생각보다 맛이 괜찮은지 긴장한 얼굴 근육이 천천히 풀리는 것 같았다.

"그건 좀 괜찮아?"

"해산물이 단 것 같은데요?"

"그치? 꼬들꼬들하면서도 살짝 달아. 맛있지 않아?"

애정 역시 개불 하나 먹고 소주 한 잔을 들이켰다. 오늘따라 술도 달다. 달아.

"맛있어요. 개불 보면 대리님 생각날 것 같아요."

"좋은…… 거냐?"

"그럼요. 산낙지 봐도 대리님, 광어회 봐도 대리님."

"좋은 거 확실하지?"

"좋은 거라니까요. 뭐든, 대리님이 생각나는 거잖아요."

대답하며 웃는데, 어째 놀리는 것 같아 애정이 눈을 가느 다랗게 떴다.

강준이 술을 채운 잔을 들었다. 건배하자며 애교를 피우듯 웃는데, 진짜 누군가가 심장을 때리는 것처럼 느껴지는 자극 에 벌렁거렸다.

소소한 대화를 주고받으며 술잔을 기울이다 보니 어느새 알딸딸해져 왔다.

"지금 이상하게 기분이 괜히 좋아. 그게 술 마시거나 앞에 먹을 거 있어서 기분 좋은 건 아니고."

절대 헛소리를 하는 것도 완전히 취해 횡설수설하는 것도 아니었다. 애정은 앞에 놓인 술을 들이켰다. 시원한 술이 식 도를 타고 내려가는 것조차 오늘따라 유난히도 부드럽게 느 껴졌다.

"근데 그냥, 그냥 좋아."

"나도 기분 좋아요."

주변이 시끌시끌했지만 강준의 목소리는 아주 선명하게 잘 들렸다. 오로지 강준에게만 집중하고 있기 때문이었다.

"난 대리님이랑 같이 있어서 좋은 거예요."

그 어느 때보다도, 그 무엇보다도 달달한 목소리로.

08

새로운 업무 환경에 적응하느라 정신없는 하루를 보내고 뒤늦게 퇴근한 애정은 강준, 연희와 함께 부산에 유명하다는 국밥 집을 찾았다.

　"아, 진짜 너무 빡세다."

　녹초가 된 애정이 의자에 기대며 중얼거렸다. 업무는 잔뜩 밀리다 못해 꼬여 있었고 그걸 정상화시키느라 점심도 제대로 못 먹은 애정이었다. 당장 숙소로 돌아가 바로 쉬어야 할 판국이었지만 부산에 왔다는 사실 때문인지 이상하게 마음이 들떠 쉬이 들어가고 싶지 않았다.

　"진짜 생각보다 일이 너무 많은 것 같아요."

　평소 늘 파이팅을 외치던 연희도 잔뜩 지친 얼굴로 탄식했다. 크게 지쳐 보이지 않는 건 역시 체력이 강하다는 강준뿐이었다. 어제 새벽까지 같이 술을 마시고도 한참 뒤에 잠든 것 같은데 가장 먼저 일어나 두 사람을 깨워 직접 운전까지 해 출퇴근시켰다. 다크서클 하나 없는 깨끗한 피부에 동작에도 군더더기가 없었다.

남 홀리게 만드는 미소만큼이나 좋은 체력도 인정해 줘야 할 부분이었다.

마침내 주문한 따뜻한 국밥이 나오자 애정은 안에 부추를 넣은 후, 국물을 한 숟가락 떠먹었다.

"와, 맛있다. 역시 부산 돼지 국밥은 최고야."

"그러게요. 진짜 맛있네요. 사실 제가 그 특유의 돼지 냄새 때문에 국밥을 못 먹는데, 이건 진짜 냄새가 안 나는 것 같아요."

연희가 말하면서도 앞에 앉아 있는 강준을 슬쩍 바라보는 것이 애정의 눈에 포착되었다. 아주 잠깐씩이지만 연희의 시선은 종종 강준을 향해 있었다. 그것이 무엇을 뜻하는지 금방 알아차릴 수 있었다.

신경 쓰였지만 눈앞의 돼지 국밥이 우선이었다. 분명 어젯밤에도 마실 만큼 마신 술인데, 속이 다 시원한 국밥을 먹고 있으려니 또 술 생각이 났다.

"우리 여기다가 소주 마실까?"

애정의 질문에 강준이 피식, 웃었다.

"왜 웃어?"

"좋아서요."

"술이 그렇게 좋아?"

"네. 그렇게 좋아요."

어딘가 묘한 대답에 심장이 간질간질하고 괜히 얼굴이 붉어지는 기분이었다.

주문한 소주가 나오자 애정은 두 사람의 잔에 술을 채워 주었다.

"제가 한 잔 드릴게요, 대리님."

애정의 술을 따라 주려고 건네받았던 병을 강준은 연희에게로 넘겨주었다.

"우리 앞으로 일주일만 더 고생하자."

모두의 잔을 채워 건배사를 한 애정이 입에 거침없이 소주를 털어 넣었다.

"와, 오늘 소주 맛 좋다. 나 딱 한 병만 마시고 해산하자."

주량이 소주 3병이었던 애정에겐 많이 아쉬운 양이었지만 그러지 못한 사람도 있었다. 바로 연희였다.

연희는 비틀거리는 몸으로 애정의 부축을 받으며 국밥 집을 나섰다. 마시라고 강요하지도 않았건만, 두 사람을 따라 가려던 연희가 자신의 주량을 넘겨 버린 터였다.

"죄송합니다. 대리님, 죄송합니다아."

연희는 잔뜩 꼬인 목소리로 연신 죄송하다는 말만 되풀이 했다. 정신을 차려 보려고 무던히도 애를 쓰는 것 같은데, 알코올이라는 늪에 빠져 허우적거리느라 바빴다.

그 와중에 두 여자의 가방을 양쪽 어깨에 맨 강준이 급하게 도로로 나가 택시를 잡았다. 뒷좌석 문을 열고 애정을 도와 겨우겨우 연희를 태웠다. 연희는 금세 깊이 곯아떨어졌다.

"KOPO 호텔로 가 주세요."

조수석에 올라탄 강준이 도착지를 말했다. 연희를 부축하느라 본의 아니게 꽤 소비를 하게 된 에너지에 지친 애정이 의자에 기대 겨우 한숨 돌렸다.

강준이 몸을 돌려 애정을 바라보았다.

"잠깐 얼굴 좀 가까이 와 봐요."

"왜?"

애정이 강준 쪽으로 쓱, 얼굴을 내밀었다. 그러자 강준은 뽀송뽀송한 손수건으로 연희의 얼굴에 맺힌 끈적한 땀을 닦아 주었다. 분명 손수건이 있는데 강준의 살결이 고스란히 느껴지는 기분이었다.

하지만 애정의 버거움은 호텔에 도착해서도 가시지 않았다. 곯아떨어진 연희를 겨우 부축하며 택시에 내렸지만 얼마 가지 못하고 호텔 입구 계단 앞에 앉혔다.

"내가 업고 갈게요."

강준이 낮은 목소리로 속삭이듯 말했다.

"아니야. 내가 충분히 부축할 수 있어."

애정은 고집을 피우며 연희의 팔을 제 목 뒤로 넘겨서 붙잡았다.

"왜요? 제 몸에 다른 여자가 닿는 게 싫어요?"

"그렇다기보다는……."

"난 싫은데."

"응?"

"내 몸에 다른 여자가 닿는 것도 싫고, 대리님 몸에 다른 남자가 닿는 것도 싫어요."

"난 상관없다고 하면 어쩌려고 그런 말들을 대놓고 해?"

"그래도 싫은 걸 싫다고 하지, 아무렇지 않다고 말하고 싶진 않아요."

나도 너처럼 솔직해도 되는 걸까? 그래도 상처 받지 않을 수 있을까? 너는 어떻게 이리도 상처 받는 걸 두려워하지 않는 걸까?

상처 받지 않으려 미리 차단하려고 사랑 앞에선 늘 앞서 거짓말을 하게 된다. 그런데 어쩌면 지금 강준은 그건 사랑이 아니라고 말해 주고 있는 것일지도 모른다.

이런저런 핑계를 대야 하거나 솔직하지 못한다면 그건 사랑이 아니라고.

이렇게 힘든데도 후들거리는 다리로 땀까지 뻘뻘 흘리면서 연희를 혼자 데리고 가는 건 강준의 말대로 그의 몸에 다른 여자가 닿는 게 싫어서였다. 강준의 손길이 제게 닿았을 때 느껴지는 뜨거움과 심장의 간질거림을 다른 여자도 느낄까 봐서, 그게 싫었다.

연희를 숙소에 눕히고서 애정은 강준과 함께 호텔 옆에 있는 카페로 향했다. 시원한 아메리카노 한 잔을 때리고 나니, 온몸을 짓눌렀던 갈증이 해소가 되는 것 같았다.

"한 잔 더 마실래요?"

"아니. 괜찮아."

"어깨 안 아파요? 좀 주물러 줄까요?"

"아니, 아니. 괜찮아."

아마 강준이 어깨를 주무르면 간지러워 참지 못하고 심하게 몸부림을 치거나 격한 웃음과 함께 이상한 소리를 낼지도 몰랐다.

"요즘에도 한강에서 자전거 타?"

"요즘엔 잘 안 타요."

"아, 그래?"

"자전거 타고 싶어요?"

"막상 해 보니까 딱히 무섭지도 않고 재밌더라고. 그런 취미 생활 하나 만들면 괜찮을 것 같아서."

"좋죠. 취미 생활로 자전거 타는 거. 갑자기 자전거 타고 싶어져요."

"내가 타고 싶다고 하니까?"

애정의 말에 강준이 망설임 없이 고개를 끄덕였다.

"서울 올라가면 같이 타러 가요."

"그래. 그러자."

애정은 얼음을 아드득 씹으며 앞에 앉아 있는 강준을 가만히 바라보았다. 이목구비가 화려할 정도로 잘생긴 외모는 아니지만, 누구나 훈훈하다고 말할 정도로 준수했다. 강준은 자신을 뚫어져라 바라보고 있는 애정의 눈빛이 조금은 부담스러웠는지, 눈썹을 추켜 세우고 고개를 갸웃거리며 웃었다.

그 모습이 사랑스러운 탓에 한없이 넋 놓고 볼 뻔한 것을 겨우 다듬고 애정은 남은 얼음을 삼켰다.

"다른 사람 앞에서는 그런 표정 짓지 마."

그 말을 하며 자리에서 일어섰다.

"왜요?"

넌지시 묻는 강준에게 대답해 주지 않고 그대로 카페를 빠져나와 호텔로 향했다. 강준이 그 뒤를 빠르게 따라붙으며 물었다.

"기분 나쁠 것 같아요? 다른 여자도 이런 내 모습을 좋아하게 되면?"

솔직해져도 될까? 그래도 나는 상처 받지 않을 수 있을까? 수없이 그 말을 속으로 되뇌었다. 아무리 여러 번 상처를 받았다고 하더라도 무뎌지기는커녕 더 깊은 흉터를 남길 것 알기에 두려움이 컸었다.

하지만 이제 별로 상관없을 것 같았다. 상처 받을 두려움보다는 네 웃음이 더 보고 싶어졌으니까.

"그래. 기분 나쁠 것 같고 질투 날 것 같아. 그러니까."

"……."

"그렇게 귀여운 미소 짓지 마. 다른 여자 앞에서는 절대로."

그 말을 마지막으로 강준과 헤어지고 호텔 방으로 들어온 애정은 괜히 들뜬 마음에 노래까지 흥얼거렸다. 캐리어에서 갈아입을 속옷과 잠옷을 들고 욕실로 가려는데 잠들어 있던 연희가 깨어났다.

"흐음."

"어? 연희 씨!"

애정은 술을 마시고 깨어나면 가장 먼저 심한 갈증에 시달린다는 것을 잘 알고 있기에 냉장고에서 물을 꺼내 건넸다.

"감사합니다, 대리님."

만취 상태로 깨어난 순간까지도 청순해 보이는 연희가 작은 입으로 물을 마셨다. 숙취에 거의 하마 수준으로 마시던 자신과는 확연히 다른 모습을 애정은 멍하니 바라보았다.

"언제 나왔어요? 저 기억이 안 나요."

"술 많이 마셨나 보네. 괜히 억지로 먹인 것 같아서 미안해."

"전혀 아니에요. 저도 분위기에 취해서 마신 거지, 절대 강요한 건 없으셨어요!"

연희가 무슨 큰일 날 소리를 하냐는 듯 손사래를 치며 말했다. 제 고집으로 몇 번이고 연희의 정강이를 바닥에 찧게 만든 것이 새삼 미안해졌다.

"아마 여기저기 쑤시는 곳이 많을 거야. 데리고 오다가 여기저기에 많이 부딪쳤거든."

"고생이 많으셨어요. 저 때문에 죄송해요."

도리어 미안해하는 연희에 애정은 더욱 난감해졌다.

"절대 그런 생각하지 말고. 정강이에 멍 들었을 수도 있으니까 내일 출근하기 전에 약 사서 바르자. 그럼 쉬어. 난 씻고 올게."

"저……."

들어가려던 애정이 연희의 부름에 멈춰 섰다.

"대리님께 드릴 말씀이 있어서요."

"나한테?"

"네. 몇 개월 동안 혼자 끙끙거렸던 문제인데, 대리님은 비밀을 꼭 지켜 주실 것 같기도 하고 상담을 잘 해 주실 것 같기도 해서……."

어쩐지 연희의 작은 입술에서 강준의 이야기가 나올 것 같은 불길한 예감이 들었다. 그래서 아무 말도 하지 말고 잠이나 더 퍼 자라고 얘기하고 싶은 것을 여태 쌓아 온 이미지를 생각해 꾹 참고 연희의 맞은편에 앉았다.

"무슨 얘긴데?"

연희는 많이 망설여지는 모양인지 갖고 있는 물병을 불안하게 만지작거리다가 한참 후에야 꺼내 놓았다.

"제가 강준 씨를 짝사랑하고 있어요."

언제나 불길한 예감은 절대 빗나가는 법이 없다. 어쩌면 이제 전세 역전인 건가?

한동안 뒤숭숭했던 마음을 겨우 정리했다고 생각했는데, 강준에게도 몰아닥친 삼각관계에 애정은 골머리를 앓았다. 여태 강준이 제게 보인 진심과 마음만 있다면 괜찮을 텐데 한편으로는 불안했다.

상대방을 무조건적으로 믿고 신뢰한다는 건 사랑하는 사이에 있어서도 불가능한 일이었다. 무조건적으로 신뢰하는 사랑은 결국 배신당하기 마련이다. 적어도 애정이 겪었던 지난날의 사랑은 늘 그랬다.

"아, 그렇구나."

목소리나 표정 관리가 되지 않았다. 그럼에도 연희의 말은 계속 이어졌다.

"그런데 같은 회사라서 고백이라도 했다가 사이가 껄끄러

203

워질까 봐 아무것도 못하고 이렇게 매일 속만 앓고 있어요."

"그건 저 사람 마음을 받는 거나 다름없는 거예요."

불현듯 강준이 했던 말이 떠올랐다. 그 말의 의미를 알 것 같았다. 잔인할 수 있겠지만 괜한 기대를 갖지 않도록 미리 방지를 하는 거였다.

"아, 모르겠다."

"네?"

"미안, 미안. 잠깐 딴생각을 좀 하느라. 물론 연희 씨에 관련된 생각이었어!"

허둥지둥 말을 덧붙이는 애정에 연희가 입을 가리고 작게 웃었다.

"아무튼 너무 고민이에요."

"고민 될 만하겠다."

"어떻게 하면 좋을까요?"

"그게 그러니까……."

고백을 하지 않는 게 좋을 것 같아. 왜냐하면 강준 씨는 날 좋아하거든.

어떻게 이 말을 할 수 있을까? 절대 못한다. 애정은 퇴사하는 그날까지, 누군가가 제게 야근을 시키겠다고 협박을 해도 절대 이 말을 할 자신이 없었다.

"고백할까요?"

"너무 섣부르게 하면 오히려 부작용이 날 수도 있어."

"그렇죠? 사실 저도 그것 때문에 한참을 망설였거든요."

"어쩌면 좋을까?"

진짜 어떻게 하면 좋지? 하필이면 이렇게 착하고 여린 마음을 갖고 있는 연희와 엮이게 된 것이 애정은 더욱 안타깝고 불편했다.

"나도 너무 갑작스러워서 지금 당장은 어떻게 해결해야 할지 감이 안 선다."

"죄송해요."

"아니, 죄송할 건 없고! 나도 한번 진지하게 생각해 볼게."

"감사해요, 대리님."

연희는 진심으로 감동을 받은 눈치였다. 미안한 마음에 눈도 못 마주칠 것 같아서 잠시 내려 두었던 잠옷을 들고 허겁지겁 일어섰다.

"그럼 나 씻고 올게."

"제 말 진지하게 들어 주셔서 너무 감사해요, 대리님."

"아니야. 해결해 준 것도 하나 없는데, 뭐."

미적지근하게 웃으며 욕실 안으로 들어섰다. 철저하게 모른 척한 것이 잘 한 걸까, 아니면 뻔뻔한 걸까? 거울 속 자신을 보며 복잡하게 얽힌 것 같은 관계가 답답해서 덩달아 머리카락까지 마구 헝클었다.

"미치겠네에!"

마음이 여리고 착한 연희에게 상처 줄 현실이 무척이나 안타까웠다. 또 이런 면에선 평소와는 다르게 매우 단호한 것처럼 보이는 강준보다는 자신이 나서서 말을 해 줘야 하나

고민도 됐다.

이러지도 저러지도 못하는 상황에 나오는 건 한숨뿐이었다. 겨우겨우 샤워를 다 하고 나왔을 때, 연희는 따뜻한 차를 준비하고 그녀를 기다리고 있었다.

"이거 한 잔 마셔 보세요, 대리님. 제가 밤마다 마시고 자는 국화차예요. 잠이 되게 잘 와요."

"고마워, 연희 씨."

"그럼 쉬세요. 전 씻을게요."

끝까지 아무것도 모르게 제게 친절을 베푸는 연희에 애정의 심란함은 더욱 깊어져 갔다.

부산에 와 맞이하는 일요일. 토요일인 어제도 밤늦도록 일했던 애정은 오늘만큼은 이곳저곳을 관광하고 싶었다. 애정은 옆에 누워 있는 연희를 흔들어 깨웠다.

"연희 씨, 우리 부산 구경하러 나가자."

"아, 대리님. 저도 정말 그러고 싶은데, 제가 오늘 그날이라서……."

연희는 금방이라도 부서질 것 같은 얼굴로 대답했다.

"헉, 많이 아파? 약 사다 줄까?"

"새벽에 약 먹었어요."

"아휴, 생리통 심하구나. 아플 때는 쉬는 게 최고지."

"꼭 같이 가고 싶었는데."

애정은 아픈 연희를 걱정스럽게 바라보다가 그녀가 가져왔던 국화차 한 잔을 끓여 탁상 위에 놓아주었다.

그사이 휴대폰이 짤막하게 울렸다.

〈오늘 날씨도 좋은데, 부산 구경할래요?〉

강준에게서 온 메시지였다. 부산 구경 가고 싶어 안달 난 거 어떻게 알고 연락이 왔나, 싶을 정도로 애정은 강준의 메시지가 꽤나 반가웠다.

"오는 길에 어묵 좀 사 올게. 푹 쉬고 있어."

"네, 감사합니다."

항상 감사하다고 말하며 웃는 연희가 언젠가는 자신을 원망하게 될까 싶어 두려웠다. 하지만 오늘 같은 날, 그런 것들은 생각하지 말고 신나게 놀자는 일념 하나로 준비를 끝내고 나왔다.

호텔 아래로 내려오니, 강준이 미리 차를 빼놓고 기다리고 있었다.

"연희 씨는 좀 쉬고 싶대."

"아."

별로 아쉬운 기색도 없어 보이는 강준을 뒤로하고 냉큼 조수석 문을 열어 올라탔을 때였다. 가방에 둔 휴대폰이 요란하게 울려 확인하니 화면에 뜬 정한의 이름이 보였다. 어쩐지 아름답고 신나야 할 관광이 망쳐질 것만 같은 예감이 들었다.

"왜 안 받아요?"

운전석에 올라탄 강준이 물었다. 애정이 머뭇거리자 강준의 미간이 구겨졌다. 정한이라는 것을 눈치챈 듯싶었다.

애정은 잠시 눈치를 보다가 전화를 받았다.

"여보세요."

—자고 있었어요?

"아니요. 나왔어요. 부산 구경 좀 하려고."

—잘됐네요. 나도 마침 부산역인데.

"네에?"

심하게 놀라 꽥 고함을 내지른 애정에 강준도 놀란 모양인지 움찔했다. 애정이 놀라게 해서 미안하다는 뜻으로 어깨를 다독여 주며 말을 이었다.

"그러니까 저 보시려고 부산 오신 거예요?"

—네. 어디서 기다리면 되겠습니까? 아, 머무는 숙소로 갈까요?

애정은 힐끔 강준을 바라보았다. 서울에서 여기까지 온 사람을 그냥 돌려보낼 수도 없고, 자신이 먼저 놀자고 해 놓고 강준에게 다시 호텔로 올라가라고 할 수도 없었다.

"저 지금 강준 씨랑 있어요."

—둘이서만 놀기로 한 겁니까?

"네, 혼자서는 차도 없고 불편할 것 같아서요."

—그래서 지금 어딥니까.

"머무르는 호텔 앞이요."

—기다려요. 그쪽으로 바로 갈 테니까.

"아니요. 저희가 가죠."

정한의 말이 들렸는지 강준이 옆에서 치고 들어왔다. 애정은 난감한 얼굴로 강준과 휴대폰을 번갈아 쳐다보았다.

"저희가 가요, 대리님."

결국 상황이 제대로 꼬였다. 두 사람은 강준의 차가 아닌 택시로 직접 부산역까지 이동했다. 정말 부산역에는 정한이 서 있었다.

"오셨어요, 이사님."

강준이 먼저 정한을 향해 허리를 굽혀 인사했다. 정한도 평소와 같이 인사를 받았다.

"근데 차 안 가지고 온 겁니까?"

정한이 의아하게 물었다.

"네."

당당하게 대답하는 강준에 정한은 미간을 찌푸렸다.

"차 안 가져오면 불편해서 어떻게 다니라고요?"

"관광지라서 대중교통이 잘 되어 있어요. 버스 타고 다니려고요."

그래도 강준은 상사라는 이유로 최대한 미소를 잃지 않고 대답했다.

"언제 버스를 타고 다녀요. 힘들어 죽겠는데 그냥 택시 탑시다."

"네. 그러셔도 되구요."

그럼에도 여전히 오가는 대화에 가시가 잔뜩 박혀 있었다. 즐겁게 부산 여행을 하고 싶었는데, 그 바람이 산산조각 날 것 같은 느낌이 들어 애정은 벌써부터 피곤해지는 기분이었다. 택시를 잡아타려는데, 정한이 슬쩍 강준을 조수석 쪽으로 밀었다.

아무 생각 없던 강준은 잠시 비틀거리다가 뒷좌석에 애정을 태우고 막 따라 타려는 정한을 앞질렀다.

"뒷좌석이 생각보다 좁습니다. 이사님. 편안하게 앞좌석에 타시는 걸 추천해 드립니다."

"아니, 나는 뒷좌석이 더 좋은데요. 그렇게 편할 것 같으면 강준 씨가 앞좌석……."

정한이 말을 다 끝내지 못했던 건 차에 타고 있던 애정이 내렸기 때문이었다.

"그렇게 뒷좌석들이 좋으시면 두 분이서 뒤에 타세요. 제가 앞에 탈 테니까."

결국 애정이 조수석에, 두 사람이 사이좋게 뒷좌석에 나란히 타고서야 택시는 출발했다. 먼 창문만 바라보고 있는 두 사람을 힐끔 보며 애정은 괜히 웃음이 새어 나왔다. 그러다가 이게 지금 뭐하는 짓인가 싶어 다시 창밖으로 고개를 돌렸다.

잠시 후 도착한 좁은 골목길 마을은 마치 바다 위에 떠 있는 것 같은 느낌이 들었다. 여유롭게 바다를 보며 걷고 싶은데, 그것을 강준과 정한이 방해를 하고 있었다.

굳이 애정의 옆에서 걷겠다고 서로 양쪽에서 붙어 있다 보니, 그녀가 비틀거리며 이리저리 밀쳐졌다.

"그냥 강준 씨는 호텔로 돌아가고, 이사님은 서울로 돌아

가시는 게 어떠세요?"

참다못한 애정의 짜증이 폭발하자 두 사람은 한동안 잠잠했다. 태종대도 가고 싶었지만, 도통 이런 분위기로는 갈 수가 없어 시내로 향했다.

"여기까지 오셨는데, 회는 드시고 가셔야죠."

지나가다가 사람이 없어 보이는 횟집을 발견한 애정이 권했다. 아무래도 이런저런 얘기가 오갈 때, 사람들의 눈치를 덜 보기 위해서였다.

두 사람은 흔쾌히 애정을 따라 횟집 안으로 들어섰다. 두 사람을 다시 제 맞은편에 나란히 앉힌 애정이 단호하게 말했다.

"여기서는 제가 사겠습니다. 그러니 제일 비싼 걸로 시킬게요."

애정은 가게에서 가장 비싼 메뉴를 시키고 물티슈로 손을 닦았다.

"이거 먹고 나랑 경치 좋은 카페로 커피 마시러 갑시다. 많이 피곤해 보이는 강준 씨는 그만 호텔로 들어가서 쉬고."

정한의 말에 강준도 얼른 덧붙였다.

"아까 저랑 태종대도 가시기로 하셨잖아요, 대리님."

"태종대? 무슨 바다를 또 보러 갑니까?"

강준의 말에 정한이 비아냥거리며 대답했다.

"그럼 부산을 바다 보러 오지, 커피 마시러 와요?"

"왜요. 부산에 커피 마시러 오면 안 됩니까?"

"그럼 부산에 바다 보러 오면 안 되나요? 그리고 태종대는 바다도 있지만 산도 있어요."

"산은 서울에도 많아. 남산 타워만 가도 널린 게 산이야."

또다시 시작된 말다툼에 애정은 원샷 한 물 컵을 탁, 소리가 나게 내려놓았다. 두 남자가 움찔하며 입을 다물고 애정을 바라보았다.

"제가 괜한 바람을 가졌던 것 같아요. 드라마나 영화 보면서 나도 동시에 두 남자에게 사랑받아 보고 싶다고 매일 혼잣말을 했었는데 지금 생각하면 미친 거였어요."

애정이 매서운 눈으로 강준과 정한을 번갈아 쳐다봤다. 강준이 먼저 반성하는 기미를 보였다.

"이사님께 너무 버릇없게 군 것 같아요. 그 점은 깊이 사과드립니다."

"상관없어요. 어차피 지금은 상사와 직원이 아니라 남자와 남자로 있는 거니까."

정한도 애정의 눈치를 슬쩍 살피며 대답했다. 때마침 주문한 소주와 스끼다시들이 나왔다. 강준이 접시들을 정리하면서 애정보다는 정한을 먼저 챙겼다.

"고맙습니다."

"아닙니다."

"그래요! 이런 모습 얼마나 보기 좋아요?"

애정이 흡족해하며 앞에 놓인 음식들을 집어 먹었다.

"음, 여기 스끼다시 맛있다!"

맛있는 스끼다시에 싱싱하고 쫄깃쫄깃한 회 덕분에 술은 거부감 없이 잘도 들어갔다.

연신 술잔을 기울이며 세 사람은 이런저런 대화를 했다. 일하면서 힘들었던 점, 자신들의 대학 시절, 속 없는 찐빵 같은 연예인 이야기 등.

한참을 먹다가 울리는 휴대폰을 들고 일어서는 강준을 애정은 멍하니 쳐다보았다. 강준은 아예 밖으로 나가 통화를 했다.

딱!

정한이 애정의 시야 앞에 손가락을 튕겼다. 겨우 정신을 차린 애정이 정한을 마주했다. 자신이 여태 강준을 쳐다본지도 몰랐기에 두 눈을 동그랗게 떴다.

어쩐지 정한의 얼굴에 쓸쓸한 미소가 감돌았다. 정한이 빈 잔에 술을 채워 마셨다. 좀 멀찍이 떨어져 있는 반찬을 먹으려고 팔을 뻗자 애정이 얼른 접시를 정한의 앞에 놓아주었다.

"헷갈리게 이런 거 챙겨 주지 말죠."

"그래도 직장 상사인데, 싸가지 없게 대할 순 없잖아요."

"직장 상사로 선 긋는 거죠?"

정한은 모든 것을 알아차렸다는 듯 물었다. 애정은 대답도 하지 못하고 그저 눈을 굴렸다.

"뭘 모르나 본데 정 대리, 원래부터 막 친절하고 예의 바른 캐릭터는 아니었습니다."

"나름 많이 참고 살고 있기는 한데 가끔 못 참고 나올 때가 있어요. 그걸 자주 보시는 것 같아요. 이상하게 이사님께서는……."

"불이익 갈 일 없을 테니까 그러지 말라고요."

"이사님."

"무의식중에 자꾸 강준 씨를 쳐다보더군요. 강준 씨를 쳐다보는 눈빛과 날 쳐다보는 눈빛이 확실히 다른 것 같고."

애정이 다시 강준 쪽을 바라보았다. 아직도 대화를 마치려면 꽤 남은 듯 보였다.

"이사님은 진짜 좋은 분이세요."

"그다음으로 무슨 말이 나올지는 모르겠지만, 별로 듣고 싶진 않네요."

"사실 건방졌던 것 같아요. 상사였을 때는 눈도 제대로 못 마주쳐 놓고, 저 좋아한다고 고백을 듣고 나서부터 은근히 할 말을 다 했던 것 같아요. 그런 제 모습이 너무 비겁하고 옹졸했어요."

"어장 관리라고 해도 같이 있으면 정이라도 붙을 줄 알고 그랬던 겁니다. 그런데 이제는 임자 있는 사람들을 방해하는 거겠죠. 그런 거에는 또 딱히 취미가 없어서."

정한은 또다시 자신의 빈 잔에 술을 따라 채웠다. 애정이 제 잔도 급하게 채워 건배했다.

"노력은 해 볼게요. 하지만 시간이 좀 걸릴 수 있어요. 그때까지는 좀 이해해 줘요."

"최선을 다해서 도와드릴게요."

"정 대리에게 씌인 콩깍지가 벗겨지는 일, 말입니까?"

"네."

우스꽝스러운 애정의 결의에 정한은 실소를 터트렸다. 애정은 상추를 살짝 뜯어 이에 붙였다. 그리고 입을 크게 벌렸다.

"정 떨어지시죠?"

애정의 모습에 정한이 피식, 웃었다. 애정이 이번엔 한쪽 엉덩이를 살포시 들었다.

"작작해."

정색하는 정한의 반응에 애정이 품, 하고 웃었다.

"장난이에요, 장난."

과연 잘 한 건지 의구심이 들었지만 적어도 자신을 좋아하는 사람에게 희망 고문을 시킨다는 죄책감에선 벗어날 수 있었다. 아직 확실한 건 없지만 거기에는 자신의 확고한 의지와 결정이 필요하다고 생각했다. 시간을 끌어 봤자 좋을 건 아무것도 없었다.

그래서 후회는 하지 않았다. 정한이 상처를 조금이나마 덜 받았으면 하는 바람만 있을 뿐이다.

통화를 끝낸 강준이 안으로 들어왔다. 그와 함께 이끌려져 들어온 바람을 타고 좋은 향이 애정의 코끝을 스쳤다.

09

애정과 강준은 이만 서울로 올라가야 하는 정한을 부산역까지 배웅해 주었다. 표를 끊고 게이트로 향하려는 정한과 강준을 잠시 기다리게 한 애정은 급하게 편의점을 다녀왔다.

　"올라가실 때 혹시 시다릴 수도 있으시니까 챙겨 가세요."

　애정이 정한에게 숙취 해소 음료를 하나 챙겨 주며 말했다.

　"고맙네요. 아주 많이."

　"서울에서 봬요."

　"그래요. 다들 힘들겠지만 좀 더 수고하고."

　그렇게 술을 마셨는데도 얼굴색 하나 바뀌지 않은 정한이 올라탄 기차가 출발하고 완전히 사라질 때까지 애정은 그 자리에서 손을 흔들어 주었다.

　"그만해요, 이제."

강준이 팔을 뻗어 여전히 흔들고 있는 애정의 손을 내렸다.

"알았어."

부산역에서 나오자 선선한 바람이 그들 사이를 기분 좋게 떠돌았다. 이른 시간부터 술을 마셔서 그런지 이제 막 초저녁이 되어 가고 있어 이대로 들어가기가 아쉬워졌다.

"바다 보러 갈래?"

문득 건넨 애정의 말에 강준이 얼굴 가득 함박 미소를 지으며 한 치의 망설임도 없이 고개를 끄덕였다.

두 사람은 곧장 도로로 나가 택시를 잡아탔다. 아까 마신 술 때문인지 좁은 차 안에서 얼굴이 달아올랐다. 택시 기사에게 양해를 구하고 애정은 제 쪽 창문을 열었다. 세찬 바람이 아무 자비 없이 얼굴을 뭉갰지만 가슴이 뻥 뚫려 버리는 것 같은 시원한 바람을 포기할 수는 없었다.

"완전 시원해!"

머리카락이 시야를 가로막아도 애정은 창문을 닫지 않았다.

"대리님한테서 좋은 냄새 나요."

"끼 부리지 마."

"좋은 냄새 난다는 게, 끼 부리는 거예요?"

"눈웃음 살살 치면서 얘기하고 있……."

순간 머리카락이 입안으로 말려 들어가 잠시 빼고서 말을 이었다.

"아무튼, 그래."

얼버무리는 애정을 가만히 바라보고 있던 강준도 서둘러 자신 쪽 창문을 열었다. 애정과 같은 바람이 불어오는데도 그의 얼굴은 크게 뭉개지지 않았다.

"와, 진짜 시원하네요."

바람을 타고 애정의 코끝으로 강준의 은은한 비누 향이 스며들어 왔다. 애정은 방금 자신이 했던 말도 까먹고 말해 버렸다.

"너한테서 좋은 냄새 나."

"끼 부리지 마세요."

"어쭈."

애정이 강준의 옆구리를 팔꿈치로 툭, 하고 쳤다.

"끼 부리지 마시라니까요?"

장난기 가득한 강준의 얼굴에서 일상의 평온함이 느껴졌다.

어느덧 도착한 바다는 초저녁 노을빛을 한껏 터트리며 오렌지 빛깔로 빛나고 있었다.

"바다색 너무 예쁘다. 나 사진 찍어 줘!"

"바다색이 예쁜데 왜 대리님을 찍어 줘요? 바다를 찍어야지."

"어쭈우!"

그렇게 말하면서 연신 바다만 찍는 강준을 잡겠다고 애정이 뛰어다녔다. 실컷 도망가던 강준이 갑자기 멈춰 서는 바람에 애정의 몸이 앞으로 쏠렸다. 이런 그림을 마치 예상이라도 한 것처럼 강준은 제게 넘어지듯 안기는 애정을 비틀거리지도 않고 받아 냈다.

애정이 눈을 얇게 치켜뜨고 강준을 째려보았다.

"안긴 건 애정 씨면서."

다른 사람들에게 숱하게 들었던 호칭이었다. 근데 이게 뭐라고 심장이 두근두근 뛰는 게야?

"애, 애정 씨?"

뛰는 심장 소리를 들킬까 봐 얼른 몸을 떼어 내며 퉁명스럽게 물었다.

"사진 찍어 줘요, 애정 씨?"

화제를 얼른 바꾸며 휴대폰을 들이대는 강준에 애정의 손이 절로 V자를 그렸다. 예쁘게 노을 진 바다를 배경으로 찍힌 그녀의 사진은 정확히 역광이었던 탓에 까만 그림자로만 나왔다.

"예쁘네요."

"대체 어디 가?"

"그냥 전부 다요."

"너 나한테 흠뻑 빠졌구나?"

아무래도 취기가 이제야 올라오는 모양이다. 이런 말을 아무렇지도 않게 내뱉는 자신이 뻔뻔하다는 생각이 들었다. 아무 말도 안 하고 저를 가만히 바라보고 있는 강준의 시선에 어쩐지 민망해져 얼른 말을 덧붙였다.

"야야, 장난이야. 뭐 그렇게 정색을 하고 쳐다봐? 사람 민망하게."

"괜히 찔리니까 헛것이 다 보이나 봐요."

"응?"

"자세히 봐요. 이게 어디 정색하는 눈인지."

강준이 갑자기 얼굴을 가까이 들이미는 바람에 애정이 깜짝 놀라 몸을 움찔댔다. '방금 놀란 표정 못생겼었겠지?' 라고 걱정하면서 그의 눈빛을 가만히 들여다보았다.

오늘따라 강준의 눈동자는 유난히도 깊었고 외모는 열일을 하고 있었으며 숨을 쉴 때마다 살포시 달싹이는 입술은 자꾸만 눈에 밟혔다. 취해서 그런 것이라 우기고 싶었다. 하지만 말짱한 정신만큼이나 강한 본능을 제지시키는 것이 더욱 버거워졌다.

애정의 눈동자가 강준의 입술로 향했다. 몰려드는 음란 마귀를 없애기 위해 고개를 내젓는 순간 강준의 눈과 마주쳤다. 좀 전까지만 해도 잔잔한 파도 같던 그의 눈동자에 힘이 들어가 있었다. 고혹해진 눈빛에 휘말릴 것만 같았다.

"이사님, 좋아해요?"

갑작스러운 강준의 질문에도 애정은 조금의 망설임도 없이 고개를 내저었다. 그리고 지금 마음속에서 외치고 있는 자신의 진짜 감정을 입술 밖으로 있는 힘껏 밀어냈다.

"이사님껜 죄송하지만 난 내 마음이 더 중요해. 내 마음 흘러가는 대로 하는 게 정답이겠지."

"그 마음이 지금 어디로 흘러가고 있는데요?"

지금의 강준의 목소리는 잔잔한 파도 같았다. 몸을 다 담가도 무섭지 않을 것 같은 파도.

"안 그런 것 같아도 난 감정에 솔직해서 관심이 없거나,

좋아하지 않는 사람하고는 함부로 시간을 보내지 않아. 차라리 그 시간에 내가 사랑하는 사람을 한 번이라도 더 보는 게 좋으니까."

"……."

"그런 내가 왜 너랑 여길 왔다고 생각해?"

돌아오는 강준의 대답은 없었다. 하지만 그의 시선은 애정을 완전히 끌어안듯 뜨겁게 빛나고 있었다. 당장이라도 빠져들고 싶었다. 잔잔한 파도가 아니어도 괜찮을 것 같았다. 정신없이 그에게서 허우적거려도 좋을 것 같았다.

애정의 시선이 다시 한번 강준의 입술로 향했다. 키스가 하고 싶었다.

"키스해도 돼요?"

그 순간 물어 오는 강준의 목소리에 정신이 아찔해졌다. 속내를 들켜 버린 것 같아 창피했지만 도망가지 않았다. 머릿속에선 이미 그와 키스를 하고 있는 장면이 광활하게 펼쳐졌다. 주변에 사람은 없었고 바람은 따뜻했으며 하늘의 색은 지나치게 낭만적이었고 앞에 서 있는 강준은 매력적이었다.

키스하고 싶지 않은 이유가 단 하나도 없었다.

"그런 걸 뭘 물어보고 해?"

그의 말이 떨어지기 무섭게 무슨 용기가 나서 먼저 입술을 맞췄는지 모르겠다. 애정은 발꿈치까지 드는 정성을 보이며 그에게 입을 맞췄다.

생각 이상으로 촉촉한 입술이었다. 떼고 나니 아쉬움과 여운이 더욱 몰아쳤다.

"나도 물어봤어야 했나? 키스해도 되냐고?"

"아니요. 물어본 건 내가 했으니까 이건 대답이죠."

강준이 애정의 허리와 뒷머리를 부드럽게 감싸고 제 쪽으로 끌어당겼다. 순식간에 그의 품에 안긴 애정의 입술이 금세 뜨거워졌다. 능숙하게 벌리고 들어온 강준의 것이 안을 부드럽게 쓸었다. 어쩔 줄 몰라 방황하고 있는 애정을 낚아채 뜨겁게 어루만져 주었다.

강준과의 키스는 상상했던 것 이상의 달콤함이었다. 머뭇거리고 있던 애정의 팔이 천천히 위로 올라가 강준의 목을 끌어안았다. 더욱 가까워진 그를 마음껏 느꼈다. 사귀지도 않은 남자와 키스 먼저 해 본 건 또 처음이다.

애정은 그저 관심뿐이라고 생각했던 강준의 존재가 한층 깊어진 느낌이었다.

진하고도 은밀한 키스를 끝낸 후, 바람이 더욱 거세지는 것 같아 두 사람은 추위를 피할 겸 근처 카페로 들어왔다.

주문하기 위해 카운터에 서 있는 듬직한 강준의 뒷모습을 보며 애정의 얼굴은 발그스름해졌다.

곧 주문한 음료를 받아온 강준이 그녀의 맞은편에 앉았다. 줄곧 강준의 움직임만 뚫어져라 보고 있던 애정이 눈을 어디다가 둘지 몰라 컵만 만지작거렸다.

"애정아."

"엥?"

갑작스러운 강준의 반말에 애정이 깜짝 놀라 눈을 치켜떴다.

"이제야 보내요."

"난 또 네가 막 나가려는 줄 알았지."

"어떤 호칭이 좋아요? 애정아, 애정 씨. 아니면 달링 같은 건 어때요?"

"그게 갑자기 무슨 호칭들이야?"

"연애하는데 대리님이라 할 순 없잖아요."

"우리 연애해?"

"그럼 안 해요?"

강준이 기가 막히다는 얼굴로 되물었다. 애정은 강준의 반응이 재미있어 장난기가 발동했다.

"키스 한 번 했다고 연애해?"

애정의 능청스러운 말에 강준은 뒤통수 한 대 얻어맞은 표정이 되었다.

"요즘 그렇게 고지식한 애들이 어디 있어?"

정말 어이가 없었는지 강준이 입을 작게 벌리고 눈을 얇게 든 채 애정을 노려보았다. 같이 지낸 시간 동안 저런 표정은 처음 봤다.

"사람 미치게 만드는 데 뭐 있구나."

낮게 중얼거리며 보이는 강준의 표정이 웃겨 킥킥거리다가 갑자기 연희가 떠올랐다. 순간적으로 굳은 애정의 얼굴에 강준이 걱정스럽게 물었다.

"왜 그래요?"

"어? 아니야."

연희가 없는 곳에서 멋대로 얘기하는 건 섣부른 행동이라

여겼다. 애써 급하게 화젯거리를 돌렸다.

"근데 우리 처음 온 날 먹었던 회 맛있었지?"

"진짜 하려던 말 그거 아니잖아요."

하지만 강준은 꽤나 궁금한 눈치였다. 살짝 불안해 보이는 기색도 있었기 때문에 애정의 갈등은 더욱 깊어졌다.

"말해 줘요. 혼자 고민하지 말고."

애정은 마른 입술을 축였다. 강준에게 감정을 갖고 있는 연희를 신경 쓰지 않는 건 힘든 일이었다. 우선 연희에 대한 강준의 생각이 듣고 싶었다.

"연희 씨 말이야."

조심스럽게 꺼낸 연희의 얘기에 강준의 표정이 굳어졌다. 그 미세한 변화가 어떤 것을 의미하는지 애정은 바로 직감할 수 있었다.

"알고 있었어?"

"어떻게 아셨어요?"

"아, 나는……."

직접 들었다고 얘기하면 연희의 마음에 상처라도 남을까 싶어 애정은 거짓말을 했다.

"딱 느낌이 와서. 근데 내가 그 마음도 모르고 앞에서 실수한 것 같아."

"난 실수 아니에요. 그러니까 미안하다, 뭐다 이런 사과 같은 거 하고서 다시 생각해 보자고 하기만 해 봐요."

"그런 말 하면 어쩔 건데?"

강준이 테이블 위에 올려 두었던 애정의 손을 잡았다. 빼

틈도 없이 깍지를 끼우고 옆자리로 다가와 앉았다.

"이렇게 매일 껌딱지처럼 붙어 다닐 거예요."

"매일매일?"

"네. 매일요."

"집에 갈 때도?"

"당연한 거 아니에요?"

"화장실은?"

"단 한 시도 떨어지지 않고 365일, 24시간 내내."

"미쳤네?"

"그러니까 나 미치게 하지 말라니까요."

그럼에도 이런 강준의 포부가 왜 싫지 않을까. 애정은 속으로 주체할 수 없는 웃음을 지으며 손바닥에서 점점 올라오는 그의 따뜻한 온기를 느꼈다.

"늘 남만 배려하고 사는 줄 알았는데."

"마음에 없는 사람을 확실히 거절할 줄 아는 게 진짜 배려인 거죠."

이 또한 차마 부정할 수 없었다.

"맞아. 마음에도 없는 사람이랑 연애하는 것만큼 잔인한 것도 없어. 좋아하는 마음을 이용하는 것보다는 딱 잘라 아니라고 대답해 주는 게 훨씬 낫지."

"나랑 맞는 게 너무 많은 것 같아요."

강준이 잡고 있던 손을 입가로 가져와 애정의 손등에 가볍게 입을 맞췄다. 입술에 한 것도 아닌데 온몸이 짜릿해져 왔다.

"이제 연희 씨한테는 확실히 말해 주는 게 좋을 것 같아."

"네. 그렇게 할게요."

"너무 잔인하게는 말하지 말고. 최대한 상처 덜 받을 수 있게."

"걱정 말아요."

"아니다. 내가 말하는 게 낫겠다."

"왜요?"

"넌 확실히 고백받은 적도 없잖아. 그렇지?"

"네."

"고백도 안 했는데 갑자기 그런 말 하면 좀 웃길 수 있잖아. 혼자 착각의 늪에 빠진 왕자병 걸린 놈 같기도 하고."

"놈?"

실소하며 되묻는 강준에 애정이 혓바닥을 살짝 내밀고 배시시 웃었다. 최대한 귀여워 보이려 했는데 강준이 정색하는 바람에 역효과임을 깨달았다.

"아무튼, 알았지?"

"알았어요."

그러고도 한참 동안 카페에서 앉아 바다도 보고 수다를 떨다가 숙소로 향했다. 애틋할 정도로 손을 맞잡고서 부지런히 호텔로 향하던 애정의 걸음이 멈춘 건 앞에 있는 연희 때문이었다.

연희는 편의점 봉투를 손에 들고, 다른 손에는 아이스크림을 든 채로 멍하니 애정과 강준을 번갈아 쳐다보았다.

"연희 씨……."

너무 놀랐는지 연희는 자신을 부르는 소리에도 대답하지 못하고 정신없이 호텔로 뛰어들어 갔다. 하필이면 말도 하기 전에 이런 모습을 먼저 보이더니, 정말 최악이다.

"연희 씨!"

애정은 강준에게 대충 인사하고 급하게 연희를 따라갔다. 막 엘리베이터에 올라타는 연희를 맹추격하여 겨우 따라잡았다.

"죄송해요, 대리님."

자신이 애정을 무시했다고 생각했는지 연희가 대뜸 사과를 했다. 이렇게 착한 사람에게 자신이 무슨 일을 저질렀는지 깨닫자 애정은 까마득해져 왔다.

"미안해, 연희 씨. 하지만 그전부터 나랑 강준 씨는……."

"네."

듣고 싶지 않다는 듯 연희는 대충 대답하고 열린 엘리베이터 문 밖으로 내렸다. 정신없이 호텔 안으로 들어가는 연희를 멍하니 바라보다가 문이 닫히고 말았다. 어떻게 해야 할지 몰라 난감함에 그대로 주저앉았다.

저를 옭아매는 죄책감에 애정은 한동안 자리에서 일어나지 못했다.


연희는 그 뒤로 남은 이틀 동안 혼자 출퇴근했다. 퇴근을 하고도 호텔로 바로 들어오지 않고 밤늦게 들어왔기 때문에 애정도 연희가 들어올 때까지 침대에 누워 자는 척을 해야 했다. 심지어 마지막 날, 연희는 퇴근하자마자 죄송하다는 말을 남기고 서울로 먼저 올라가 버렸다.

앞으로 사무실에서 연희를 볼 생각에 막막해졌다. 마음이 편하지 않은 건, 강준 역시 마찬가지였다.

두 사람도 퇴근하자마자 곧장 서울로 향했다. 다음 날부터 다시 사무실로 출근을 해야 했기 때문이었다.

조금 일찍 퇴근을 시켜 준 덕분에 서울에는 생각보다 일찍 도착할 수 있었다. 가는 동안 애정은 필사적으로 졸지 않으려 했지만 얼마 가지 않아 와르르 무너져 서울에 도착했을 때에야 겨우 일어났다.

피곤에 절고 연희가 마음에 걸리는데도 강준과 더 있고 싶은 욕심은 쉽게 사라지지 않았다.

"올라가서 차 한 잔 마시고 갈래?"

"라면은 없어요?"

강준의 농담에 애정은 겨우 웃었다. 문을 열고 들어서자 일주일 만에 보는 집이 그렇게 반가울 수가 없었다.

"집이 생각보다 깔끔하네요."

"무슨 뜻이지?"

노코멘트라는 듯 강준은 대답하지 않았다. 괜히 기분이 언짢았다.

"아, 귀찮다. 내일 정리해야지."

애정이 캐리어를 구석에 밀어 넣고서 물을 끓이고 컵을 준비했다.

"근데 진짜 라면 먹을래? 배고프지?"

"좀 고프긴 해요."

"그래. 그럼 라면 먹어."

선반을 열어 라면 봉지를 꺼내면서 강준은 뒤에서 애정의 허리를 끌어안고 어깨에 얼굴을 기대었다.

"야아! 갑자기 그렇게 불쑥불쑥 껴안지 말라구우."

"왜요?"

"심장 터져!"

"좋아서?"

"그래. 너무 좋아서."

"왜 이렇게 솔직해?"

"그래서 싫어?"

"아니요. 좋아요. 좋아 죽겠어."

강준이 가볍게 애정의 목에 입을 맞추고 몸을 일으켰다.

"근데 우리 연애하는 거, 회사에 안 밝혀요?"

"밝히고 싶어?"

"네. 내 거 아무도 못 쳐다보게 대놓고 티 내야죠."

"기회 되면 얘기하자. 숨길 게 뭐 있어? 우리가 불륜도 아닌데."

분명 사내 연애는 헤어질 것이 걱정되어 망설였던 문제였다. 하지만 막상 연애를 시작하니 걱정조차 되지 않았다. 마치 이별 따위는 평생 오지 않을 것만 같았다. 이렇듯 사랑은 사람의 마음을 하루에도 몇 번씩 변덕을 떨게 만들었다.

사랑을 하는 사람의 마음이 간사한 만큼 애정 역시 다른 여자가 행여나 강준을 넘볼까 봐 오히려 떠벌리고 다니고 싶었다.

이 남자, 임자 있으니까 건들 생각하지 말라고. 두 눈을 부릅뜨고서.

하지만 마음에 걸리는 건 연희였다.

"대신 연희 씨 감정이 조금 누그러지고 나면 얘기하자."

"연희 씨가 마음에 많이 걸리는구나?"

애정은 굳은 얼굴로 낮게 고개를 끄덕였다.

"알았어요. 그렇게 해요."

"좀 쉬고 있어. 금방 라면 끓여 줄게."

"내가 끓여도 되는데."

"나 계속 잠만 퍼 자서 염치가 좀 없거든? 그 염치 좀 회복하게 이번엔 네가 좀 쉬고 있어 줘."

"알았어요."

냄비 안 물이 끓을 때까지 애정은 앞에서 기다렸다. 물이 끓을 때쯤 스프를 넣어 순가락으로 휘적거린 후 면을 넣었다. 중간중간 면발을 들어 바람을 맡게 해 주었다. 면의 꼬들꼬들함을 살리기 위해서였다. 마지막으로 계란 하나를 투척한 후, 완성된 라면을 최대한 예쁜 그릇에 담아서 그 위에 파를 송송 썰어 장식하고 식탁 위에 올려놓았다.

이렇게 라면 하나에 정성을 깃들여 본 적은 처음이다.

"강준아, 라면 먹어."

주방을 지나 거실 소파로 나간 애정의 입이 그대로 다물어졌다. 강준은 지쳤는지 소파 위에서 새근새근 곯아떨어져 있었다.

피곤할 만도 하지.

환하게 켜져 있는 거실 불을 꺼 주고 장롱에서 이불과 베개를 가져와 조심스럽게 덮어 주었다. 그리고서 아주 가볍게 강준의 이마에 입을 맞췄다.

"라면은 내가 다 먹는다."

귀에 대고 낮게 속삭였는데도 깨지 않는 강준을 가만히 바라보았다.

"잘생겼다."

손을 뻗어 그의 머리카락을 살포시 만져 보았다. 잠결에도 기분이 좋은지, 강준이 미세하게 웃었다.

한참을 강준의 곁에 머물다가 라면이 불어 버릴지도 모른다는 생각에 서둘러 일어났다.

"내 라면!"

반 정도 불어 터진 라면을 먹고서 다음 날 아침에 일어났을 땐 강준은 없었다. 곱게 접혀져 있는 이불과 베개가 소파 위에 올려져 있었고 그 위에 쪽지도 한 장 있었다.

자는 모습까지 너무 예뻐서 못 참고 뽀뽀했어요. 좀 있다가 봐요.

"너만 한 줄 아세요? 나도 했어요."

아침댓바람부터 연애하는 티를 팍팍 내며 행복에 몸부림치던 애정은 서두르지 않으면 지각이라는 것을 깨닫고는 재빠르게 샤워실로 뛰어들어 갔다.

헐레벌떡 출근했더니 조 과장은 부산 출장을 다녀온 세 사람에게 고생했다며 회식을 제안했다. 하지만 아무리 생각해도 수고한 자신들을 위해서가 아니라 그저 돼지갈비를 공짜로 처먹고 싶어서 조 과장이 주최한 회식 같다는 생각을 떨어트릴 수가 없었다.

왜냐하면 피곤에 절어 있는 당사자들의 의견은 완전히 무시한 회식이기 때문이었다. 오랜만에 만난 정한은 본부장님과 저녁 약속이 있어서 회식엔 참여하지 못한다고 했다.

퇴근하고 따라간 회식 자리에서 대충 앉아만 있다가 나오자 싶었는데 술이라는 유혹을 떨어트리지 못했다. 마시다 보니 회식 분위기가 점차 무르익어 갔다.

이상하게도 술은 없던 힘도 생겨나게 만든다.

"정 대리, 부산에서 맛있는 거 많이 먹었어?"

앞자리에 앉아 있는 공 대리의 질문에 애정은 자신이 일주일 동안 부산에서 먹은 음식들을 나열했다.

"고등어 추어탕? 그건 좀 별로일 것 같아."

"비린내 날 것 같죠? 근데 하나도 안 나요. 추어탕보다 훨씬 맛있어."

"진짜?"

"그 집이 기사 식당이었어요. 말 다 끝났죠?"

"맛집이네. 나중에 이름 좀 알려 줘. 부산 가서 꼭 먹어 봐야겠다."

"오케이. 나중에 먹어 보고 너무 맛있다면서 거기 수제자로 들어가려는 거 아니야?"

"어어! 정 대리 나야! 지금 뭐 하냐고? 고등어 다듬어!"

"잘 어울려."

상황극을 하며 공 대리와 깔깔거리고 있는데, 투박스러운 조 과장의 목소리가 날아들었다.

"가서 하라는 일은 안 하고 먹기만 했나 보네, 정 대리는? 어쩐지 얼굴이 이만해졌어."

과하게 달 모양을 그리는 조 과장에 애정의 얼굴이 굳어졌다. 쪼잔함의 극치를 보여 주는 조 과장에 애정은 치를 떨었다.

"아주 상사한테 짓는 표정 봐라, 저거."

"제 표정이요? 제 표정이 왜요?"

애정이 한껏 미소를 지었다.

"아휴, 산뜻하지 못해."

또 자신을 한층 비꼬는 조 과장에 애정은 대체 저 인간과 전생에 무슨 사이였을까, 궁금해졌다. 자신에게 지독히도 괴롭힘을 많이 당한 존재였음이 분명했다. 내가 전생에 저 인간에게 죄를 아주 많이 지었나 보다.

스스로를 타이르며 분노도 삼킬 겸 소주를 들이켰다. 따지고 드는 것도 말이 통해야 하는 거였다. 저 인간은 도통 말이 통하지 않는 인간이니 무시하는 것이 최고였다. 부하 직원으로서 최대한 활짝 미소를 짓고는 아예 시선을 돌려 버렸다.

그때 잘 익은 갈비 하나가 앞 접시에 살며시 놓여졌다. 옆을 보니 강준이 부지런히 애정의 접시에 고기를 담아 주고 있었다.

"난 괜찮아. 너 먹어."

애정이 강준에게 살짝 몸을 기울여 속삭였다.

"잘 안 들려요."

"난 괜찮으니까 너 먹으라고."

"뭐라고요?"

이번에는 애정의 입술로 제 귀를 가져다 대는 걸 보며 애정은 금세 그의 꿍꿍이를 눈치챘다.

"알아듣고 이러는 거지?"

"진짜 안 들려서 이러는 건데."

장난치는 것이 분명한 목소리에 웃음기가 가득 차 있었다. 강준과 소소한 장난을 치다가 대각선 방향으로 조 과장 옆에 앉아 있는 연희와 눈이 마주쳤다. 마주친 연희가 그대로 시선을 돌려 외면하자 애정은 더욱 머쓱해하며 강준에게서 몸을 멀찍이 떼어 냈다.

마음이 불편했다. 그 한탄을 핑계 삼아 또 술을 들이켰다.

"저거, 저거 공짜라면 아주 그냥 사족을 못 쓰고 먹어요."

아, 빡쳐.

"아!"

그때였다. 강준이 다 익지도 않은 고기를 굳이 썰겠다고 낑낑거리다가 그대로 조 과장 방향으로 날렸다. 생고기 하나가 정확히 조 과장의 머리를 맞고 떨어졌다.

"어! 죄송합니다, 과장님!"

강준의 고의가 눈에 훤히 다 보였기 때문에 애정은 통쾌함을 느꼈다. 열 받은 조 과장이 강준에게 한마디 하려고 입술을 떼어 내는 순간 부장의 말이 더 빨랐다.

"모르고 그런 거잖아."

부장의 제지에 조 과장은 겨우 참는 듯싶었다.

"잘했어."

애정은 강준에게 속삭이다가 또 연희와 눈이 마주쳐 버렸다. 머쓱한 마음에 이번에는 아까보다 더 멀리 떨어져 앉아 괜히 앞에 있는 공 대리한테 열심히 말을 시켰다.

술을 많이 마시다 보니 문득 화장실에 가고 싶었던 애정은 잠시 자리를 벗어났다. 볼일을 보고 나와 카운터에 있는 박하사탕을 입에 물고 다시 자리로 돌아오던 애정은 어쩐지 심상치 않은 분위기를 감지했다.

모두가 술을 마시고 대화를 나누느라 인지하지 못했던 것 같은데, 서 있던 애정은 확실히 봤다. 조 과장이 연희의 허벅지를 쓰다듬고 있었고 연희는 계속 그 손을 뿌리치고 있었다. 애정은 마치 자신이 그 일을 당하는 것처럼 심장이 불안하게 뛰기 시작했다. 그나마 믿을 만한 강준과 공 대리도 보이지 않았다.

"공 대리랑 강준 씨 어디 갔어요?"

옆에서 실컷 떠들고 있는 선배를 향해 애정이 다급하게 물었다.

"숙취 해소 음료 사러 갔어. 가위, 바위, 보에 져서."

"아, 네."

어떻게 해야 하지?

손발이 다 떨려 왔다. 여기서 고함을 지르거나 바로 지적

하면 오히려 조 과장이 발뺌을 할 수도 있었다. 지목당한 연희가 고초를 치르게 될 가능성이 높았다.

애정은 침착하게 머리를 굴렸다. 일단 증거를 확보해 놓는 것이 좋다고 생각해 휴대폰을 테이블 아래로 내려 동영상을 찍었다.

"같이 담배 한 대씩 피고 오지."

"아, 전 화장실 한 번 갔다가 바로 가겠습니다. 부장님."

화장실에 간다는 조 과장을 뒤로하고 부장을 포함하여 몇몇 남자 팀원들이 일어서 밖으로 나갔다. 온몸을 덜덜 떨고 있는 연희를 안타깝게 바라보다가 애정이 급하게 화장실로 가 앞에서 조 과장을 기다렸다.

곧이어 조 과장이 밖으로 나오자 애정이 팔을 뻗어 길을 가로막았다. 조 과장은 산만한 덩치와 달리 심하게 놀란 듯 보였다.

"뭐야, 정 대리야?"

"왜 그러셨어요?"

"뭐하는 지랄이야? 취했으면 그만 들어가 봐, 정 대리."

조 과장이 거칠게 애정의 팔을 뿌리쳤지만 그녀는 다시 굳건하게 벽에 팔을 붙여 길을 차단시켰다.

"늘 말씀은 좀 심하게 하셔도 그럴 분은 아니라고 생각했어요."

"대체 아까부터 뭐라는 거야? 밖에 나와서 술 좀 마셨다고 이제 상사로도 안 보여?"

"강한 사람들에겐 약하고, 약한 사람에겐 강하게 구는 것만큼 비열하고 비겁한 것도 없습니다."

"이게 미쳤나. 너 지금 무슨 말을 지껄이는 거야?"

"당장 연희 씨한테 무릎 꿇고 사과하세요."

"이게 느닷없이 와서 무슨 헛소리를……! 내가 왜!"

적반하장도 유분수지, 조 과장은 도리어 애정에게 삿대질을 하며 큰소리를 쳤다. 애정은 도저히 안 되겠다 싶어 자신이 찍은 동영상을 들이밀었다. 조 과장의 낯짝이 하얗게 질렸다.

"어떻게 이런 짐승 같은 짓을 하실 수 있으세요? 그러고도 사람이에요?"

"짐승? 이게 어디다 대고!"

조 과장이 대뜸 애정의 휴대폰을 빼앗아 집어 던졌다. 그 바람에 복도 바닥에 쓸리면서 멀찍이 떨어진 휴대폰 액정이 나가 버렸다.

"지금 뭐하시는 거예요!"

"너야말로 뭐하는 짓이야? 이게 어디서 개념도 없이!"

"개념이 없는 건 과장님이시죠! 부도덕적인 행위를 벌이시고도 어쩜 이렇게 뻔뻔하게 구시는 거예요?"

애정의 말에 조 과장이 떨어진 휴대폰으로 걸어가 분노의 발길질을 해 댔다. 그 바람에 휴대폰은 완전히 박살이 나 버렸다.

애정이 말렸지만 오히려 광분한 조 과장의 밀침에 그대로 나가떨어져 버리고 말았다. 벽에 몸을 부딪친 애정이 바닥에 털썩 주저앉았다.

"이제 어쩌나? 증거가 없는데, 어디 신고해 봐! 명예 훼손으로 신고해 버릴 거니까."

조 과장은 어깃장을 놓으며 애정을 지나쳤다. 역시 드라마나 영화에서 나올 법한 일들은 일어나지 않았다. 이 상황에 남자 친구가 짠, 하고 나타나 조 과장의 면상에 주먹을 날리던가 하는…….

휴대폰도 부서지고 자신이 당한 굴욕에 화가 나 애정은 이렇게 조 과장을 보낼 수 없었다. 애정은 자리에서 벌떡 일어나 두 주먹을 쥐고 달려 있는 힘껏 뛰어올라 조 과장의 어깨에 매달렸다.

"이게, 이게 뭐하는 짓이야!"

그리고 있는 힘껏 조 과장의 귀를 깨물었다. 개처럼 맹렬하게도 물어뜯었다.

"아야! 아야야! 이게 미쳤나!"

두 사람은 몇 분 후, 만신창이가 된 채 경찰서로 가야 했다.

"대체 다 큰 어른이 왜 귀를 물어뜯어서……."

경찰은 애정을 술에 취해 꼬장을 부린 사람 취급했다. 그것이 너무 기분이 나빠 애정은 씩씩거리며 짓밟힌 자신의 휴대폰을 내밀었다.

"저 사람이 제 휴대폰을 이렇게 만들었어요. 어디 그것뿐인 줄 아세요?"

부하 직원을 성추행하고, 그것도 부족해서 자신에게 폭언을 쏟아붓고 휴대폰까지 망가트린 인간을 더 이상 상사 취급해 주고 싶지도 않았다.

택시 타고 오느라 늦은 강준과 공 대리가 경찰서 문을 열고 들어섰다.

"대리님!"

곧장 달려와 혹시 다친 곳이라도 없나 살피는 강준에 애정은 울컥하고 눈물이 차올랐다. 제 편이 왔다는 안도감 때문인지 울컥한 눈물이 말릴 틈도 없이 갑작스러운 소나기처럼 떨어지기 시작했다.

강준은 애정의 양쪽 콧구멍에 꽂혀 있는 휴지를 보고 광분했다.

"저 인간이 때렸어요? 그래서 지금 코피 나는 거예요?"

"아니야! 울다가 콧물이 많이 나서 그런 거야."

"다친 곳 없어요?"

"없어. 그냥 내 자존심과 마음이 다쳤을 뿐이야."

강준은 애정을 따뜻하게 안아 주었다. 강준의 안락한 품에서 애정은 울먹이며 있었던 모든 이야기를 털어놓았다.

강준의 분노 서린 눈동자가 조 과장을 향해 매섭게 꽂혔다.

"뭘 봐, 박강준. 너도 내가 오냐오냐 예뻐하니까 만만해 보이냐?"

조 과장의 비아냥거림에 강준이 자리에서 일어나 그의 멱살을 움켜잡았다.

"그게 인간이 할 짓이야?"

화들짝 놀란 공 대리가 얼른 말렸다.

"강준 씨마저 왜 그래!"

제 편을 하나라도 더 만들기 위해 애정은 이번엔 공 대리에게 사실을 고했다.

"뭐? 그게 사실이야? 이런 개 씹다 먹은 껌 같은!"

공 대리의 얼굴이 분노로 붉어지면서 조 과장의 멱살을 잡으려 들었다. 결국 경찰관들이 와서 공 대리를 말려야 했다.

"다들 술 드시고 오셔서 이러시면 안 됩니다!"

"술 먹고 주정 부리는 게 아니라니까요!"

애정이 아까부터 계속 술, 술, 하며 자신의 말을 들어 주지 않는 경찰관에 발끈해서 일어섰다.

"여기에 증거가 있어요!"

애정이 부서진 휴대폰을 경찰관 중 한 명에게 떠맡겼다. 조 과장은 콧방귀를 꼈다. 이미 휴대폰이 완전히 부서져 증거를 볼 수 없다고 확신하는 것 같았다.

"이거 완전히 부서지지 않아서 액정만 고치면 될 것 같은데요?"

시큰둥한 얼굴로 휴대폰을 받은 경찰관이 말했다. 개중에 그나마 경찰다웠다. 의자에 삐딱하게 기대서 콧방귀를 끼고 있던 조 과장이 갑자기 태세를 바꾸기 시작했다.

"실수였습니다. 저도 모르게 아주 잠깐 닿았던 거라고요."

"실수 아니시잖아요! 거짓말하지 마세요. 이 영상을 제가 몇 초나 찍었는데요!"

고성이 오가자 그 사이를 경찰관이 제지했다.

"어쨌든 성추행은 피해자만 고소가 가능합니다. 피해 여성분을 데리고 오세요. 휴대폰도 고쳐서 오시고요."

모두가 씩씩거리며 경찰서를 나섰다. 조 과장은 자신을 향한 세 명의 살벌한 눈빛에 도망치듯 냉큼 차에 올라탔다. 공대리는 그쪽을 향해 퉤, 하고 침을 뱉었다.

"휴대폰 고쳐지는 대로 바로 회사에도 얘기해서 조치 취하자고."

공 대리의 분노 서린 말에 강준과 애정이 고개를 끄덕였다.

"근데 정 대리, 진짜 의외야."

"뭐가요?"

"매일 조 과장님, 아니 존칭을 붙일 필요도 없어. 조 과장이 매일 구박할 때 참았으면서 이렇게 불의를 보고는 참지 못하는 모습 말이야."

"아."

"멋있어. 진심으로."

공 대리가 두 엄지를 치켜들며 칭찬했다. 애정은 멋쩍게 웃다가 혼자 도로로 나가 택시를 잡았다. 강준이 함께 타려고 하자 애정이 낮게 속삭였다.

"연희 씨가 상처 많이 받았을 거야. 나 지금 연희 씨한테 가야겠어."

"휴대폰도 망가졌는데, 괜찮아요?"

"아, 나 휴대폰 망가졌지?"

"내 거 가져가요. 비밀번호는 0000이에요."

"단순하다."

강준이 휴대폰을 내밀자 애정은 조심스럽게 건네받았다.

"고마워."

"연락할게요."

"응."

택시를 탄 애정은 곧바로 비밀번호를 풀고 연희의 번호를 찾아 전화를 걸었다.

—여보세요.

"연희 씨, 나야. 정 대리."

—대리님…….

울음 섞인 연희의 목소리에 애정의 마음이 저릿하게 아파 왔다.

연희는 여전히 두려움에서 벗어나지 못한 표정으로 문을
열어 주었다. 애정은 조심스럽게 안으로 들어갔다.

　"많이 놀랐지? 일단 이거 먹어."

　애정은 급한 대로 청심환을 사 왔다. 정수기에서 직접 물
을 떠다 함께 건네주자 연희는 청심환을 입에 넣고 천천히
씹은 후 물과 함께 삼켰다. 청심환 때문인지, 상처 받은 마음
때문인지 얼굴이 잠시 고통스럽게 일그러졌다.

　"뭐라고 연희 씨를 위로해야 할지 모르겠어. 하지만 이거
하나만은 알아 줘. 조 과장 같은 저런 새끼들은 절대, 절대
용서해서는 안 된다는 것! 그리고 연희 씨는 아무 잘못 없고
절대 숨을 필요 없어요."

　연희는 이미 공 대리를 통해 자신을 둘러싼 소동을 알고
있었다. 고마움과 미안함, 그리고 여전히 진정되지 않은 두

려움에 울컥 눈물이 쏟아지려 했다.

"사실 너무 많이 무서웠어요. 예전부터 다른 사람들한테는 다 '씨'를 붙이고 선을 지키면서 행동하시는 조 과장님이 저한테만 '연희야', '내가 오빠 같은 마음으로 하는 얘기인데', 그러시는 게 너무 싫었어요."

애정도 언제나 의아했던 일이었다. 하지만 조 과장이 그렇게 악질적인 사람인 줄 몰랐기에 그저 진짜 연희를 예뻐해서 그런 건가 싶어 대수롭지 않게 생각했었다. 그게 실수였다.

"혼자 있을 때는 더 심했어요. 치마가 예쁜 건지, 제 다리가 예쁜 건지 모르겠다면서 특정 부위에 대해서도 말씀하시고."

"미친 새끼."

애정은 차오르는 흥분을 억지로 참았다. 자신이 흥분해서 길길이 날뛰면 앞에 있는 연희가 더욱 불안해할 것만 같아서였다. 열불이 나서 타들어 가는 속에 물만 벌컥벌컥 마셨다.

"그런데 말 못 했어요."

"불이익당할까 봐서."

대신 자신의 속마음을 말하는 애정을 보며 연희는 작게 고개를 끄덕였다. 투명하고 굵은 눈물이 그녀의 뺨을 타고 내려왔다. 애정은 얼른 휴지를 건넸다.

"참지 말고 울어. 소리 지르면서 울어도 돼. 그래야 조금이나마 풀 수 있어. 내일 조 과장 앞에서 욕이란 욕은 다 하면서 소리 질러. 불이익당하지 않게 내가 도와줄게. 그런 놈들은 세상에서 아예 매장시켜 버려야 돼!"

"대리님……."

"회사에서 제대로 된 조치를 취하지 않는다면 포털 사이트에 폭로할 거야. 세상이 참 지랄 같지? 약한 사람들을 위해서 만들어진 법은 없는 것 같아서 나도 많이 억울하고 화도 나. 하지만 틀린 건 끝까지 물고 늘어져야 돼. 내가 연희씨 곁에서 같이해 줄게."

연희의 말간 눈이 붉은빛 눈물로 채워진 채 물들어져 갔다.

"꼭 천국과 지옥은 존재해야 한다고 생각해. 그래야 연희씨처럼 이렇게 착한 사람들이 억울하지 않을 테니까."

화가 나서 열변을 토하고 있는 애정을 가만히 바라보던 연희가 이내 고개를 떨어트리고 말았다.

"죄송해요."

"연희 씨가 죄송할 게 뭐가 있어?"

"이렇게 제 일에 적극적으로 나서 주시는데 전 제 욕심만 채웠어요."

애정은 더는 묻지 않고 가만히 연희를 기다려 주었다. 눈물에 차오른 감정을 한참 동안 추스른 연희는 겨우 다시 말을 이어 나갔다.

"알고 있었어요. 강준 씨가 대리님 좋아하는 거. 강준 씨의 시선은 언제나 대리님에게 향해 있었거든요. 회식 도중에 남자 친구에게 전화가 걸려 와 받으러 가기라도 하시면 강준 씨의 표정이 많이 쓸쓸하게 변했었어요."

애정은 전혀 몰랐던 일이었기에 그때 강준이 어떤 표정과 눈빛으로 자신을 바라보고 있었는지, 상상조차 할 수 없었다.

"그러다 대리님이 헤어지시고 나서 강준 씨랑 같이 한강에서 자전거 타시는 것도 우연히 봤어요. 원래도 잘 웃지만 그때의 강준 씨 표정은 진짜 세상을 다 가진 것 같더라구요. 솔직히 마음이 좋지는 않았어요. 질투도 났고요."

"그래. 충분히 그럴 수 있지."

"대리님은 이렇게 착한 분이시니까 제가 강준 씨를 좋아한다고 하면 분명 망설일 거 알고 일부러 대리님께 강준 씨를 좋아한다고 말한 거예요. 진짜 못난 욕심을 부렸어요. 죄송해요."

참, 마음이 여린 사람이다.

애정은 자신에게 사과하는 연희를 보며 가장 먼저 그런 생각이 들었다. 질투에 눈이 멀어 자신을 험담하고 다니거나 편을 먹고 따돌린 것도 아닌데, 어찌 보면 혼자 속으로 끙끙 앓으며 짝사랑을 했을 연희가 오히려 안쓰러웠다.

"미안해, 연희 씨."

"대리님이 미안해하실 게 뭐가 있어요. 아무튼 정말 너무 여러모로 감사합니다. 대리님이 계셔서 정말 든든해요."

이제 아주 조금 진정이 된 것 같은 연희를 재우고서야 애정은 그녀의 집을 나섰다.

막 택시에 올라탔을 때, 벨소리가 울렸다. 액정에 '가게3'이라는 알 수 없는 글자가 떴지만 강준일 것 같아 애정은 얼른 전화를 받았다.

"네, 여보세요."

—강준이에요.

"응."

—연희 씨는 좀 어때요?

"많이 힘들어 했지. 자는 것까지 보고 나오는 길이야."

—내일 출근하는 대로 조치 취해요.

"응. 그래야 할 것 같아. 일단 내 휴대폰 먼저 고치고."

—같이 가요.

"그래."

—지금 집 앞으로 휴대폰 받으러 갈게요.

"아니야. 내가 갈게. 너 지금 어디야?"

행여나 엇갈리면 곤란스러워질 테고 또 강준을 집 밖에서 기다리게 하는 것도 마음에 걸렸다. 애정의 말에 강준은 더는 거절하지 않고 자신이 있는 곳의 주소를 말해 주었다.

애정은 택시를 돌려 강준이 있는 곳으로 향했다.

"와아."

강준이 알려 준 주소에 도착한 애정의 입이 자연스럽게 쩍, 하고 벌어졌다. 한옥으로 인테리어가 되어 있는 식당은 고급 한정식집이었다. 영업은 끝난 건지 사람은 없었고 불도 죄다 꺼져 있었다.

은근히 사람 기죽이게 하는 비주얼에 놀라 하며 애정은 걸려 왔던 번호로 다시 전화를 걸었다.

—도착했어요?

"응. 나 지금 동문 앞이야."

─금방 나갈게요.

강준은 정말 금방 나왔다. 달려 나온 건지 머리카락이 살짝 흐트러져 있었는데, 그게 또 묘하게 섹시했다.

"여기 너희 가게야?"

애정이 휴대폰을 건네주며 넌지시 물었다.

"네."

"대박이다. 너 잘 사는 집 아들이었구나. 꿈에 대해서는 뭐 하러 걱정한 거야? 굳이 회사 안 다니고 그림 그렸어도 됐겠다."

"집이 잘 사는 거랑은 별개 같아요. 난 요리에 재주가 없어서 아버지가 물려줄 생각도 안 하세요. 그리고 워낙 냉정하신 분이시라서 대학 이후에 지원은 딱 끊으셨거든요. 그건 그렇고, 안 피곤해요?"

강준은 바람으로 인해 자꾸만 휘날리는 애정의 머리카락을 조심스럽게 귀 뒤로 넘겨 주며 물었다.

"피곤해. 근데 나한테 전화하려고 여기까지 와 있었던 거야?"

"네. 집에는 전화기가 따로 없어서."

"바보 같아. 앞에 있는 편의점 같은 데 가서 한 번 쓰겠다고 하면 되지. 경비실이나."

"아, 경비실을 생각 못 했네."

그제야 깨달은 듯 충격받은 강준의 표정이 귀여웠다. 애정은 팔을 뻗어 그의 뺨을 손바닥으로 어루만졌다.

"정신없으면 그럴 수 있지."

"맞아요. 정신이 좀 없어서."

"근데 가게 분위기가 무지 좋아. 꼭 경복궁 온 것 같아."

"여기 봄 되면 더 예뻐요. 나무들에서 꽃이 엄청 화려하게 피거든요."

"그때 놀러 와도 돼?"

"그때도 같이 오고 조만간 같이 와요. 음식도 꽤 맛있어요."

애정은 낮게 고개를 끄덕이다가 그의 품 안으로 지친 몸을 풀쑥 기대었다. 강준은 그런 애정을 따뜻하게 안아 주었다. 강준의 가슴에 귀를 기대고 가만히 심장 소리를 들으니 이리저리 잔뜩 치여서 쇠해졌던 감정들이 위로받는 기분이었다.

세상에 별일 많다지만 경찰서까지 갔을 때는 두렵고 무섭기도 했다. 하지만 끝까지 애정이 자신의 뜻을 굽히지 않았던 건, 곁에 강준이 있었기 때문이었다. 모든 억울함을 토해 내고 두려움에 떨고 있는 자신의 손을 강준이 꼭 잡아 주었던 순간을 잊을 수가 없었다.

몇 마디 말보다 단 한 번의 행동이 믿음을 주고 용기를 이끌어 줄 때가 있었다. 오늘의 애정에게 강준은 그랬다.

애정은 품에 안겨 고맙다고 말했다. 강준은 다시 한번 더 뜨겁게 애정을 안아 주었다.

다음 날, 아무렇지도 않은 낯짝으로 출근하는 조 과장을 보자 애정은 기가 막혔다. 도리어 자신은 그저 억울하다며 정확한 내용을 알지 못하는 직원들에게 주둥이를 나불거리며 다녔다.

"사실 그렇잖아. 연희 씨 말이야. 매일 치마 짧게 입고 다니고. 그날도 내가 허벅지 위에 뭘 잠깐 흘려서 닦아 준다고 그렇게 된 거란 말이야. 난 너무 억울해. 그리고 이 귀 좀 봐. 어제 응급실에 가서 치료까지 했어. 정 대리가 물어뜯어서. 다들 알다시피 정 대리 술주정이 얼마나 심한지 알지?"

오늘 센터에 맡긴 휴대폰은 내일에서야 찾을 수 있다고 했다. 하루 동안이겠지만 저렇게 반성하지 못하고 거짓으로 자신을 포장하는 조 과장에 애정은 진절머리를 쳤다.

조 과장의 호소 어린 격한 거짓 눈물에 속아 넘어가는 직원들도 몇몇 있었다. 비아냥거리는 몇몇의 눈빛이 애정과 연희에게로 향했다.

순간의 잘못된 판단들이 연희에겐 가장 큰 상처로 다가올게 분명했다. 아니나 다를까, 견디지 못한 연희는 공포에 질린 얼굴로 황급히 사무실을 뛰쳐나갔다.

"연희 씨!"

연희를 급하게 따라 나가던 애정이 걸음을 멈춘 것은 지금 막 들어온 정한 때문이었다.

"대체 무슨 일인데, 아침부터 이렇게 소란스러운 겁니까?"

정한의 물음에 직원들에게 하소연하던 조 과장이 헐레벌떡 달려와 다짜고짜 치료를 한 귀를 보여 주었다.

"이것 보세요, 이사님!"

"반대쪽 귀도 물어뜯어 드릴까요?"

참다못한 애정이 낮게 으르렁거리며 말했다. 옆에 서 있던 정한이 놀란 표정으로 애정을 보았다.

"정 대리가 이런 겁니까?"

"네! 정 대리가 이런 거예요! 어제 술 먹고!"

정한의 물음에 조 과장이 대뜸 대신 대답했다. 애정은 참을 수가 없었다.

"진짜 작작하세요!"

애정의 날카로운 언성이 사무실을 가득 메웠다.

"어쩜 그렇게 뻔뻔하세요? 사람이라면 적어도 최소한의 양심이라는 게 있으셔야죠!"

"내가 뭘 했다고 양심 얘기가 나와? 이사님, 귀가 너무 아파요!"

정한은 심각한 얼굴로 여전히 억울함을 호소하는 조 과장을 바라보다가 애정만 따로 이사실 안으로 불렀다.

"저도 같이 들어가야 합니다, 이사님. 예?"

얼굴을 들이미는 조 과장을 겨우 떼어 낸 정한은 문을 단단히 잠근 후, 여전히 씩씩거리며 맹렬하게 이를 드러내고 있는 애정 앞에 섰다.

"그렇게 경솔한 행동은 하지 않는 걸로 알고 있습니다. 대체 어떻게 된 일입니까?"

애정은 그날 있었던 모든 일들을 거짓 하나 붙이지 않고 이야기했다. 밖에서는 조 과장이 문을 열어 달라며 시끄럽게 굴고 있었다.

말을 전해 들을수록 정한의 얼굴이 점점 사납게 구겨졌다. 그는 흥분하지 않고 분노의 한숨만 내쉬며 듣는 동안 의자에 기대고 있던 몸을 일으켰다.

"원하신다면 오늘 휴대폰 고치는 대로 동영상 보내 드릴게요. 증거 자료로. 경찰서에 제출도 해야 되거든요."

"알았어요. 나머지 조치는 내가 직접 취하겠습니다. 나가보세요."

"네."

애정이 자리에서 일어나 막 문을 열고 나가려던 찰나, 정한이 다시 그녀를 불러 세웠다.

"아, 그리고 정 대리가 개입하는 건 여기까지 합시다."

"제가 증인이고……."

"걱정되니까."

말을 이어 가려던 애정을 정한은 한마디로 일축시켰다.

"아직 완벽히 정리된 감정 아닙니다. 물론 최선은 다 하고 있지만 걱정하는 마음까지 숨길 필요는 없다고 생각해서 하는 말이에요. 내가 지금부터 연희 씨에게 불이익 가지 않게 최선을 다해 해결할 거니까 이제 그만 신경 써요."

확고한 그의 말이 감동스러워서 눈물이 다 나올 것 같았다. 자신을 선택하지 않아 자존심이 많이 상했을 텐데도 불구하고 끝까지 걱정을 해 주는 모습조차 의연했다.

그런 사람이 흔치 않다는 것을 알고, 흔치 않기에 멋있는 거였다. 저렇게 멋진 사람에게 한때 사랑을 받았다는 것이 뿌듯했다.

"네, 그렇게 하겠습니다."

밖으로 나오자 조 과장이 붉으락푸르락한 얼굴로 애정을 노려보았다.

"내가 너 가만두나 봐."

"가만 안 두시면 어쩌실 건데요?"

어느새 곁으로 다가온 강준이 무서운 목소리로 물었다. 분노로 새빨개진 조 과장의 눈이 이번엔 강준에게로 향했다.

"박강준, 넌 빠져……!"

"정 대리님 털끝 하나라도 건드렸다간 제가 가만 안 있습니다."

"내가 널 얼마나 예뻐했는데, 나를 이런 식으로 대해?"

조 과장이 강준을 향해 삿대질을 했다. 무표정으로 응대하는 강준의 얼굴은 옆에 있는 애정도 움찔할 만큼 무서웠다.

"그럼 어떻게 대해 드릴까요."

조 과장은 금세 기가 죽어서는 옆에 있는 애정을 건드렸다.

"후배 교육 제대로 시킨다. 네가 상사를 그따위로 대하니까 보고 배운 게 이거잖아!"

애정에게 연신 삿대질을 하던 조 과장은 얼마 가지 못해 아픔을 호소해야 했다. 강준이 그 손가락을 잡아 그대로 비틀어 버렸기 때문이었다.

"감히 누구한테 삿대질이십니까?"

"놔, 안 놔?"

"조 과장님, 안으로 들어오세요."

소란스러움을 뚫고 안에서 들려오는 냉랭한 정한의 목소리에 조 과장은 얼른 이사실 안으로 들어갔다. 곧이어 조 과장의 호소 어린 목소리가 문 밖까지 들려왔다.

강준은 여전히 분노가 사그라지지 않은 모습이었지만, 어딘가 모르게 정한을 믿고 있는 것처럼 보였다. 애정 역시 정한의 올바른 판단을 믿었다.

정한은 센터에서 찾아온 애정의 휴대폰 속 영상을 확인하자마자 그날 바로 징계 위원회까지 열어 조 과장이 죗값을 단단히 치르게 할 것이라 공표했다. 회사에서 잘리는 것은 물론이고 연희를 위해 직접 변호사까지 고용해 주겠다고 나섰다. 두 번 다시는 이런 일이 발생하지 않도록 홈페이지에 익명 게시판을 만들겠다고도 전했다.

마지막으로 연희의 정신적 안정이라는 명목하에 유급 휴가를 주었다.

연희는 정한의 빠른 조치가 애정의 덕분이라며 고마워했다.

"이렇게 빠르게 해결된 건 전부 대리님 덕분이에요."

마음고생으로 얼굴이 많이 야윈 연희가 퇴근을 앞두고 인사하며 애정에게 조심스럽게 말했다.

"내가 뭘 한 게 있다고. 근데 우리 이사님 진짜 멋지시다."

애정은 진심으로 존경하는 마음에서 엄지까지 치켜세우며 말했다.

"맞아요. 진짜 멋있는 거, 인정."

연희도 애정의 말에 적극 공감했다.

"사실 우리 이사님 진짜 냉정하고 무섭기만 한 분이신 줄 알았는데, 보면 볼수록 진국이셔. 그렇지?"

"세상에 저런 분들만 있으면 정말 좋겠어요."

"맞아. 정말 그러면 얼마나 좋을까! 아무튼 휴가 잘 다녀오고. 잊기 힘들고 지우기 힘들 때는 무조건 소리 지르고 울어. 혼자 그러고 싶지 않으면 언제든 나 부르고."

"정말 감사해요."

연희가 애정의 손을 덥석 잡았다. 자꾸만 자신을 은인처럼 대하는 연희에 애정은 양심이 콕콕 찔렸다.

"좋아하는 남자를 뺏어 간 내가 밉지도 않아?"

"밉기는요. 평생, 감사할 분이신데. 그리고 언제 뺏었다고 그러세요. 원래부터 제 남자도 아니었는데요, 뭐."

전해지는 진심에 애정은 괜히 코끝이 시큰해져 왔다.

"예쁜 연애하셔야 돼요. 응원할게요."

"응원까지는 하지 마. 그럼 내가 너무 염치없잖아."

"아니에요. 멋진 강준 씨는 이렇게 멋진 대리님이랑 연애하는 게 맞아요."

연희를 배웅해 주고 회사로 돌아온 애정도 서둘러 퇴근 준비를 했다.

강준은 미리 내려가 차를 대기시키고 있겠다고 했다. 그 사이 애정은 휴게실에서 자판기 커피 하나를 뽑아 와 이사실 앞으로 걸어간 다음 작게 노크했다.

"네."

안에서 들려오는 정한의 목소리에 애정은 문을 열었다.

"아래 카페에서 사다 드릴까 했는데 사실 따지고 보면 자판기 커피만큼 맛있는 커피도 없는 것 같아서요."

애정의 말에 정한이 공감한다는 듯 슬쩍 웃었다.

"빠른 조치 감사합니다."

"자기 일도 아니면서 왜 그렇게까지 적극적이었던 거예요? 귀까지 물어뜯으면서."

"글쎄요. 저도 왜 그랬는지는 모르겠는데, 그렇게 하고 싶었어요."

"겁도 없어."

"정의롭다고 해 주세요. 기왕이면."

"정의롭습니다. 그래도 다음에는 그렇게 무작정 덤벼들지는 마세요."

"걱정돼요?"

"커피 안 줍니까?"

"아!"

여태 자신이 커피를 들고 있었다는 사실에 애정은 얼른 정한에게 건넸다. 정한이 커피 한 모금을 마시고는 기분 좋게 웃었다.

"갑니까?"

"네?"

"데이트하러 가냐고요."

애정은 고개를 끄덕였다. 정한의 표정이 씁쓸하게 변했다.

"그럼…… 내일 뵙겠습니다."

이번엔 정한이 고개를 끄덕였다. 애정은 예의 바르게 인사하고서 이사실을 빠져나왔다. 자신을 기다리고 있을 강준을 향해 빠른 걸음으로 옮겼다.

회사 밖으로 나오니 익숙한 차가 눈에 들어왔다. 그 안에서 강준이 핸들에 몸을 기대고 회사 쪽을 바라보고 있는 것이 보였다. 애정이 얼른 달려갔다.

"하, 몇 주 사이에 진짜 많은 일들이 있었다."

앞에 대기하고 있던 조수석에 올라타며 애정은 탄식을 내뱉었다.

"그러게요. 이제 두 번 다시는 이런 일들이 일어나지 않았으면 좋겠어요."

"맞아! 그래도 잘 해결돼서 우울했던 기분이 좀 나아진 것 같아. 밥이나 먹으러 가자!"

"뭐 먹고 싶은 거 없어요?"

"음, 우울했던 기분 나아졌으니까 매운 거 먹으러 가자."

보통 우울할 때 먹는 음식을 나아졌으니까 먹자니. 그게 무슨 원리냐는 듯 바라보던 강준이 이내 싱긋 웃었다.

"그냥 먹고 싶구나? 매운 거."

"응!"

강준이 페달을 밟았다. 애정은 창문을 열어 시원한 바람을 만끽했다. 강준의 말마따나 이제는 이런 안 좋은 일들이 두 번 다시는 일어나지 않기를 바라며.


이제 퇴근을 하고 강준과 함께 저녁을 먹는 건 굳이 약속을 잡지 않아도 자연스러운 일이었다. 오늘 개봉한 히어로물 시리즈가 보고 싶었던 애정은 저녁을 먹으려고 들어간 곱창 전골 집에서 휴대폰을 내밀었다.

"우리 오늘 이거 보러 가자. 영화관도 바로 위층에 있더라고."

"어? 이거 나도 되게 기대하고 있었는데. 좋아요."

"그럼 예약한다?"

"내가 예약할게요. 얼른 먹어요."

강준은 어느새 맛있게 끓는 곱창전골을 그릇에 덜어 건네고선 제 휴대폰을 들었다.

"내가 해도 되는데."

"얼른 먹어요."

"여기 있는 소 곱창은 다 나한테 온 거야?"

그릇 한가득 떠져 있는 곱창을 애정은 부지런히 강준에게로 덜었다. 그사이 강준은 영화 예약을 끝냈다.

"먹는 것만 봐도 배부르다는 말 알죠?"

애정이 곱창을 덜고 있는지 몰랐던 강준은 제 그릇에 쌓인 곱창을 보며 말했다.

"응. 알고 있어."

"그러니까 난 애정 씨……."

"나도 그래. 너 먹는 것만 봐도 나름 배불러."

후후, 제 젓가락에 있는 곱창을 입으로 불어 식혀서 쓰윽 내미는 애정에 강준이 기분 좋게 웃으며 입을 벌려 받아먹었다.

"맛있지?"

"사실 난 애정 씨랑 연애하고 처음 먹어 봐요. 곱창전골."

"정말?"

"네. 곱창 자체를 별로 먹어 본 적이 없어요."

"이렇게 맛있는 음식을……!"

"그래서 참 연애하기 잘했다는 생각이 들어요. 여러모로."

한마디를 해도 상대방 정말 기분 좋게 해 주는 강준의 말에 애정도 적극 공감하며 마저 식사를 끝냈다.

식당에서 나오자마자 애정은 강준의 손을 잡았다. 애정의 손을 강준이 깍지를 껴서 잡았다. 두 사람은 바로 위층에 있는 영화관으로 가기 위해 에스컬레이터로 향했다.

자신을 먼저 태우고 한 칸 뒤에 탄 강준이 그새 보고 싶어서 애정은 휙 뒤돌았다. 뒷모습을 바라보고 있던 건지 강준과 그대로 눈이 마주쳤다. 애정은 잇몸이 다 드러나 보일 정도로 환하게 웃었다.

"영화 보는 게 그렇게 좋아요?"

"무슨 소리야? 너랑 같이 있어서 좋은 거지."

"기분 좋네."

자신을 바라보고 있는 애정이 위험하지 않게 가볍게 허리를 잡고 내린 강준은 무인 발권기로 가서 예약한 번호를 입력하고 티켓을 뽑았다.

"40분 정도 남았네요."

"그래? 애매한 시간이네. 그럼 쇼핑몰 구경하자."

나란히 손을 잡고 주변을 돌아다니던 두 사람이 들어간 매장은 리빙 숍이었다.

"우와, 이거 리넨이라서 되게 시원하겠다."

베개 커버를 손바닥으로 문지르며 애정은 하나 살까, 고민했다. 커다란 침대와 포근해 보이는 이불, 커튼에 이어 색이 화사한 소파를 본 애정은 강준과 함께 사는 상상을 해 보았다.

"이거 귀엽다. 하나 사 줄까요?"

강준이 들고 있는 건 손바닥만 한 화분에 심어진 귀여운 선인장이었다.

"나 식물 잘 못 키워."

"그래요? 그럼 안 되고."

다시 걸음을 옮기는 강준을 애정은 옆에서 가만히 올려다보았다. 이 남자랑 연애가 아닌 결혼을 해서 함께 산다면 어떤 기분이 들까? 지금으로서는 매일 꿀만 떨어지고 행복한 나날들만 가득할 것 같은데.

"아까 그 리넨 베개 커버 마음에 든다고 했죠? 그럼 커플로 살까요?"

바라던 말에 애정이 주변을 빠르게 살핀 후, 까치발을 들어 강준의 입을 맞추었다. 예상하지 못했는지 강준의 눈이 휘둥그레졌지만 금세 다시 제 페이스를 찾았다.

"뭐예요, 갑자기."

"좀 그랬어?"

"아니요. 너무 좋아서."

강준이 제 가슴 위에 손을 가져다 대고 말했다.

"나도 너무 좋아서. 이 좋은 마음 어떻게든 표현하고 싶었어."

"어쩌죠? 난 좋아하는 마음을 표현하려면……."

애정의 허리를 끌어안은 강준이 지그시 내려다보았다.

"우리 영화 다음에 보고 내 마음 확인하러 갈래요?"

장난 반, 진담 반인 것을 안 애정이 급하게 강준의 품에서 벗어났다.

"어, 이제 10분 남았다. 빨리 올라가자. 팝콘이랑 음료 사야 한단 말이야."

서둘러 영화관으로 향하는 애정을 강준이 금방 따라왔다.

"아무리 급해도 같이 가야죠."

제 손을 다정하면서도 따뜻하게 강준과 함께 올라갔다.

다사로운 햇살이 눈살 위로 쏟아졌다. 애정은 있는 힘껏 기지개를 켜고 일어났다. 시간은 벌써 오후 1시를 향해 달려가고 있었다. 오랫동안 누적되었던 피로를 오랜만에 제대로 푼 것 같은 개운함을 느끼며 침대에서 일어났다.

주방으로 가서 물 한 잔을 마시고 다시 침대로 돌아와 앉았다. 휴대폰을 열어 보니 강준에게서 한 통의 전화와 메시지가 와 있었다.

〈일어나면 연락해 줘요.〉

애정은 얼른 통화 버튼을 눌렀다. 신호는 얼마 가지 않아 아무리 들어도 담백하기만 한 강준의 목소리로 바뀌었다.

—잠꾸러기.

"잠꾸러기라는 말 되게 오랜만에 듣는다."

—밥은요?

"아직 먹기 전이지. 바로 눈뜨자마자 너한테 전화한 거야."

거짓말 살짝 보태서.

—지금 가도 돼요?

"지금?"

—네. 눈뜨자마자 보고 싶은 거 여태 참느라 너무 힘들어서 가서 투정이라도 좀 부려야겠어요. 그러니까 거절하지 마.

애정은 존댓말과 반말을 섞어 쓰는 강준의 화법이 좋았다. 이제 별게 다 좋다.

"그래. 대신 맛있는 거 사 들고."

—먹고 싶은 거 있어요?

"음, 삼겹살!"

—첫 끼를?

"왜? 안 돼?"

—안 될 건 없죠. 바로 갈게요.

"응!"

전화를 끊고 쌀을 씻어 얹힌 애정은 서둘러 욕실로 들어갔다. 씻고 나와 한 듯 안 한 듯한 화장을 하고, 신경을 쓴 듯 안 쓴 듯한 옷을 골라 입었다.

그사이 도착한 강준에 애정은 현관문을 열어 주었다.

"뭘 이렇게 많이 사 왔어?"

삼겹살 하나만 말했을 뿐인데, 강준의 두 손에는 짐이 한 가득이었다.

"장 보다가 맛있어 보이는 게 있기에 먹이고 싶어서 사 왔죠."

"넌 정말 최고의 남자 친구야."

애정의 애교 섞인 깐죽거림에 강준은 실소를 지었다. 초밥, 우동, 치킨, 떡꼬치 등등. 자신이 한 밥을 굳이 먹지 않아도 될 것 같았다.

강준이 사 온 것들을 정리하려고 서둘러 주방으로 들어가던 애정의 발은 한 발자국도 떨어지지 못했다. 뒤에서 자신을 끌어안고 가볍게 들어 올려 소파로 향한 강준 때문이었다.

"밥 안 먹어?"

"내 투정부터 받아 주면 안 되나?"

소파에 조심스럽게 애정을 눕힌 강준은 그 옆에 앉아 상체를 수그려 그녀의 이마에 가볍게 입을 맞췄다. 강준의 가벼운 스킨십에도 애정의 기분은 마냥 좋았다.

"어떻게 투정 부릴 건데?"

"마음껏?"

"마음껏? 좋아, 그 투정 마음껏 한 번 부려 봐."

"어? 그럼 잠깐만요."

강준이 개구진 미소를 하고선 서둘러 자신의 윗옷을 벗으려 들었다. 애정은 얼른 몸을 일으켜 강준을 뜯어말렸다.

"못 살아, 못 살아! 대낮이라구!"

애정의 타박에 강준은 무장 해제한 함박 미소를 지으며 와락 애정을 끌어안아 눕혔다. 애정의 입술 위로 따뜻하고 촉촉한 강준의 입술이 와 닿았다.

애정은 강준의 입술이 제게 천천히 들어오는 와중에 아까 잠깐 봤던 그의 티셔츠에 숨겨져 있던 복근을 다시 떠올렸다. 운동을 굳이 따로 하는 것 같지는 않은데, 언제 저렇게 몸을 키웠나 싶기도 해 전부가 궁금했다.

강준의 뜨거운 혀가 깊숙이 파고 들어왔다. 애틋하게 자신의 것을 다루는 강준의 움직임에 머릿속에 있던 잡념들이 서서히 사라져 갔다.

강준과 키스할 때는 오롯이 몸만 반응을 보였다. 뜨거워지고 짜릿해지고 거부할 수 없는 황홀감에 모든 신경 세포들이 춤을 추는 것만 같았다.

그의 달뜬 숨소리가 입안에서 뒤엉켰다. 키스의 농도가 짙어질 때쯤 뺨을 매만져 주는 강준의 손길도 좋았다. 집요하게 밀고 들어오는 뜨거운 것에 모든 것이 녹아내리고 몸 군데군데가 간질여졌다.

애정은 강준이 오래도록 저를 이렇게 탐하길 바랐다.

그렇게 이어진 진한 키스에 허기를 느낀 두 사람은 식탁 위에 가스레인지를 올려놓고 삼겹살을 구워 먹었다. 애정은 강준이 사 온 우동에 어묵과 고춧가루를 넣고 칼칼하게 끓여 식탁에 내려놓았다.

그다음 싱싱한 상추 하나를 집어 안에 삼겹살과 밥, 그리고 쌈장을 조금 덜어 강준에게 내밀었다. 강준이 입을 벌리고 살며시 받아먹는가 싶더니 애정의 손가락을 아프지 않을 정도로 앙, 하고 물었다.

"그렇게 나오시겠다?"

애정이 식탁 밑으로 다리를 뻗어 강준의 종아리를 꽉 끌어안았다. 기어코 발을 그의 청바지 안으로 밀어 넣고 살살 움직여 간지럽혔다.

"아아!"

간지러움에 몸부림치던 강준이 결국 입을 벌렸고 애정은 자신의 손가락을 탈출시켰다. 강준은 재미있는지 입을 꾹 다물고 눈웃음을 쳤다. 강준을 보며 애정도 입을 크게 벌리고 함박웃음을 지었다.

"이거 먹고 자전거 타러 가자."

"완전 좋아요."

굳이 특별한 무언가가 없어도 단둘이 있다는 단 한 가지만으로도 특별해지는 시간.

별일 아닌 것에 웃고, 심장이 터질 것처럼 설레고, 내일이 기대되고, 뭘 해도 자꾸만 웃음이 나오는 걸 보니 시작이 된 것이다.

이 세상 그 무엇보다도 달콤한 연애가.

월요일이 더는 싫지 않은 건 강준을 볼 수 있기 때문이었다. 연애, 아니 누군가를 좋아하는 마음은 그런 거였다. 불행에서 희망을 발견해 내는 초인적인 힘이 있었다.

불러 본 적 없는 노래까지 흥얼거리며 1층으로 내려오자 익숙한 차 한 대가 멈춰 섰다.

"딱 맞춰서 왔네요."

조수석 창문이 열리고 안에서 반가운 목소리가 날아왔다.

"어? 이게 누구야? 정애정 남자 친구 아니야?"

애정 역시 반갑게 강준을 아는 체하며 조수석에 냉큼 올라탔다.

"엇갈리면 어쩌려고 전화도 안 하고 와?"

"엇갈리지 않게끔 다 계산하고 오는 거예요."

"아이구, 그러신 거예요?"

애정이 우쭈쭈, 하며 강준의 허리춤을 두들겨 주었다. 강준은 눈을 만난 강아지 꼬리처럼 몸을 살며시 흔들었다. 그 모습이 마냥 사랑스럽게 느껴져 애정은 차가 출발하는지도 모르고 한동안 넋 놓고 그를 바라봤다.

정해진 출근 시간보다 일찍 도착한 두 사람은 사무실에 대충 가방을 내려놓고 휴게실로 향했다. 달달한 자판기 커피 한 잔을 앞에 두고 이런저런 대화를 나누고 있는데, 불현듯 문이 열리고 정한이 들어왔다.

"이사님."

마주 보고 대화를 나누던 강준과 애정은 갑작스러운 정한의 등장에 당황해하며 서둘러 자리에서 일어서 인사했다.

"내가 괜히 일찍 나와서 두 사람을 방해했나 보네."

정한은 두 사람을 바라보며 씁쓸한 미소를 지었다.

"아니에요. 저희도 지금 막 와서 커피 딱 한 모금 마시고 들어가려던 참이었어요."

어쩐지 정한을 배려하지 못한 것 같은 미안함에 애정은 인사하고 먼저 휴게실을 빠져나왔다. 한참 후에야 강준과 정한이 사무실로 들어왔다. 그사이 팀원들도 하나둘씩 출근하고 모든 자리가 채워졌다.

한참 업무를 보고 있는데, 옆 파티션 너머에서 슬그머니 쪽지 한 장이 전해져 왔다.

오늘 저녁에 뭐 하고 싶은 거 있어요?

뒤에 붙은 동그라미인지 하트인지 모를 표시에 애정이 피식, 웃었다. 메모지를 꺼내 답장을 적었다.

**왜? 너 하고 싶은 거 있구나.**

업무를 보는 척 손만 슬쩍 파티션을 넘어 전해 주려고 했는데 손등으로 따뜻하고 보드라운 강준의 손길이 닿았다. 손을 빼려고 했지만 강준이 깍지까지 끼며 잡아 버리는 바람에 불가능했다.

"야아."

아무도 들리지 않게 작은 목소리로 핀잔을 했지만 강준은 못 들은 척 웃기만 할 뿐이다. 하지만 곧 두 사람의 손은 떨어져야 했다. 집무실에서 정한이 나왔기 때문이었다.

"다들 회의실로 들어오세요."

갑작스러운 정한의 호출에 모두들 어리둥절한 얼굴로 회의실 안으로 들어갔다. 이번엔 무슨 일인가 싶어 다들 긴장한 채 자리에 앉았다.

정한은 모두 들어온 것을 확인한 후, 말을 꺼냈다.

"제가 퇴사를 하게 되었습니다."

헉, 혹시 나 때문에?

애정은 문득 그런 생각이 들었지만 옆에서 속닥거리는 여직원들의 소리에 대단한 착각을 하고 있었다는 것을 깨달았다.

"이사님, 여기 그만두시고 예전부터 스카우트 제의 들어왔다던 회사로 가시는 것 같아."

"연봉을 장난 아니게 불렀다며."

"그래, 사실 이 회사에서 썩히실 분은 아니시지."

그리고 보니 예전부터 그런 이야기들이 종종 나오긴 했었다. 더 좋은 곳으로 가게 된다니, 애정은 오히려 마음이 편안했다. 그가 어딜 가든 지금보다 훨씬 더 행복해지길 바랐다.

정한은 회사 내에서의 문제점과 좋은 점, 그리고 앞으로 개선할 점에 대해서 이야기를 해 나갔다.

"모두들 여태 부족한 저를 따라오시고 서포트 해 주시느라 수고하셨습니다. 서 부장님께서 앞으로 제 역할을 해 주실 겁니다."

정한의 말에 서 부장이 은근슬쩍 자리에서 일어났다. 그건 서 부장이 이사로 진급을 했다는 것을 뜻하기도 했다.

"앞으로 잘 부탁할게."

서 부장이 어색하게 인사를 하고 앉았다.

"이사님, 저희 송별회 안 해요?"

미연이 손까지 흔들며 물었다.

"그러고 싶은데 워낙 마무리 지어야 할 것도 많고 옮길 예정인 회사의 프로젝트에 바로 투입될 것 같아서 그건 좀 힘들 것 같습니다."

정한은 서운한 모양인지 웃는 게 웃는 것 같아 보이지 않았다.

"그래도 함께한 시간이 얼만데, 너무 서운해요!"

"그래서 오늘 점심이라도 다 같이 하고 싶은데."

정한의 제의에 꿩 대신 닭이라고 팀원들이 그거라도 하자며 아우성을 피웠다.

결국 송별회는 점심으로 결정한 후, 팀원들은 아쉬운 마음으로 회의실을 하나둘씩 빠져나갔다.

그사이에 끼워져 나가던 애정은 뒤에서 저를 붙잡는 느낌에 뒤돌아보았다. 정한이었다.

들키지 않으려고 굳이 밖으로 나가는 걷는 시늉만 하던 애정은 회의실에 정한과 단둘이 남고서야 발 연기를 멈췄다.

"무슨 하실 말씀이라도 있으신 거예요, 이사님?"

"잘 지내라고요, 정 대리."

"네. 제 걱정은 마시고 이사님도 가서 잘 지내세요."

훈훈한 인사 뒤로 잠시 어색함이 흘렀다. 애정은 애써 웃었다.

"혹시 몰라서 말하는 건데, 내가 정 대리 때문에 다른 회사로 간다고 착각하는 건 아니죠?"

"그 정도로 바보는 아니거든요."

살짝 양심이 찔렸지만 애정은 애써 태연하게 말을 이었다.

"제가 뭐라고 이사님이 그렇게까지 하시겠어요?"

정한은 그것에 대해서는 대답하지 않았다.

"연애하니까 좋습니까?"

미치도록 좋았지만 티 내는 대신 또 웃었다.

"사람 말하는데 대답을 해야죠. 왜 자꾸 웃기만 해요?"

"네, 좋아요."

"그래요. 이번엔 꼭 오래오래, 행복하게. 어?"

정한의 당부에 애정이 크게 고개를 끄덕였다. 그러다 두 사람은 회의실 앞에서 서성거리고 있는 한 그림자를 발견했다.

"강준 씨 같죠?"

"아마도."

정한은 어서 나가 보라는 말을 하고서 애정의 등을 떠밀었다. 문 앞까지 온 애정은 뒤를 돌아 정한을 바라보았다.

"같이 일한 거 진심으로 영광이에요. 스카우트 받는 사람은 다 드라마 속에서나 존재하는 줄 알았거든요."

"유명인 되면 모른 척할 겁니다. 그때 가서 아는 척할 생각 말고."

"농담도……."

"농담 아닙니다."

"아, 네."

꾸벅 인사하고 다시 나가려는데 이번에는 정한이 애정을 불러 세웠다.

"정 대리."

"네?"

"정 대리도 참 좋은 사람이에요. 그거 알고…… 평생 겸손하게 살아요."

마지막 말에는 살짝 장난이 섞여 있었다. 가볍게 묵례를 하고 애정은 회의실을 나왔다. 앞에 서성이고 있던 강준이 우연으로 지나가는 척을 했다.

"어? 아직 거기 있었어요?"

"아차, 그 말씀을 안 드렸다! 다시 들어가야겠……."

애정이 다시 들어가려고 하자 강준이 반사적으로 그녀의 팔을 잡았다.

"대체 둘이서 무슨 할 말이 그렇게 많다고?"

"질투야?"

"궁금증이요."

"질투가 아니야?"

스스로가 얄미울 정도로 집요한 애정의 물음에 강준은 체념한 듯 한숨을 내쉬었다.

"질투 맞아요. 그러니까."

"……."

"다른 남자랑 단둘이 있지 마."

강준이 애정의 어깨를 잡고 자리로 이끌었다. 그런 두 사람을 팀원들이 의심스럽게 지켜보고 있었다.

11

정한은 생각보다 빨리 퇴사를 했다. 그가 잡고 있던 사무실 기강엔 잠시 혼란스러움이 찾아왔지만 점차 자리를 잡아가고 있었다.

평소보다 이른 시간에 일어난 애정은 어제 미리 사 놓은 야채들을 냉장고에서 꺼냈다. 전자레인지로 살짝 데워 믹서에 약간의 물을 넣고 함께 갈았다. 딱 먹기 좋은 색깔의 완성된 과일 주스를 빈 페트병에 담아 냉장고에 넣어 두었다.

출근 준비까지 끝내고 잠시 소파에 앉아 강준을 기다렸다. 얼마 지나지 않아 그에게서 전화가 왔다.

"응!"

—도착했어요. 내려와요.

"바로 내려갈게!"

미리 준비해 놓은 과일 주스를 들고 내려가니 강준의 차가 바로 보였다. 애정의 입가엔 금세 세상에서 가장 행복한 사람의 미소가 떠올랐다.

"아침 밥 안 먹었지?"

조수석에 올라타자마자 패트병을 들이대며 애정이 물었다.

"직접 갈았어요?"

"응. 너를 생각하면서 열심히 갈았어."

"좋은 뜻인 거예요?"

"그럼. 좋은 뜻이지."

애정이 신나게 패트병을 흔들어 아래에 가라앉아 있던 것들을 섞은 후, 강준에게 건넸다. 한 모금 마신 강준의 표정이 오묘해졌다.

"맛있지?"

"정말, 건강한 맛이에요."

"맛없다는 소리구나? 아무튼 다 마셔."

"그럴게요. 나 생각해서 갈아 준 거니까. 고마워요."

"뭘."

"고마운 의미로 진하게 뽀뽀 한 번 해 줄게요."

"아침부터?"

"하지 마?"

"진한 건 키스여야지. 뽀뽀가 진해 봤자, 뭐 얼마나 진하다고."

애정이 눈을 게슴츠레하게 뜨며 혀로 입술을 섹시하게 훑었다. 강준은 참을 수 없다는 듯 팔을 뻗어 애정의 어깨를 끌어안고 입술을 부딪쳤다. 아랫입술을 집요하게 빨던 혀가 은밀하게 애정의 입술을 훑었다. 그 은근한 간지러움에 애정이 소리 내어 웃었다.

덩달아 터진 강준의 웃음이 온통 애정의 입안으로 스며드는 것 같았다. 이마를 맞대고 그녀를 마주 보던 강준이 조용히 얘기했다.

"회사 땡땡이치고 하루 종일 이렇게 둘이 있고 싶어요."

"이렇게 이마를 맞대고? 밥도 안 먹고?"

"밥이 그렇게 중요해요?"

"당연한 거 아니야?"

"거짓말. 내 입술을 이렇게 좋아하면서."

강준은 다시 애정의 입술을 진하게 탐했다. 밀고 들어오는 그의 촉촉하고 따뜻한 혀와 숨결에 기분이 좋았다. 애정은 팔을 뻗어 강준의 목을 자신의 쪽으로 더욱 끌어당기고서 마음껏 그를 느꼈다. 아침 댓바람부터 강준의 차 안에선 두 사람의 진한 애정 행각이 오래도록 펼쳐졌다.

서로의 뜨거운 숨결을 겨우 떼어 내고 도착한 사무실 안.

그럼에도 쉽게 진정되지 않는 심장을 부여잡으며 애정이 서둘러 업무를 준비하고 있을 때였다.

"강준 씨."

상냥한 여자의 목소리에 실린 이름을 듣자마자 애정은 반사적으로 고개를 돌렸다. 그곳엔 오늘따라 눈 화장이 무척이나 진해 보이는 팀원, 정아가 서 있었다.

"괜찮으면 부탁 하나 해도 될까요?"

"네. 말씀하세요."

"정수기 물이 다 떨어졌는데, 제가 들어 본다고 했는데도 들리지가 않아서요."

애정은 거짓말하지 말라고 소리치고 싶었다. 지난번 워크숍에서 취해 가지고는 1.6L 맥주 페트병을 한 손에 두 개씩 들고 전력 질주하는 것을 분명 본 적이 있는데, 어디서 개수작을 부려?

하지만 애정의 속 타는 마음도 모른 채 강준은 '친절남'으로 빙의해 자리에서 일어나 정수기 물을 갈아 주고 있었다.

"너무 고마워서 이거요."

저 여자의 진짜 목적은 저거였던 거지!

정아는 자신의 자리로 쏜살같이 달려가더니 초콜릿을 가져와 건넸다.

"제가 단 걸 별로 안 좋아해서."

"네? 강준 씨, 초콜릿이랑 사탕 좋아하잖아요. 젤리도."

"아, 이제 안 좋아해요."

거절하고 돌아온 강준이 기특하다가도 배배 꼬인 심정을 감출 수 없었다.

"강준 씨, 초콜릿이랑 사탕 좋아하잖아요. 젤리도."

애정이 슬쩍 의자를 당겨 속삭이자 강준은 눈웃음을 치며 말했다.

"이제 안 좋아해요. 대리님이 주는 거 아니면."

그러더니 가까이 보이는 애정의 입술에 가볍게 입을 맞췄다. 애정은 화들짝 놀라 휘둥그레진 눈으로 주변을 살폈다.

다행히 파티션에 가려진 두 사람을 본 사람은 아무도 없는
듯했다.

"미쳤어?"

"그러니까 누가 그 예쁜 얼굴 막 들이밀래? 나는 겨우 참
고 있는데."

"어이구, 어이구."

그러면서도 자꾸만 요상한 웃음이 얼굴에 자리 잡는 이유
는 무엇일까. 애정은 자신의 자리로 돌아와서도 한참 동안
진정되지 않는 마음에 고생을 해야 했다. 한편으로는 다른
여자들이 강준에게 은근슬쩍 추파를 던지지 못하게 만드는
방법이 뭐가 있을까, 진심으로 고민했다.


그날 저녁, 일이 터졌다.

퇴근한 후 강준과 가볍게 저녁을 먹고 재개봉했던 옛날 영
화를 보겠다며 집으로 돌아온 애정이 막 TV를 틀 무렵 초인
종이 울렸다. 나가 보니 주인집 아주머니가 서 계셨다.

"어? 안녕하세요, 아주머니."

"아가씨, 어떻게 해?"

아주머니가 전한 상황은 이랬다. 위층 바닥 보일러가 어
딘가 터져서 애정의 집을 포함하여 아래층까지 전부 물이 새
큰 공사를 해야 한다고 했다. 전에 물이 새는 것을 보고 주
인아주머니에게 말씀드려야지 했다가 정신이 없어 깜빡했는
데, 생각보다 크게 일이 터진 거였다.

"그래서 공사를 하는 2주 정도는 집을 좀 비워 줘야 할 것

같은데."

"2주씩이나요?"

"응. 대신 내가 한 달 월세 안 받을게. 미안하니까."

"그럼 제가 이득이네요."

"아휴, 난 아가씨가 긍정적이라서 참 좋아."

"저도 감사해요. 4년 동안 월세 한 번 안 올리셨잖아요."

애정의 능청스러움에 주인아주머니는 입을 가리며 호탕하게 웃었다. 그녀가 최대한 빨리 공사에 들어가고 싶다는 말을 남기고 사라지자 막상 눈앞에 닥친 현실이 막막했다.

대체 2주 동안 어디서 지내야 하는 거지? 고시텔을 가야하나? 2주가 가능한가? 동생 집은 회사에서 터무니없이 멀었고, 윤혜는 가족들과 다 같이 살아서 눈치가 보였다.

"다 들었지?"

곁으로 돌아와 묻는 애정에 강준이 낮게 고개를 끄덕였다.

"고시텔이 2주도 가능한가?"

"고시텔은 불편해요. 밥도 제대로 못 챙겨 먹을 거고."

"나 어차피 편의점 도시락 마니아야. 괜찮아."

"위험하기도 해요."

"괜찮아. 2주만 가능하다면."

"그러지 말고."

"……."

"우리 집으로 갈래요?"

잠깐의 침묵이 흐르고 강준의 말이 이어졌다.

"안 건들게요."

애정은 새어 나오려는 웃음을 꾹 참고 그를 마주 보았다. 강준은 반드시 자신의 집으로 데리고 가겠다는 강한 의지가 담긴 눈빛으로 애정을 바라보고 있었다.

"안고만 잘게요. 그건 괜찮죠?"

그건 어쩐지 자신이 못 견딜 것 같았다.

"키스까지 한 사이니까 거기까지는 허락할게."

허락과 다름없는 말에 강준의 표정이 눈에 띄게 밝아졌다.

"그렇게 좋아?"

"당연하죠. 뒤만 돌아서도 보고 싶은 사람이랑 하루 종일 같이 있을 수 있는데."

한 번도 지내 본 적 없는 고시텔에서 지내는 것이 심란하기도 했고 그의 말마따나 애정도 하루 종일 떨어지고 싶지 않은 강준과 2주 정도 같이 지내 봐도 나쁘지 않을 것 같았다.

"대신 약속했어. 키스까지만 하기로."

"알았어요. 걱정 말아요."

자신의 품으로 달려들 듯이 안기는 강준에 애정은 심장이 남아나지 않을 것 같았다.

함께 지내는 2주 동안 강준보다는 애정 스스로가 그 약속을 지킬 수 있을지 미지수였다.

금요일 저녁, 애정과 강준은 인부들이 공사할 거실의 짐들을 정리했다. 2주 동안 강준의 집에서 지내며 필요한 물건들을 캐리어에 담고도 부족해 쇼핑백과 박스 몇 개 더 꽉꽉 채워 들고 나왔다.

강준은 무겁다며 애정이 손 하나 까딱하지 못하게 했다. 혼자서 그 짐들을 전부 차에 싣는 것도 모자라 도착한 자신의 집에서까지 전부 옮기는 걸 또다시 반복했다.

"괜찮다니까요. 그냥 앉아 있어요."

끙끙거리면서 애정이 가지고 들어온 짐을 얼른 받아 든 강준은 그녀를 거실에 있는 침대에 앉혔다.

"여기 꼼짝 말고 있어요."

"너 너무 무리하는 거 아니야?"

"무리? 그게 뭐죠? 난 그런 거 전혀 못 느끼는 남잔데?"

말과는 다르게 강준은 관자놀이에 송골송골 땀을 달고서 서둘러 현관문을 나섰다. 그가 나가고 혼자 집에 남겨진 애정이 천천히 집안을 살폈다. 남자 혼자 사는 집치고는 깔끔했다.

"어제 치운 건가?"

자리에서 일어난 애정은 집 안을 더욱 자세히 살펴봤다. 어제 몰아서 청소를 했다기에는 물건들이 정갈했고 나름의 정리 방식도 있어 보였다. 이번에는 침실로 보이는 방문을 조심스럽게 열어 보니 잘 정리되어져 있는 옷들과 함께 러닝머신을 비롯한 아령들이 보였다.

"집에서 운동하는구나."

구경을 하고 있는 사이 짐을 전부 나른 강준이 집 안으로 들어왔다. 애정은 얼른 냉장고 문을 열어 시원한 물을 찾아 강준에게 건넸다.

"고마워요."

"내가 더 고마워. 고생 많았어."

애정은 자신의 옷소매로 강준의 땀을 닦아 주었다. 목이 말랐는지 강준은 단숨에 물 한 컵을 비웠다.

"한 잔 더 줄까?"

"아니요."

강준은 빈 컵을 식탁 위에 올려놓은 후, 애정의 손을 잡고 침대로 향했다. 대뜸 그녀를 앉히더니 피곤하다며 애정의 허벅지를 베고 누웠다. 애정은 제 허벅지에 누워 있는 강준의 부드러운 머릿결을 매만졌다. 손가락 사이에 스치는 감촉이 좋았다.

"방 좀 몰래 구경했어."

"몰래라면서 왜 말해요?"

"그냥."

"아무튼 엉뚱하고 귀여워."

"러닝 머신 있더라. 집에서 운동 열심히 하나 봐."

"저건 주로 빨래를 거는 용도로 많이 쓰여요."

"그래?"

"근데 앞으로 열심히 운동하려고요. 보여 줄 사람도 생겼 으니까."

"아, 증말! 박강준은 엉큼하기가 짝이 없어!"

애정은 부끄러운 마음에 양손으로 그의 가슴팍을 가차 없이 다다다닥, 연속으로 내려쳤지만 금세 강준에게 팔목을 붙잡혔다.

"놔아."

마음에도 없는 말을 콧소리로 내뱉었다. 그에 반응하듯 강준은 애정의 손등에 가볍게 입을 맞췄다. 그리고서 애정의 허리를 꼭 끌어안아 그녀의 품으로 얼굴을 파묻었다. 그 와중에 애정은 살짝 나온 자신의 뱃살을 강준이 알아챌까 봐 잔뜩 힘을 주었다.

나도 이제 보여 줄 사람이 생겼으니까 본격적으로 다이어트나 해야겠다.

"좋다."

뱃살과의 전쟁을 선포하는 애정과 다르게 강준은 그녀의 품에 얼굴을 파묻고 진심으로 행복에 겨운 목소리로 중얼거렸다.

"그렇게 좋아?"

"시간이 지나면 지날수록 더 좋아져요, 당신이."

강준이 고개를 돌려 애정을 올려다보며 말했다.

"나도 그런 것 같아."

애정은 강준의 얼굴을 손끝으로 매만지다 살며시 고개를 내려 그의 입술을 찾았다. 촉촉한 입술이 오늘따라 유난히도 더욱 달콤하게 스며들어 왔다.

울리는 알람에 애정은 천천히 잠에서 깨어났다. 늘어지게 기지개를 펴다가 제 허리를 감싸고 새근새근 잠들어 있는 강준을 발견하고서 조심스럽게 팔을 내렸다. 지난밤 강준은 정말 자신이 말한 대로 안고만 잤다.

그에게 안겨 잠든 새벽은 정말 따뜻했고 안락했다. 강준을 만나기 전과 후의 삶이 확연히 달라지고 있다는 것이 느껴졌다.

한참을 그렇게 강준을 바라보고 있는데, 그의 눈썹이 꿈틀거리더니 곧 눈이 뜨여졌다.

"일어났어요?"

낮은 목소리를 내뱉으며 강준이 애정의 품 안으로 파고들었다.

"서둘러야 돼. 안 그럼 우리 지각한다?"

"아, 가기 싫다."

"혼자 집에 있을 때는 회사 빨리 가고 싶었는데."

"나 보고 싶어서?"

"응. 넌 안 그랬어?"

"조금이라도 더 보려고 매일 데리러 간 거예요."

강준의 대답에 애정은 크게 뿌듯해하며 힘주어 그를 꽉 안았다. 숨을 쉬지 못하겠다며 강준이 캑캑거렸지만 그 목소리엔 즐거움이 가득했다.

"근데 진짜 네 말대로 이렇게 같이 있으니까 회사 땡땡이치고 싶다. 그렇지?"

"하루 종일 이렇게 붙어 있고 싶어요."

제 품 안에서 들려오는 낮은 강준의 웃음소리가 심장까지 그대로 스며드는 것 같아 좋았다. 마음 같아서는 정말, 강준의 말대로 하루 종일 이렇게 서로를 끌어안고 숨결을 느끼며 소소한 대화를 나누고 싶었지만 그럴 수 없었다.

"그래도 우리는 책임감이라는 것을 늘 상기시키며 살아야 할 어른이니까. 으, 오글거려."

아침 시간은 우사인 볼트처럼 유난히 빠르다. 이제 진짜 서두르지 않으면 지각이라는 것을 각인하며 아쉬워 어쩔 줄 몰라 하는 강준의 품에서 겨우 빠져나왔다.

"이제 나 씻어야겠다."

"아, 애정 씨! 애정아!"

욕실 문이 닫히고서도 자신을 애타게 부르는 강준의 목소리에 애정은 한동안 웃음을 감추지 못했다.

뒤이어 강준이 씻는 동안, 애정은 간단하게 아침 준비를 했다. 강준이 썩 좋아하지 않는 과일 주스를 만들고 토스트와 베이컨을 구웠다. 처음 와 보는 집인데 마치 제집처럼 이상할 정도로 모든 게 익숙했다.

씻고 나온 강준이 곁으로 다가왔다.

"난 커피 마실래요."

"아침부터 빈속에 커피 마시면 그건 위를 폭행하는 행위래. 이거 먹자."

애정이 살벌할 정도의 미소를 지으며 과일 주스를 내밀었다.

"해 줄 때 마셔."

"네."

뜸 들이는 강준에게 협박 아닌 협박을 하자 그제야 단숨에 주스를 들이켰다. 숨도 쉬지 않고 마시는 듯 보였다.

식탁에 마주 보고 앉아 토스트를 먹던 강준이 다리를 뻗어 애정의 다리를 안았다.

"이렇게 일어나자마자 보니까 너무 좋다."

강준이 바삭거리는 토스트를 한입 베어 물고 들뜬 목소리로 말했다. 자신과 겨우 아침 한 번을 먹는 걸로 이렇게 좋아하는 사람이 있다는 것이 애정은 행복했다.

"난 어제 잠드는 순간까지 널 볼 수 있어서 너무 좋았어."

"내가 그렇게 좋아요?"

"응! 넌 내가 좋아?"

"미치게!"

서로를 마주 보며 입을 가리고 소리 내어 웃었다. 웃음이 많아진 게 연애를 해서인지 모르겠지만 좋은 징조였다.

"근데 우리 사무실 사람들한테 연애한다고 언제 말해요? 연희 씨도 다 알고 있다면서요."

연희에게 말해 주었다는 얘기를 들은 이후로도 계속 비밀 연애를 유지하자 강준은 갑갑한 모양이다.

"글쎄, 타이밍 봐서 얘기해야지."

"그러니까 대체 그 타이밍이 언제인지……. 남자 팀원들이 애정 씨 힐끔거리는 거 짜증 난단 말이에요."

"그건 '세상에 뭐 저런 게 다 있나?' 하고 힐끔거리는 거야. 절대 네가 질투의 감정을 가질 만한 힐끔이 아니야."

"남자를 몰라. 딱 눈빛 보면 알아요. 이성으로서의 눈빛이었어요."

"콩깍지가 대단한 착각을 일으키기도 하는구나."

그렇게 말을 하면서 애정도 썩 마음이 편하진 않았다. 연애를 하는지 모르고 여전히 강준에게 호감을 보이는 여직원들 때문이었다.

"때가 되면 그때 꼭 말할게. 주스 더 줄까?"

"배불러요."

출근 준비를 한다며 서둘러 일어난 강준은 방으로 향하다 말고 돌아서서 다가왔다. 여전히 자리에 앉아 있는 애정의 볼을 감싸고 가볍게 입을 맞췄다.

"딸기 맛 난다."

"딸기 잼을 먹어서 그런가 봐."

강준이 다시 한번 입을 맞추고 방으로 들어갔다. 그의 뒷모습을 바라보는 애정의 눈빛엔 사랑이라는 감정이 한껏 실려 있었다.


오랜만에 제대로 필(Feel)이 와서 열심히 업무를 보고 있는데, 평소 별로 교류가 없었던 팀원인 미연이 곁으로 다가왔다.

"대리님, 남자 소개 받으실래요?"

"소개?"

애정이 슬쩍 강준에게로 시선이 돌렸다. 자신만큼이나 업무에 집중하고 있던 강준의 시선이 벌써부터 제게 날아와 꽂혀 있었다. 애정은 슬쩍 강준의 정색을 외면하고 다시 미연에게로 돌렸다.

"갑자기 소개는 왜?"

"저 아는 오빠가 대리님이 자기 스타일이라면서 소개시켜 달라고 해서요."

강준은 심기가 불편한 듯 헛기침을 했다. 하지만 애정은 아랑곳하지 않고 물었다.

"아, 몇 살인데?"

"대리님보다 두 살 많아요."

"오, 나이 딱 좋다. 탈모는 없지? 내가 다른 건 다 이해해도 탈모는 안 좋아해서. 많이 유감스러운 부분이긴 하는데……."

애정의 말이 길어질수록 뒤에서 느껴지는 강준의 존재감은 더욱 강해졌다. 사람의 마음은 참 간사하다. 강준이 반응을 보일수록 더욱 놀리고 싶은 마음에, 관심도 없는 것을 계속 물어보게 되었다. 이런 거 못된 짓인데.

"탈모는 없어요. 걱정 마세요. 한번 받아 보실래요?"

툭.

결국 참지 못한 강준이 애정의 의자를 손으로 소심하게 건드렸다. 애정만큼이나 미연이 놀라서 강준을 바라보았다.

"미안. 내가 장난을 좀 쳤더니 남자 친구가 삐진 것 같네."

애정이 뒤에 있는 강준을 가리키며 말하는 순간, 사무실에 정적이 흘렀다. 이윽고 하나둘씩 자리를 박차고 일어나더니 똑같은 표정을 하고서 한달음에 애정에게 달려왔다.

오늘 아침에 강준과 말한 것도 있었고, 전부터 여자 팀원들이 은근히 강준에게 추파를 던지는 것이 신경 쓰였다. 솔직하게 말하면 꼴 보기도 싫었던 참이었기에 굳이 숨기고 싶지 않았다. 더군다나 무슨 톱스타 연예인들도 아니고, 은밀히 연애해야 할 이유도 없었기에 당당하게 밝히기로 결심했다.

"방금 뭐라고 하셨어요? 강준 씨가 뭐? 남자 친구요?"

"대리님, 강준 씨랑 사귀세요?"

"강준 씨, 이게 사실이야? 진짜야?"

팀원들의 반응이 하나같이 다 거지 같았지만, 애정의 얼굴엔 함박웃음이 가득했다. 뭐랄까, 모두가 선망하는 남자와 사귄다는 우월감이 싫지 않았다.

"네. 저 대리님이랑 연애해요."

사람들의 질문에 대한 대답을 강준은 단 한마디로 일축시켰다. 애정은 슬쩍, 제 머리를 귀 뒤로 넘기며 새침한 표정을 짓다가 모두를 물리는 손짓을 하고서는 신나게 타이핑을 치기 시작했다. 힐끔힐끔, 간헐적으로 부러운 시선이 제게 와닿았다. 그중에선 제 갑작스러운 발언에 못 말린다며, 하지만 싫지 않다는 듯 바라보는 강준의 시선도 느껴졌다.

자판 위를 두드리는 애정의 손가락이 더욱 신나게 움직였다.

오늘은 퇴근하고 뭘 하고, 뭘 먹을까? 오늘은 얼마나 더 사랑하고 사랑받을까?

그 생각만 하면 저절로 어깨가 들썩일 만큼 신이 났다.

퇴근 후 강준과 함께 저녁을 먹고 침대에 앉아 있던 애정은 일어서서 천천히 그에게 다가갔다. 집에서 음식을 만들어 먹느라 쌓인 설거지를 본인이 치우겠다며 나선 터라 고무장갑을 끼고 있는 그의 허리를 와락 끌어안았다.

"설거지는 내가 한다니까."

"별거 없는데요, 뭐. 금방 끝내요."

"어렸을 적 사진 같은 거 없어?"

"어렸을 적 사진이요? 그건 다 본가에 있는데. 어렸을 적 그렸던 만화는 있어요."

"만화? 나 그거 구경할래."

애정의 성화에 못 이겨 강준은 설거지를 끝내고 그녀와 작은방으로 들어갔다. 걸어 놓은 코트 뒤에서 강준이 꺼낸 박스 안에는 스프링 노트가 한가득이었다. 자신이 함께하지 않았던 시절의 강준을 볼 수 있다는 것에 애정의 마음은 걷잡을 수 없을 만큼 설레었다.

"이건 중학교 때 미술 학원에서 그렸던 거요."

제일 먼저 스케치북을 집어 든 강준이 천천히 종이를 넘겼다. 안에는 인물화가 그려져 있었다.

"와, 진짜 잘 그렸다!"

칭찬에 기분이 좋았는지, 강준은 다른 노트들도 보여 주기 시작했다. 강준의 실력은 애정이 생각했던 것 이상이었다.

"그저 꿈이라고 두기에는 너무 아까운 실력 같은데."

"제대로 도전해 보지도 않고 포기한 내가 실망스럽죠?"

"아니. 아무리 연인 사이라고 하더라도 내가 너한테 실망스러운 감정을 가질 수 있을 자격이 있을까? 네가 그 꿈을 이룰 수 있도록 내가 도움을 준 건 하나도 없는데, 그럴 자격 없지."

"다른 사람들한테는 말도 못 했어요. 죽기 살기로 도전해 보지 않고 포기한다고 실망할까 봐."

"뭐 하러 죽기 직전까지 도전을 해 보냐. 물론 그렇게 해서 성공한 사람들도 있지만, 난 그렇게까지 할 필요가 있나 싶어. 사람은 모두 '행복'을 향해 달려가. 과정이 모두 같을 순 없지."

"……."

"남 얘기도 굳이 들을 필요 없어. 그 사람들은 자신이 경험해 보지 못했기 때문에 쉽게 얘기할 수 있는 거야. 사람들 외모가 다 다른 것처럼, 성격도 다 달라. 그걸 버틸 수 있는 사람이 있고 없는 사람이 있어. 때문에 함부로 평가해서는 안 되고, 성공하지 않았다고 해서 노력도 하지 않았다고 비난할 순 없는 거야."

"맞는 말이에요. 하지만 정말 만화는 쉽게 포기했어요. 원래 하고 싶은 건 잘 포기하지 않는 성격이었는데 나답지 않았죠."

씁쓸해하는 강준의 모습에 괜스레 친구, 재호가 생각났다. 단 한 번도 꿈이라는 것을 꿔 본 적이 없는 애정이었기에 꿈을 포기한다는 것이 정확히 어떤 느낌인지는 모르겠지만, 그때 재호가 했던 말만큼은 절실히 느껴졌었다.

"내 세상이 무너진 것 같아."

강준도 그랬을까? 만나기 전이었지만 그때 위로를 못 해 줬던 것이 괜히 미안해졌다.

"강준아."

애정이 강준의 손을 부드럽게 감싸 잡았다.

"하늘에도 여러 가지 색이 있잖아. 초저녁과 새벽, 한밤중과 대낮, 비나 눈이 오는 날. 그리고 봄, 여름, 가을, 겨울. 그런데 하물며 여러 감정으로 똘똘 뭉쳐져 있는 사람의 성격을 단 하나로 일축시킬 수 있겠어? 그 상황에 따라서 달라지는 거지."

애정의 말에 강준은 입가에 편안한 미소를 지었다.

"사실…… 포기하기 싫어서 포기한 거예요. 나는 그림을 잘 그린다고 생각했어요. 내가 잘 할 수 있는 건 그것뿐이라고 생각했어요. 그런데 세상에는 나보다 훨씬 실력 있는 사람들이 많았고 그걸 깨닫는 순간 자존감이 자꾸만 낮아지고 있다는 것을 느꼈어요."

"……."

"그래서 오래도록 고민하고 있었는데, 예전에 애정 씨가 그랬잖아요. 꿈은 꿈대로 놔둬도 괜찮을 것 같다고."

한강에서 강준과 나눴던 꿈에 대한 이야기가 떠올랐다.

"괴로워했었거든요. 꿈과 현실 사이에서. 근데 덕분에 깨닫게 됐어요. 굳이 꿈을 현실로 바꾸지 않아도 된다는 것을……. 사람이 깨어나서 활동을 하다가 잠을 자야 하는 것처럼, 현실에서 시달리다가 꿈이라는 것에 휴식을 취해도 되겠다. 이렇게."

강준은 가장 위에 있는 노트를 건네주었다.

"그 뒤로 그리기 시작한 거예요. 그저 꿈이라고 생각하니까 오히려 잘 그려지는 것 같고, 이야기도 잘 나왔던 것 같아요."

그림에 대해서 잘 모르겠지만 읽어 본 내용은 제법 재미있었다.

"고마워요. 나한테 좋은 말들 해 줘서."

"내가 너한테 위로가 되고 도움이 되었다는 게 기분 좋다."

"이제 나한테는 없어서는 안 될 존재죠."

강준이 가까이 다가와 애정을 그윽하게 바라보았다. 자신을 바라보는 짙은 눈빛이 좋았다.

"이제 내가 이 세상에서 제일 소중하게 생각하는 존재는 당신이에요. 정애정 씨."

옅게 내쉬는 숨결과 자신을 향한 따뜻한 목소리와 마음도. 그저 박강준의 모든 것이 좋았다.

12

눈을 떴을 때, 정말 가장 먼저 강준이 보이자마자 애정은 격한 행복을 느껴 자신도 모르게 입꼬리가 한층 올라갔다. 강준은 잠버릇이 없는 편이었다. 자는 순간마저도 평소처럼 사랑스럽고 잘생긴 외모를 뽐내고 있었다.

손을 뻗어 그 잘생긴 얼굴을 매만졌다.

"무슨 남자 피부가 이렇게 좋아."

제법 큰 목소리로 중얼거렸는데 강준은 꼼짝하지 않았다. 어지간히 피곤했던 모양이다. 강준의 얼굴을 가만히 바라보던 애정은 갑자기 장난기가 발동했다.

"강준아, 일어나."

완전히 깨울 목적은 아닌 듯 소곤거리는 목소리였다. 그가 깨어나지 않는 것을 확인한 애정은 침대에서 조심스럽게 내려와 제 화장품 파우치를 꺼내 아이브로펜슬을 집어 들었다.

다시 침대로 와서 엎드려서 강준의 얼굴에 낙서를 했다. 이런 유치한 장난은 어렸을 때조차도 해 본 적 없었는데.

어느덧 마무리를 짓고 라이너를 다시 집어넣고 있는데 뒤에서 부스럭거리는 소리가 들렸다.

"언제 깼어요?"

몸을 일으켜 묻는 팬더 강준에 애정은 애써 웃음을 참으며 입술을 깨물었다.

"나도 일어난 지 얼마 안 됐어."

"아침 먹어야죠."

"응. 그래야지."

이불을 걷고 일어난 강준은 화장실로 향했다. 그 모습을 고스란히 바라보던 애정의 귓가로 곧 강준의 비명 소리가 들려왔다.

"이게 뭐야!"

화장실 문이 벌컥 열리고 강준이 뛰쳐나왔다. 피할 틈도 없이 그대로 애정을 들쳐 업어 침대에 눕히고는 일어나지 못하도록 위에 올라탔다.

"아, 웃겨."

그때까지도 웃고 있던 애정이 얄미운지, 강준은 가만히 노려보다가 손가락으로 그녀의 몸을 간질이기 시작했다.

"복수다."

"아, 간지러워!"

아침부터 웃음이 끊이지 않는 두 사람의 하루가 시작되었다.

"아, 배고파. 뭐 먹을까?"

퇴근하고서 서울에 위치한 쇼핑몰 센터에 온 애정과 강준은 즐비하게 늘어져 있는 식당들을 보며 행복한 고민에 빠졌다.

"짜장면 먹을까? 아니면 스시나 떡볶이? 다 먹고 싶다."

메뉴를 정하지 못하고 갈팡질팡하는 애정을 강준은 사랑스러운 눈빛으로 바라보았다.

"넌 뭐가 당겨?"

"난 이거."

강준은 애정의 입술을 손끝으로 톡톡 건드렸다.

"못 살아, 증말!"

애정은 이제 능글맞은 소리를 아무렇지도 않게 하는 강준에 싫지 않다는 듯 코맹맹이 목소리로 애교를 부렸다. 애교는 자신과 정말 어울리지 않는 것이라고 생각했는데, 강준과 연애를 하면서는 자주 나타나는 증상이었다.

"찜닭 먹자."

어렵게 메뉴 식사를 정하고 가게 안으로 들어가 마주 보고 앉은 두 사람은 주문하고 금방 나온 찜닭을 사이에 두고 천천히 먹기 시작했다.

"여행 가고 싶다."

"주말에 갈까요?"

"그럴까? 금요일 저녁에 출발해서 일요일 늦게 오면 되잖아. 딱이다!"

"재밌겠다. 어디가 좋을까?"

"그러게. 어디 가고 싶은 곳 없어?"

"애정 씨랑 함께라면 난 어디든 좋아요."

"닭살."

애정이 말하면서 흔들던 닭 다리 부위를 강준의 접시 위에 올려 주었다.

"난 아까 닭 다리 하나 먹었어."

"두 개 다 먹어요."

"닭 다리를 양보하는 너란 남자! 역시!"

"유난히 먹을 거 양보할 때, 멋있다고 하더라."

"내가 그렇게 야박했어?"

강준은 대답 대신 애정에게 가까이 다가갔다.

"당신한테 멋있다는 소리는 침대 위에서 꼭 듣고 싶은데."

노골적인 강준의 말에 당황한 애정이 먹고 있던 닭 다리 살을 그대로 삼켜 버렸다. 캑캑거리며 얼굴이 붉어질 때까지 기침을 해 대자 덩달아 같이 놀란 강준이 얼른 물을 건넸다.

"괜찮아요?"

"아, 몰라."

허겁지겁 물을 마시면서도 애정의 눈동자는 슬쩍 강준의 몸으로 향했다. 옷 속에 꽁꽁 감추어져 있는 그의 단단한 몸과 자신을 향해 은밀하게 움직일 몸짓이 궁금했다. 자신으로 하여금 뜨거워질 몸의 온도와 달뜬 숨소리도 마음껏 느껴 보고 싶었다.

부드럽지만 땀에 살짝 젖은 살결, 흥분으로 인해 불그스름해질 얼굴, 그리고 자신을 바라보는 까맣고 깊은 눈빛.

침대 위에서의 그는 굳이 직접 보지 않고 상상만으로도 충분히 관능적이고 멋있었다. 애정의 머릿속에 한 번 자리를 잡은 음란 마귀는 식사를 끝날 때까지도 오래도록 함께했다.

윤혜에게 전화가 걸려 온 것은 배가 부르다며 소화도 시킬 겸 볼링을 치러 가자는 강준의 제안에 쇼핑몰에서 막 나왔을 때였다.

—많이 바빠?

윤혜의 음성은 평소와 다르게 많이 흔들리고 있었다.

"왜 그래? 무슨 일 있어?"

갑자기 심각해진 애정에 옆에 있던 강준도 덩달아 표정을 굳혔다.

—애정아, 정말 미안한데…… 너 지금 좀 바쁘더라도 나한테 좀 와 줄 수 있어?

윤혜가 울고 있었다.

"지금 어딘데? 바로 갈게!"

동네에 있다는 말을 전해 들은 후, 애정은 전화를 끊고 옆에 있는 강준을 올려다보았다.

"무슨 일 있어요?"

"친군데 무슨 일 있나 봐. 지금 바로 가야 할 것 같아."

"데려다줄게요."

"아니야. 여기서 택시 타고 가면 돼."

"무슨 택시예요. 내가 데려다주는 게 훨씬 빠르지."

"너한테 미안하니까."

"뭐가 미안해요? 우리가 남도 아니고, 사람 서운해지게. 얼른 가요."

거절할 틈도 없이 강준은 애정을 데리고 주차장으로 향했다. 급한 마음에 애정도 더는 왈가왈부하지 않고 얼른 차에 올라탔다.

꽤 거리가 있었지만 강준이 서둘러 준 덕분에 애정은 윤혜가 있는 곳에 금세 도착할 수 있었다.

"이따 연락해요. 데리러 올게요."

"아니야. 그러면 내가 너무 미안해질 것 같아. 윤혜랑 언제 헤어질지도 모르니까 기다리지 말고 자."

강준은 쉽게 대답하지 않았다. 애정은 자신이 집에 돌아올 때까지 자지 않고 내내 기다릴 강준을 생각하니 마음이 편하지 않았다.

"기다리지 말고 자. 알았지?"

"알았어요."

초조한 애정의 마음을 읽었는지, 강준이 대답을 해 주었다. 강준에게 짤막한 인사를 하고서 애정은 서둘러 윤혜가 있는 가게 안으로 들어갔다.

윤혜는 구석 창가 쪽에 혼자 앉아 술을 마시고 있었다. 얼마나 울었는지, 멀리서 봐도 눈이 퉁퉁 부은 채 붉은 빛이 감도는 것이 보였다. 애정의 마음이 찡, 하고 아파 왔다.

"윤혜야."

윤혜는 대답 대신 고개를 올려 애정을 바라보았다. 잠시 멈춘 듯했던 눈물이 다시 그녀의 눈에 고이기 시작했다.

"재호랑 헤어졌어."

어느 정도 예상했던 말이었지만, 그래도 쉽게 받아들일 수 없었다. 사랑스럽지만 그만큼 고난도 많았던 20대의 추억 속에 함께했던 윤혜와 재호의 사랑이 이렇게 끝났다는 것을 믿을 수 없었다.

아름다움의 여부를 떠나 추억 자체는 절대 변하지 않는다. 바꿀 수도 없다. 그래서 더…… 슬펐다.

"나 청승맞지?"

"지금 남의 시선 따위가 뭐가 중요해? 그런 거 신경 쓰지 말고 마음껏 슬퍼해."

"맞아. 뭐가 중요하겠어. 술을 마시면서 펑펑 울고 싶은데, 집에는 가족들도 있고 해서 못 들어가겠더라. 다 큰 애가 고작 사랑 때문에 이렇게 울고불고 난리 친다고 한마디 들을 것 같아서. 그렇다고 혼자 모텔 들어가는 건 좀 무섭고……."

애정은 착잡한 마음으로 윤혜의 맞은편에 앉았다. 술이 약한 편이라 주로 맥주만 마시던 편인 윤혜는 벌써 소주 한 병을 비우고 막 두 병째를 마시던 참이었다.

"한 잔 받아."

애정은 술병을 들며 윤혜의 술잔으로 가져다 댔다.

"너 나 술 못 마시는 거 알잖아. 안 말려?"

"응. 오늘은 안 말릴래. 그러니까 실컷 마시고, 실컷 울어."

윤혜는 애정이 채워 준 술을 망설이지 않고 단숨에 들이켰다.

쓰디쓴 술 때문인지, 이별의 아픔 때문인지 윤혜의 얼굴은 무척이나 괴로워 보였다. 이별의 슬픔이 어떤 것인지 잘 알고 있었다. 그래서 애정은 어설픈 위로를 건네지 않았다.

잔인한 이야기지만 슬픔이 무던해질 때까지 계속 슬퍼하고 아파하는 방법밖에 없었다. 이별은 세상에서 가장 아름다운 감정인 사랑을 했다는 이유로 받아야 하는 가장 잔인하고 혹독한 대가이다.

이별이 없는 사랑을 하면 참 좋을 텐데…….

"조금씩 생긴 균열을 알면서도 서로 피하기만 했던 것 같아. 서로 이해해 주기만 바랐던 것 같아. 사랑한다는 이유로……."

사랑하는 사람들의 가장 큰 실수 중 하나일 터였다. 사랑한다는 이유만으로 상대방이 모든 것을 이해해 주길 바라는 이기적인 바람.

"너무 지쳐서 이별해도 괜찮을 줄 알았어. 그런데 생각보다 힘들어. 속 시원할 줄 알았는데 아니야."

세상에 괜찮은 이별은 없다. 괜찮다면 그건 사랑하지 않았다는 증거일지도 몰랐다. 애정은 적어도 그렇게 생각했다.

"내가 재호를 잊을 수 있을까?"

"잊을 순 없겠지. 아마 재호는 너의 기억 속에 문득문득 제 모습을 드러내면서 그리움이나 분노를 일으키게 할 거야."

"……."

"하지만 시간이 지나고 네가 새로운 사랑을 다시 시작한다면 새로운 추억들이 다시 자리 잡을 테니까 그와의 과거가 점점 작아지겠지. 다만 기억해. 재호와 함께했던 지난날 동안 넌 예쁘고 행복했잖아. 그때의 너를 잊지 마."

"그런 날이 언젠가는 오겠지? 하지만 지금은 너무 길게만 느껴져서 막막해."

결국 얼굴을 가리고 다시 우는 윤혜의 곁으로 다가간 애정이 조심스럽게 안아 주었다. 한 번쯤은 물어볼 수도 있었다. 이렇게 힘들면 다시 만나는 건 어떠냐고. 하지만 10년 동안 연애하면서 수십 번은 더 넘게 고민했을 이별에 대해 묻는다면 안 좋은 기억들을 되새기며 이별에 더욱 확신을 가질 게 분명했다.

애정은 그저 윤혜를 가만히 안아 주는 걸로 위로를 대신했다.

10년 동안 오로지 한 여자만 사랑하고 한 남자만 사랑했던 두 친구의 아픔이 오래 갈 것만 같아서 애정의 마음도 시큰하게 아려 왔다.


술에 취해 비틀거리는 와중에도 윤혜는 부모님이 기다리신다며 버스 막차를 기다렸다.

"걱정돼. 그냥 택시 타고 가는 게 어때?"

"여기서 우리 집까지 가면 3만 원 넘게 나와."

"그건 내가 내줄게."

"됐어. 내가 돈 없어서 택시 안 타? 아끼려고 안 타는 거지."

"그래도."

"앞으로 술 많이 마시고 다닐 것 같은데, 돈 아껴서 술 마셔야지."

"휴."

불편한 마음에 애정은 연거푸 한숨만 내쉬었다.

"진짜 미안하고 염치없는 건데, 애정아. 나 좀 오래도록 걱정해 주라."

"……."

"그냥 내 이별이 좀 담담해질 때까지만 좀 걱정해 줘. 그래서 메시지도, 전화도 좀 자주 해 줘."

"응. 그렇게 할게."

"아무튼 오늘 정말 미안하고 고마워."

"별거 아닌데, 뭐. 걱정 되니까 정확히 너 도착할 예상 시간에 전화한다!"

윤혜는 대답 대신 간신히 미소만을 지은 얼굴로 이제 막 도착한 버스를 올라타 창가에 앉았다. 멀어지는 버스를 향해 연신 흔들던 손 인사를 끝낸 애정은 그제야 아차, 싶었다. 얼른 휴대폰을 꺼내 들고 강준의 집으로 갈 수 있는 방법을 살폈다.

다행히도 지하철 한 대가 여유롭게 남아 있었다. 지하철역으로 걸음을 옮기는 동안 벌써 메시지 두 통을 보내온 강준에게 전화를 했다.

—여보세요?

"무슨 전화를 이렇게 빨리 받아?"

신호가 딱 한 번 울리자마자 바로 들려오는 강준의 목소리에 애정은 깜짝 놀랐다.

—휴대폰 보고 있었어요. 친구랑 헤어졌어요?

"응."

—아까 내려 줬던 곳에 있죠?

"응. 그 근처긴 해."

—기다려요. 데리러 갈게요.

목소리 너머로 느껴지는 산만함에 애정은 강준이 서둘러 나올 채비를 하고 있다는 것을 눈치챘다.

"번거롭지도 않아?"

—직접 데리러 가야 내 마음이 편해요. 조금만 기다려요.

"알았어. 네 마음이 편하다면야."

—늦었으니까 괜히 돌아다니지 말고 거기 그대로 있어요.

세세한 것까지 신경 써 주는 강준에 애정은 자꾸만 웃음이 새어 나왔다. 강준의 말대로 돌아다니지 않고 윤혜와 먹었던 술집 바로 아래 편의점으로 들어갔다.

오늘따라 배가 출출해서 컵라면 하나를 사서 먹었다. 그것도 모자랐는지 입이 심심해서 과자 한 봉지를 사서 아그작, 아그작 씹어 먹으며 재호에게 메시지를 보냈다.

〈야, 신재호.〉

메시지를 읽는 속도가 은근히 빠른 재호였지만 읽음 여부가 나타나는 표시가 오래도록 사라지지 않았다.

"이 자식도 어디서 혼자 술 마시고 있나?"

걱정이 되어 전화라도 한 통을 해 보려던 참에 벨소리가 울렸다. 이름이 저장되어 있지 않았는데도 어디서 많이 낯이 익은 번호였다. 처음에는 자신의 눈을 의심했다.

"최태형 번호잖아?"

아무리 확인을 해 봐도 오랜 시간 동안 눈에 익혔던 그 번호가 확실했다. 불쾌함이 온몸 가득 퍼졌다.

"미친 거 아니야?"

통화 버튼을 눌러 한마디 퍼부으려던 찰나 편의점 문이 열리고 안으로 강준이 들어왔다. 애정은 급하게 거부 버튼을 눌렀다.

"박강준 씨."

"말 잘 들어서 예뻐해 주고 싶네."

"나 여기 있는 거 어떻게 알았어?"

"밖에서 봤어요."

"뭐라도 먹을래? 초콜릿 사 줄까? 사탕? 아니면 아이스크림?"

"아니요."

대답하면서 강준은 애정의 손목을 제 입가로 가져가 그녀가 한입 베어 문 과자를 먹었다.

"이거면 충분할 것 같은데."

별거 아닌 스킨십이었는데, 애정은 괜히 마음이 두근두근 산만해졌다. 들고 있던 과자를 그에게 전부 넘기고선 서둘러 편의점을 나왔다.

"친구분은 괜찮아요?"

차에 올라 탄 강준의 질문에 애정은 벨트를 매며 고개를 내저었다.

"아니. 전혀 괜찮지 않을 거야. 한동안은."

어느새 그 재수 없는 태형은 아웃 오브 안중이 되었다.

"그래도 빨리 괜찮아졌으면 좋겠어. 아픈 게 오래 가는 것만큼 힘든 것도 없잖아. 윤혜도…… 그리고 재호도."

재호에게 보낸 메시지를 쳐다보던 중에 드디어 표시가 사라졌다. 하지만 재호에게서는 아무런 답장도 받을 수가 없었다.

휴게실에서 마주 보고 앉아 커피를 마시며 이번 업체들이 제시한 계약 사항에 대해서 얘기하고 있던 공 대리는 흠칫 놀랐다. 다소 오버스러운 동작으로 자리에서 일어나서는 빈 자리를 냉큼 두 손으로 가리켰다.

"여기 앉으세요!"

왜 저렇게 요란을 떠나 싶어서 돌아보니 휴게실 안으로 기획팀과 회의를 하고 올라온 강준이 서 있었다.

"암튼 요란은!"

애정이 밉지 않다는 핀잔을 두자 공 대리가 능글맞은 표정을 지었다.

"난 이만 나가 줘야겠지?"

"그냥 계세요."

이번엔 강준이 제지시켰다. 공 대리는 기다렸다는 듯 다시 자리에 앉았다. 그 모습을 흘깃 본 강준은 자연스럽게 주머니에서 지폐를 꺼냈다. 그때 애정이 다급히 소리쳤다.

"나 동전 있어!"

애정이 제 동전을 자판기에 넣어 주었다.

"고마워요."

버튼을 눌러 자신이 원하는 음료를 뽑은 강준도 애정과 공 대리가 있는 자리로 와 앉았다.

"두 사람 말이야. 예전에는 안 어울린다고 생각했는데, 이렇게 보니까 은근히 잘 어울려."

공 대리가 두툼한 손으로 액자를 만들었다.

"그렇지? 우리 제법 잘 어울리지?"

애정이 강준에게 팔짱을 끼고 살포시 머리를 기대었다.

"두 사람은 요즘 무슨 데이트해?"

"뭐 다 똑같지. 영화 보고 밥 먹고, 쇼핑하고 카페 가고."

"다 비슷하구나."

"그래도 같이 있으니까 특별하게 느껴지는 거지. 그렇지, 강준아?"

애정의 물음에 강준이 한 치의 망설임도 없이 고개를 끄덕였다.

"그럼요."

"근데 강준 씨, 밖에서도 설마 정 대리님이라고 하는 건 아니지?"

공 대리는 진심으로 걱정하는 얼굴로 물었다.

"네. 밖에선 다른 호칭 불러요."

"어떤 거? 자기, 울 애기 이런 거?"

"야, 소름이다. 공 대리는 여자 친구한테 그렇게 불러?"

애정의 지적에 공 대리가 입술을 굳게 다물었다.

"진짜 그렇게 불러? 닭살이야."

침묵을 긍정으로 받아들인 애정이 놀리자 얼굴이 붉어진 공 대리는 서둘러 커피를 들고 휴게실을 빠져나갔다.

"공 대리 놀리는 거 재밌어. 이제 우리도 들어가야……."

막 일어섰던 애정이 강준의 손길에 의해 의자에 다시 앉혀졌다. 자신을 가만히 바라보는 눈길에 왠지 긴장이 되었다. 모두 사무실에 들어가 있는 모양인지 휴게실을 포함해 주변이 잠잠했다. 강준은 잡고 있던 애정의 손을 입으로 가져와 가볍게 입술을 대었다.

"같이 일하는 사람이랑 사귀면 이게 참 좋네요. 하루 종일 볼 수 있다는 거."

"집에서도 하루 종일 봐 놓고 회사에서 보는 게 또 좋아?"

"당신은 안 좋아요?"

애정은 대답 대신 싱긋 웃어 보였다.

"이제 정말 들어가야겠죠?"

"응."

다 마신 캔을 정리한다고 쓰레기통으로 향하는 강준을 애정이 넌지시 불렀다. 돌아본 강준을 향해 까치발을 든 애정이 볼에 가볍게 입을 맞췄다.

"나도 정말 좋다고, 널 이렇게 매일 볼 수 있어서."

기분이 우울했다. 이맘때쯤이면 늘 그랬던 것 같다. 날짜를 확인해 보니, 아빠의 제사가 얼마 남지 않았다.

엄마와 동생까지 전부 일을 하고 있기 때문에 아빠의 제사가 평일이면 시간을 내기가 어렵다는 것을 안 애정은 내일이 주말인 것을 확인했다. 남은 업무가 있어서 야근하게 된 애정은 사무실 밖으로 나와 엄마에게 전화를 걸었다.

─응, 애정아.

"일 끝나고 집에 가는 길이야?"

─응. 너는?

"난 아직 업무가 좀 남아서."

─저녁은 먹었고?

"이제 먹어야지. 엄마는?"

─나도 집에 가서 슬슬 먹어야지. 아빠 제사 때문에 전화한 거지?

엄마의 목소리도 평소 같지 않게 가라앉아 있었다. 아빠의 빈자리가 더욱 크게 느껴지는 것 같아 슬펐다.

"응. 근데 평일이야. 그래서 내일 아침 일찍 내려갈 생각인데."

─그래. 그렇게 해.

"장 미리 보지 말고 같이 가자. 애희 데리고 갈게."

─조심히 와.

"응. 들어가서 푹 쉬어요."

애정은 전화를 끊고 바로 애희에게 메시지를 보냈다. 내일 아침 일찍 용산역에서 만나기로 약속하고서 다시 사무실 안으로 들어가려는데, 강준이 나와 있었다.

"무슨 일 있어요?"

오늘 아침에 눈을 뜰 때부터 어딘지 모르게 기분이 푹 가라앉아 있던 애정이었다. 그것을 강준이 눈치챈 것 같았다. 애정은 애써 미소를 보이며 괜히 강준의 넥타이를 정리해 주었다.

"이번 주말엔 집에 내려가 봐야 할 것 같아."

"무슨 일 생긴 거예요?"

강준의 눈동자엔 걱정스러움이 한가득 담겨 있었다.

"아니, 우리 아버지 제사."

"아……."

"내일 새벽 일찍 출발할 거야."

"데려다줄게요."

"대전인데?"

"대전까지."

"됐어. 요즘 야근 은근히 많이 해서 피곤할 텐데, 주말에 푹 쉬어."

"데려다주고 싶어요."

더는 말리고 싶지 않았다.

"그래. 그럼 데려다줘."

다음 날 새벽, 애정은 부스럭거리는 소리에 잠에서 깨어났다. 아직 6시도 되지 않은 이른 시간인데도 강준은 깨어 있었다.

침실에서 나오자 강준이 식탁 위에 밥을 차리며 넌지시 물었다.

"일어났어요?"

"언제 일어났어?"

"얼마 안 됐어요."

얼마 안 됐다고 하기에 강준은 지나치게 말끔했고 식탁 위에는 보슬보슬한 밥과 따뜻한 국이 차려져 있었다.

"씻고 나와서 밥 먹고 바로 출발해요."

"응."

자신의 일에 더 신경을 써 주는 것 같은 강준의 모습에 애정은 뭉클하면서도 든든했다.

강준이 차려 준 밥을 먹고 바로 애희를 데리러 갔다. 애희는 데리러 온다는 애정의 말에 의아해하다가 뒷좌석에 올라타고 나서야 강준의 존재를 눈치채고 호들갑을 떨었다.

애정은 조용히 있으라고 손가락으로 경고를 했지만 애희는 결국 참지 못했다.

"고백은 누가 한 거…… 아니, 그게 중요한 게 아니고 언제부터 둘이 연애를? 우리 언니보다 나이 어리죠?"

애희의 쏟아지는 질문에 강준은 낮은 목소리로 일일이 대답해 주었다.

두 사람이 주고받는 말소리를 들으며 애정은 창밖으로 시선을 돌렸다. 이러면 안 되는데, 아빠를 생각하니 자꾸만 기분이 저기압이 된다. 애정의 변화를 눈치챘는지 강준과 애희도 더는 대화를 이어 가지 않았다.

"고마워. 조심히 올라가."

"네. 너무 무리하지 말고요."

"응. 난 내일 올라갈게. 정말 고마워."

집 앞에 도착해 인사를 나누고 있는데, 뒤에 있던 애희가 애정의 옷자락을 끌어당겼다.

"언니, 엄마한테 인사라도 좀 시키고 보내지."

제삿날이라 정신없을 거고, 또 강준이 크게 부담을 가질까 싶어서 애정은 그를 조용히 돌려보내려던 참이었다. 그 순간 현관문이 열리더니 이불을 든 선희가 집 앞에 있는 세 사람을 보고 몸을 굳혔다.

처음에 애정과 애희에게로 향해 있던 시선이 천천히 차 너머로 서 있는 강준에게로 향했다.

"엄마."

굳은 목소리로 내뱉은 애정의 말에 강준은 얼른 차 반대편으로 건너와 허리를 굽혔다.

"안녕하십니까, 어머님."

"누구……?"

선희는 애희와 애정을 번갈아 쳐다보며 누구의 남자 친구일까 짐작해 보는 듯했다. 애정이 조심스럽게 손을 들자 그녀는 매우 의외라는 반응이었다.

"그런데 안 들어오고 뭐 하고들 있었던 거야?"

"형부가 여기까지 데려다줬는데 언니가 그냥 올려 보낸대."

벌써부터 형부라는 호칭을 아무렇지도 않게 쓰는 애희에 화들짝 놀란 애정이 그녀의 등짝을 철썩, 소리가 나도록 내리쳤다.

"아! 왜 때려!"

"너는 좀 애가……!"

"먼 길 왔을 텐데 그냥 올려 보내는 건 예의가 아니지."

애정은 엄마의 조곤조곤한 지적에 입을 곱게 다물었다.

"일단 들어와요."

"네. 주차만 제대로 하고 바로 들어가겠습니다."

선희는 애희와 함께 이불을 털고 안으로 들어갔고 애정은 주차할 만한 곳을 알려 주기 위해 강준과 다시 차에 올라탔다.

"부담스럽지 않아? 그래서 일부러 너 서울로 그냥 올려 보내려고 한 건데."

"부담보단 긴장이죠. 앞으로 가족 되실 분들인데, 부담보다는 긴장이에요."

"가족 되실 분들?"

"네. 난 애정 씨랑 결혼할 거니까."

강준의 목소리에 당당한 포부가 가득 차 있었다. 애정이 남몰래 수줍어 하는 사이 두 사람은 주차를 하고 집으로 향했다.

"이럴 줄 알았으면 더 신경 좀 쓰고 올걸. 근처에 마트나

슈퍼 없어요?"

빈손으로 들어가는 것이 민망한지 강준이 계속 물었지만 정말 주변에는 아무것도 없었다.

"갑작스러운 거였잖아. 신경 안 써도 돼."

"그래도 처음 찾아뵙는 건데."

"괜찮아."

강준의 허리를 가볍게 다독여 주며 현관문을 열고 집 안으로 들어섰다. 안에선 벌써 전 부치는 냄새가 솔솔 났다. 강준과 애정이 들어가자 전을 부치고 있던 애희와 과일을 깎고 있던 선희의 시선이 그들에게로 향했다.

"점심은?"

"오다가 휴게실에서 이것저것 군것질 많이 했어."

"그럼 손님한테 차 좀 대접해야지."

선희가 자리에서 일어나 찬장 위에 고이 모셔 두었던 도자기 찻잔 세트를 내왔다. 진짜 귀한 손님이 올 때만 내오던 건데.

"앉아요."

"네. 그리고 말씀 편하게 하셔도 됩니다."

"그런데 이름이?"

선희가 옆에 서 있는 애정에게 도움을 청하듯 물었다.

"강준이. 박강준."

"아, 그래요. 내가 계속 존댓말 쓰면 강준 씨가 많이 불편하겠죠?"

"네."

"그럼 말 놓을게."

"네!"

묘하게 긴장한 듯한 그의 모습에 애정은 실없는 웃음이 새어 나왔다. 전을 부치던 애희가 쪼르르 다가오자 엄마가 제지했다.

"넌 가서 전 부쳐."

"아앙, 나도 옆에서 같이 듣고 싶은데."

"얼른."

앉으려던 애희는 다시 일어나 전을 부치러 갔다. 애정과 강준은 나란히 선희의 맞은편에 앉았다.

선희는 녹차 잎을 주전자 안에 넣고 우러날 때까지 아무 말도 하지 않았다.

"한 잔 받아."

다 우러났는지 선희가 주전자를 들자 강준도 양손으로 얼른 찻잔을 들었다. 또르르, 뜨거운 열을 내뿜으며 푸르스름한 녹차가 잔을 채웠다.

"외모가 우리 애정이 보다 어려 보이는데, 몇 살이야?"

"엄마, 그거 딸 디스야."

애정이 항의했지만 엄마는 듣는 척도 하지 않고 오롯이 강준만 바라보고 있었다.

"애정 씨 하고는 두 살 차이로 올해 스물여덟입니다."

"생각보다 차이가 안 나는구나."

"그거 무슨 뜻이야?"

이번에도 역시 애정의 항의는 선희의 한쪽 귀로 열심히 새어 나갔다.

"우리 애정이는 어디서 만났어?"

"아, 회사 직장 선후배 사이입니다."

"애정이랑 같은 회사 다니는구나."

"네."

"그럼 꽤 오래 봐 왔겠네."

"네. 같이 일한 지 거의 2년 다 되어 갑니다."

"얼굴이 훤칠해서 인기가 많겠어."

"애정 씨가 잘생긴 얼굴이라고 말해 줘서 요즘에서야 제 얼굴에 매우 만족하고 있는 중입니다."

능청스러운 강준의 대답에 선희와 애정, 그리고 전을 부치던 애희까지 웃음을 터트렸다.

"그래. 우리 애정이랑 연애 잘해 봐."

그 뒤로 선희는 딱히 이렇다 한 말들을 꺼내놓지 않았다. 강준은 기왕 온 김에 제사 준비를 도와주겠다고 나서 결국 제사가 끝날 때까지 함께 있게 되었다.

저녁을 먹고 하룻밤 자고 가겠다는 애정과 애희를 선희는 떠밀다시피 하며 배웅했다.

"오늘 바로 올라가. 일요일에 올라가면 월요일에 출근해야 하는데, 피곤하잖아. 다들."

아무래도 강준을 혼자 올려 보내기도 그렇고 출근할 딸들을 생각한 선희의 배려로 보였다.

"알았어. 그럼 우리 갈게."

애정과 애희가 차에 올라타자 선희는 운전석에 앉은 강준과 마주했다.

"조심히 올라가고, 오늘 같이 내려와 줘서 고마워. 다음에
또 와."

"그럴게요, 어머님. 오늘 감사했습니다."

차가 출발하고 엄마의 모습이 점이 되어 사라질 때까지 애
정과 애희는 연신 손을 흔들어 댔다.

차는 대전에 내려갈 때보다 빨리 애희의 집에 도착했다.

"형부 고마워요."

끝까지 형부라는 호칭을 쓰는 애희가 싫진 않지만 부끄러
워 애정이 얼굴로 타박을 했다.

"언니도 잘 들어가고."

애희가 집으로 들어가 불을 켜는 것까지 확인한 후에 차는
다시 출발했다.

단둘이 남은 공간에서 애정은 운전을 하고 있는 강준을 힐
끔 쳐다보았다.

"많이 피곤하지?"

"아니요. 말했잖아요. 나 체력 좋다고."

"오늘 여러모로 고마워. 집에 가서 내가 안마 시원하게 해
줄게."

이제 제법 익숙해진 동네가 애정의 시야로 들어왔다. 집
공사가 끝나면 이 동네를 떠날 생각을 하니 아쉬울 정도로
익숙해진 곳이었다.

주차를 끝내고 집 안으로 들어가자마자 애정이 소파를 가

리키며 말했다.

"소파에 앉아 봐."

"아니요. 애정 씨가 앉아 봐요."

애정을 먼저 소파에 앉히고 욕실로 들어간 강준은 팔에 걸레를 건 채 비누와 물이 담긴 대야를 가지고 돌아왔다.

"뭐 하는 거야?"

애정 앞에 자리를 잡은 강준은 그녀의 발목을 그러쥐고 천천히 양말을 벗겨 냈다. 당황한 애정이 발버둥을 쳤지만 이미 미지근한 물에 발이 담겨진 후였다. 당황하는 애정의 반응에도 아랑곳 않고 강준은 부드럽고 다정한 손길로 작은 발을 닦아 주었다.

"강준아?"

"아까 봤어요. 사진이요."

강준이 봤다는 사진을 굳이 듣지 않아도 알 것 같았다. 아빠가 제 발을 닦아 주고 있던 그 사진을 본 게 분명했다.

"그랬구나."

"이제 내가 늘 애정 씨 옆에서 지켜 주고 사랑해 줄게요."

"아빠가 좋아하겠다."

낮은 애정의 혼잣말에 강준이 시선을 올려 바라보았다.

"우리 아빠가 널 봤다면 정말 좋아하셨을 거야."

늘 그립고 든든했던 아빠의 빈자리가 이제 눈앞에 있는 강준에게로부터 채워지는 기분이었다.

"고마워, 정말. 여러모로."

"강준 씨, 잠깐 이리 좀 와 봐."

김 과장의 부름에 걸음을 옮기는 강준의 뒷모습을 애정은
의아하게 바라보았다. 거리가 멀어 주고받는 대화가 들리지
도 않았다.

강준이 김 과장에게 짤막한 대답을 하고 자리로 돌아오자
애정은 얼른 파티션 안으로 얼굴을 집어넣었다.

"김 과장님께서 무슨 말씀하신 거야?"

"저 부산으로 출장 가게 될 것 같아요."

"응? 언제?"

"⋯⋯내일모레부터 한 달 정도."

"한 달이나?"

애정의 집도 공사가 거의 막바지라 곧 돌아갈 시기가 다
가오고 있었다. 가뜩이나 아쉽던 참에 한 달씩이나 출장으로
떨어져 지내야 한다는 생각에 애정은 아득했다.

"네. 저번에 출장 가서 괜히 열심히 했나 봐요."

아쉬움으로 표정이 어두워지는 애정에게 강준은 짐짓 장
난스럽게 말했다. 하지만 감정에 치우쳐 공사 구분을 제대로
하지 못해서는 안 되었기에 애정은 격한 아쉬움을 억지로나
마 뒤로 밀어냈다.

"대신 오늘이랑 내일 실컷 놀자."

"그렇게 해요."

퇴근하면 영화도 보고 분위기 좋은 바에서 와인도 마시기

로 했다. 한동안 보지 못할 얼굴을 실컷 마주 보며 밤새도록 대화도 나누자고 약속했다. 그렇게 서운하지만 설레는 퇴근을 기다렸다.

일하다 보니 금세 다가온 퇴근 시간에 강준과 함께 들뜬 얼굴로 나갈 준비를 하는 애정에게 전화가 걸려 왔다. 그녀의 메시지에 답장이 없던 재호였다.

"어, 재호야."

—왜 불렀어?

"응?"

—어제 메시지로 불렀었잖아.

"아, 그냥 뭐 하나 싶어서."

—싱겁긴.

재호의 목소리에는 힘이 전혀 실려 있지 않았다. 사무실을 나서며 애정은 강준에게 눈빛으로 양해를 구하고 재호와의 통화를 계속했다.

"지금 일어난 거야?"

—오늘 아침에 잠이 들어서.

"아……."

잠이 많던 재호가 무엇 때문에 오늘 아침에서야 잠이 들었는지 알 것만 같았다. 이별에 대한 막막함에 밤새도록 몸을 뒤척였거나, 잠이 올 때까지 술을 마셨거나 둘 중 하나였을 게 분명했다.

"얼른 밥 먹고."

—그래야지.

"……."

—윤혜한테 들은 거지?

평소의 애정답지 않은 침묵에 재호는 금세 눈치를 챈 것
같았다. 어려운 얘기를 먼저 꺼낸 재호에게 애정은 들리지
않게 아주 작은 한숨을 내쉬었다.

"응. 다 들었어."

—그래.

"얼른 쉬어."

재호는 짤막한 대답과 함께 전화를 끊었다. 마음이 무거워
지는 기분이었다. 재호와 윤혜는 애정에게 똑같이 소중한 친
구들이었다. 그런 친구들이 아파하고 상처 받았다고 생각하
니 강준과 함께 있음에도 좀처럼 웃을 수가 없었다.

"많이 걱정돼요?"

그사이 도착한 식당 안에서 마주 보고 있던 강준의 물음에
애정은 미안해졌다. 내일모레부터 한 달이나 출장을 갈 강준
에게 집중을 해도 모자랄 판국에 계속 사념에 잠겨 있었던
것 같아 애정은 멋쩍게 웃어 보였다.

"미안해."

"괜찮아요. 충분히 이해해요."

"윤혜랑 재호는 내 이상 속 커플이었어. 서로 사랑하는 모
습을 제일 가까운 곳에서 지켜보는 게 뿌듯하기도 하고 부럽
기도 했어. 그런 애들이 헤어졌어."

"……."

"나한테는 정말 소중한 친구들이기도 해. 항상 내가 어렵

고 고민이 있을 때, 함께해 주던 친구들이거든. 도움도 참 많이 줬던 친구들인데, 막상 걔들이 힘들 때는 내가 아무런 도움이 되지 않는 것 같아서 너무 미안하고 자꾸 마음에 걸려."

"애정 씨도 그분들한테 분명 좋은 친구인 게 맞아요. 이렇게 보이지 않는 곳에서도 계속 걱정해 주고 그 좋아하는 밥도 제대로 못 먹고 있으니까."

기분을 풀어 주듯 살짝 장난이 섞인 강준의 말이 위로가 된다. 지금 위로받을 사람은 자신이 아니라는 것을 알면서 애정은 아주 조금 마음이 편안해진 기분이었다. 그러다 문득 그런 생각이 들었다.

이렇게 예쁜 너의 미소를 언젠가는 나도 못 볼 날이 올까? 이렇게 행복한 우리에게도 언젠가는 이별이 찾아올까? 그때의 나는 얼마나 또 아파하게 될까. 그때의 나는 널 잊을 수 있을까?

그 생각만으로도 너무 힘겹고 괴로웠다.

"이상한 생각하지 말아요."

"내가 이상한 생각하는 줄 어떻게 알았어?"

"숨소리만 들어도 알아요."

불안한 건 사실이었다. 그게 여러 번의 사랑과 이별을 경험해 온 괜한 불안이라는 것을 알면서도 쉽게 무시하기도 어려웠었다.

"우리도 언젠가는 서로 때문에 아파할 날이 오게 될까?"

"서로를 아프게 하는 날은 오겠죠."

잔인한 말이었지만 결코 부정을 할 수는 없었다.

"평생 이렇게 알콩달콩 싸우지 않고 지낸다는 건 힘들죠. 평생을 함께한 가족들 하고도 싸울 때가 있는데, 하물며 만난 지 얼마 안 된 나랑 당신이 싸우지 않을 순 없겠죠."

"……."

"하지만 싸우더라도 다시는 보지 않을 사람들처럼 막말을 하고 상처를 주면서 헤어지는 일은 없을 거예요. 그건 내가 장담해요."

"진짜?"

애정의 물음에 강준은 조금의 망설임도 없이 고개를 끄덕였다. 다정하고 따뜻한 목소리가 흘러나왔다.

"봄도 영원하진 않잖아요. 하지만 추운 겨울이 지나면 꼭 봄은 오니까 애정 씨와 내 사랑도 그랬으면 좋겠어요. 시리도록 차가운 겨울이 오더라도 그 봄을 기억하며 함께 기다리고, 함께 맞이했으면 좋겠어요."

그와 영원히 함께할 봄이라. 말만 들어도 참 설레는 일이었다.

강준의 말대로 평생 싸우지 않고 지낼 순 없다. 하지만 그 위기마저도 함께 극복하자는 말에 애정은 든든했다. 영원히 너와 헤어지지 않을 거라는 여느 말보다는 훨씬 설득력 있고 신뢰가 가는 말이었다.

"그래. 꼭 그 따뜻한 봄을 잊지 말고 기억하자. 함께."

13

이틀이란 시간은 너무 빠르게 지나갔다. 애정은 출장 때문에 조금 일찍 퇴근하게 된 강준을 회사 밖에서 배웅했다.

　"잘 다녀와."

　"출장 갔다 돌아오면 집엔 나 혼자겠네요."

　강준이 아쉬움을 잔뜩 실린 목소리로 말했다. 애정도 아쉬움에 강준을 와락 끌어안았다.

　"부산 내려가서 바쁘다고 연락 잘 안 되고 그러면 나 삐질 거야."

　"애정 씨도 연락 잘 안 되기만 해 봐요. 서울로 당장 뛰어 올라올 테니."

　"그래? 그럼 연락하지 말아야겠다."

　"어어?"

　눈을 얇게 뜨며 제 말을 책망하는 강준에 애정은 싱긋 웃었다.

"장난이야, 장난."

"날이 점점 추워져요. 감기 걸리지 않게 옷 단단히 입고 다니고."

"너도!"

"밥 잘 먹고. 그건 굳이 걱정 안 해도 되나?"

"너나 귀찮다고 식사 건너뛰지 말고, 잘 챙겨 먹어. 알았지?"

격렬한 아쉬움을 뒤로하고 강준은 차에 올라탔다. 어서 들어가 보라는 말에도 애정은 차가 보이지 않을 때 까지 그 자리에 서 있었다.

"휴."

당장 회사에 들어가는 발걸음조차 무거워 잘 떨어지지 않았다. 헤어진 지 고작 5분도 되지 않았는데 벌써부터 강준이 보고 싶어졌다.

눈길이 가는 곳마다 보였던 강준이 없어서일까. 퇴근하고 그의 집에 혼자 앉아 있던 애정은 더욱 크게 외로움을 느꼈다.

강준이 부산에 간 지도 벌써 3일이 지났다. 그동안 일부러 저녁도 밖에서 먹고 평소에는 잘 하지도 않던 쇼핑을 가게가 문 닫을 때까지 하다가 들어왔다.

"그래도 여기 있는 거 오늘이 마지막이네."

내일 점심쯤 공사가 끝난다는 얘기를 전해 들은 애정은 꽤 정이 든 강준의 집을 눈길로 천천히 살폈다.

허벅지 베개를 하고 함께 누워서 시답지 않은 대화들로 웃던 소파, 먹는 내내 발 장난을 쳤던 식탁, 따뜻한 품에 안긴 채 잠들었던 침대와 서로의 등을 끌어안으며 온기를 느끼곤 했던 싱크대, 회사 가는 것이 싫어 늑장을 부리다가 지각을 깨달은 와중에도 꼭 뽀뽀를 하고서야 나섰던 현관문……

"아, 박강준 보고 싶다!"

애정은 망설이지 않고 바로 강준에게 영상 통화를 걸었다. 퇴근하자마자 이미 한 시간 가량을 통화했지만 또 보고 싶어 견딜 수가 없었다. 화면에 뜬 제 얼굴을 살피는 사이 강준이 등장했다.

"꺄아!"

애정이 이렇게 기분 좋은 고함을 지른 건 전화를 받은 강준의 상체가 맨살이었기 때문이었다. 머리가 살짝 젖어 있는 것을 보니 막 샤워를 하고 나온 듯했다.

"뭐야! 옷은 왜 벗고 있는 건데?"

다 알면서도 물어보는 제 광대가 자꾸만 승천하고 있는 것이 보였다.

"지금 막 샤워하고 나왔어요. 잠깐만요."

옷을 입으려는 강준에 애정은 마른침을 꼴깍 삼켰다. 남자의 쇄골이 저렇게 섹시한 건 좀 반칙 아닌가? 좀 더 보고 싶은데, 하는 바람은 곧 강준이 옷을 입으면서 바람처럼 사라져 갔다.

—뭐 하고 있었어요?

"나 네 생각하고 있었어."

단박에 나온 애정의 대답에 강준이 환하게 웃었다.

"좋아한다. 좋아한다."

—응. 너무 좋은데요? 시도 때도 없이 내 생각이라니.

"그래서 너는? 내 생각했어, 안 했어?"

—꿈에서까지 나온다니까요. 얼마나 보고 싶으면 꿈에서까지 나와.

"이제 고작 4일밖에 안 지났는데, 네 달은 지난 것 같아."

—그러게요. 한 달이 오긴 할까요?

애정은 금세 시무룩해져서는 우는 사람처럼 입술을 삐죽거렸다. 그 모습을 강준이 그대로 따라하는데 앞에 있었다면 마음껏 키스를 하고 싶을 만큼 사랑스러웠다.

"내일 공사 끝난대서 집으로 돌아가려고."

—짐 옮기는 거 내가 도와줘야 하는데.

"됐어. 나 혼자 충분히 할 수 있는 일이야. 네가 생각하는 것보다 훨씬 강한 여자거든? 너무 요란 떨지 말라고."

—싫어요. 요란 떨 거예요. 불면 날아갈까, 잡으면 부러질까 늘 조마조마하며 예뻐해 줄 거예요.

"픕."

절대 비웃는 것은 아니었다. 그저 자신을 아껴 주고 사랑해 주는 강준에 기분이 좋아서 웃은 거였다. 내가 사랑하는 사람에게 사랑을 받는다는 건 생각보다 기쁜 일이었다.

애정은 강준이 편하게 통화를 하려고 자리를 옮기던 중에 지나친 테이블 위에서 종이 한 장을 발견했다.

"그림 같은데? 뭐 그리고 있었어?"

—아, 서울 가면 보여 주려고 했는데.

"뭔데 그래?"

강준은 테이블에 있는 종이 한 장을 카메라에 가까이 가져갔다. 연필로 그려진 그림이었다.

"나잖아."

—예쁘게 완성시켜서 선물로 줄게요.

"감동쓰, 베이비."

—베이비는 뭐야.

강준은 핀잔을 하면서도 즉흥적으로 나온 애정의 호칭이 싫지 않은 모양이다.

"기왕이면 1.5배 기준으로!"

—1.5배 기준?

"눈은 1.5배 크게, 얼굴은 1.5배 작게. 코는 1.5배 높게. 그래야 훨씬 더 예쁜 그림 나오지."

—굳이 그렇게 안 해도 엄청 예쁜데.

강준은 자신이 그린 그림과 애정의 얼굴을 번갈아 쳐다보며 능청스럽게 대답했다.

"콩깍지가 제대로 씌었어, 박강준."

—콩깍지 아니에요. 주관적인 시선이에요. 솔직히 스스로도 예쁜 거 알면서 다시 한번 듣고 싶어서 그러는 거지?

"들켰네."

몰려드는 잠도 애써 뿌리치며 밤새도록 수다를 떨었다. 중간에 뽀뽀를 해 달라며 입술을 내미는 강준에게 다가갔다가 차갑고도 딱딱한 휴대폰에 닿자 시무룩해지기도 했다. 그러다가 자신이 인지하지 못하는 사이에 까무룩 잠이 들었다.

—사랑해. 잘 자요.

마지막으로 얼핏 들려오는 강준의 희미한 목소리가 잠에 빠져드는 애정의 귓가로 잔잔히 퍼져 나갔다.

출근한 애정의 눈길이 가장 먼저 가는 곳은 역시 비워져 있는 강준의 자리였다. 애정은 한 달 후에 돌아올 강준을 위해 매일 책상과 컴퓨터의 먼지를 닦아 주고 종종 사물함을 열어 달달한 사탕 같은 것을 넣어 주었다.

"빨리 돌아왔으면 좋겠네."

낮게 혼잣말을 중얼거리며 출근하는 팀원들과 가볍게 인사를 나누었다.

"대리님."

자신을 부르는 목소리에 고개를 돌려 보니 한동안 유급 휴가를 냈었던 연희였다. 갔을 때보다 훨씬 더 안색이 좋아 보여 애정은 안도했다.

"오늘 점심 같이 먹어요. 제가 맛있는 거 사 드릴게요."

"그래. 커피는 내가 살게."

오전 업무를 끝내고 두 사람은 회사 근처에 있는 식당에서 식사를 끝내고 카페로 향했다.

"점심시간 20분밖에 안 남았다."

"그러게요. 쉴 때는 왜 이렇게 시간이 빨리 갈까요?"

"내 말이. 아, 그래도 내일부터 주말이라 행복해. 쉬는 동안 어떻게 지냈어?"

"여행을 진짜 많이 다녀왔어요. 사실 집안 사정이 조금 어려워서 대학에 합격하고도 휴학을 여러 번 했거든요. 겨우 대학을 졸업하고는 바로 취업 준비하느라 여행 같은 건 꿈꾸지도 못했는데, 이번 기회에 가고 싶은 곳은 다 다녀왔어요."

말하는 동안 여전히 여행에 대한 여운이 남았는지 연희의 얼굴빛이 좋아 보였다. 어쩌면 평생 잊지 못할 상처겠지만 그래도 아주 조금은 위안이 된 것 같아 다행이라는 생각이 들었다.

"어디 갔다 왔어?"

"대만도 갔다 오고 코타키나발루도 다녀왔어요. 그리고 제주도도 다녀왔어요."

"와! 좋은 곳 많이 갔다 왔네."

"안 좋았던 기억들…… 잊어 보려고 노력하려고요."

"그래. 그렇게 해야지. 잘하고 있어. 앞으로도 잘해 낼 거야."

애정은 커피와 함께 시킨 달달한 케이크를 연희에게 슬쩍 밀어 주며 대답했다.

"그리고 이거요."

아까부터 들고 있었던 커다란 가방 안에서 연희가 이것저

것 꺼내 놓았다. 대만에서 유명한 과자, 코타키나발루에서 사 온 말린 과일들, 제주도에서 산 예쁜 모양의 젤리 캔들이었다.

"돈이 여유 있진 않아서 좋은 건 못 샀어요."

"너무 고마워. 이렇게까지 좋은 선물들 받을 만한 자격 없는 것 같은데."

"무슨 말씀이세요. 대리님은 저한테 평생 은인인걸요."

"에이, 그 정도는 아니야. 음, 너무 맛있다!"

말린 과일 하나를 집어 먹던 애정이 감탄했다.

"잘 먹을게, 진짜."

좋아하는 애정을 흐뭇하게 바라보던 연희가 커피 한 모금을 마시며 덤덤하게 물었다.

"강준 씨는 출장 갔다면서요. 심심하시겠어요."

"사실 너무 심심해. 이렇게 시간 안 가는 건 처음인 것 같아. 서른 되잖아? 시간 흐르는 게 아주 그냥 빛의 속도야. 근데 지금은 완전 굼벵이인 거 있지."

잠시 흥분 상태로 말하던 애정이 아차, 싶었다. 상대는 강준을 짝사랑했던 연희였다. 그런 연희 앞에서 강준과의 이야기를 너무 아무 생각 없이 했다는 것에 급격히 미안해졌다.

애정의 심정을 눈치챈 건지 연희가 말을 이어 나갔다.

"저 이제 진짜 괜찮아요. 강준 씨에 대한 감정은 정리됐어요. 그러니까 신경 안 쓰셔도 돼요."

애정은 아무 대답 없이 멋쩍게 웃으며 케이크를 먹었다. 그런 애정의 손을 연희가 꼭 잡아 왔다.

"전 대리님이랑 오래오래 좋은 인연으로 지내고 싶어요. 만약 서로 회사가 달라지더라도요. 제 마음 아시죠? 전 언니가 없고 외동이라 그런지, 대리님이 제 언니 같아요. 이번 일로 평생 갚아야 할 것도 많으니까 저의 좋은 언니로 곁에 있어 주세요."

"뭘 자꾸 갚는대. 별거 아니라니까. 사실 나도 연희 씨처럼 사근사근한 여동생 하나 생긴 것 같아서 좋아. 내 여동생은 좀 까칠한 편이거든."

의자매를 맺은 것 같은 분위기를 풍기며 점심시간이 끝났다. 연희와는 대화할수록 비슷한 것이 많았다. 아직 강준을 생각하면 마음이 홀가분한 것은 아니지만 그래도 좋은 사람과 인연이 이어진 것 같아 애정은 뿌듯했다.

양치하고 자리에 앉아 막 업무를 시작하려던 참에 휴대폰에서 진동이 느껴졌다. 애정은 슬쩍 눈치를 살피며 휴대폰을 들고 사무실 밖으로 나왔다.

"어, 강준아."

―점심시간 내내 왜 연락이 안 된 거예요?

"아."

연희와 함께 있는 동안 수다에 푹 빠져 휴대폰을 들여다볼 틈이 없었다.

"미안. 연희 씨하고 점심을 먹느라."

―그랬구나. 점심 뭐 먹었어요?

"난 연어 덮밥. 너는?"

―전 자장면이요.

"또?"

강준은 부산에 가 있는 동안 내내 중식을 먹는 듯했다.

—여기 과장님이 중식을 너무 좋아하세요.

"질리겠다."

—네. 좀 질리려고 해요. 오늘 공사 다 끝나서 집 들어가죠?

"응."

—보고 싶다, 진짜.

문득 이렇게 예상치 못하게 훅 들어오는 강준에 애정의 심장이 또다시 거세게 뛰었다. 마치 보지 못해 힘들어 죽겠다는 뉘앙스가 버거운 한숨과 함께 전해져 더욱 애틋하게 느껴지기까지 했다.

'보고 싶다'라는 고작 이 네 글자가 자신을 이렇게까지 설레게 만들 줄은 연애하기 전엔 전혀 몰랐던 일이었다.

"나도 너무 보고 싶어."

—휴, 퇴근하고 영상 통화할게요.

"그래. 그렇게라도 봐야지."

끊고 싶지 않은 통화를 겨우 마무리하고 사무실로 들어온 애정은 업무를 시작했다. 퇴근 무렵에는 업무가 남아 있어 조금 늦은 퇴근을 하고 강준의 집으로 향했다. 짐을 가지러 가기 위해서였다.

생각보다 많은 짐에 재호라도 부를까 싶었지만 지금 녀석의 속이 말이 아니라는 것을 알고 있기에 애정은 혼자 하기로 했다.

택시를 불러 겨우 짐을 나른 애정은 지친 몸을 이끌고 침대에 벌러덩 드러누웠다. 오랜만에 와서 그런지 집이 괜히 낯설게 느껴졌다.

"아, 배고파."

한참을 누워 있다가 자신이 저녁을 아직 먹지 않았다는 것을 깨달은 애정은 냉장고로 향했다가 돌아섰다. 집을 비울 때 냉장고도 전부 비웠다는 것이 생각났다. 고민하다가 오늘 강준이 점심으로 먹었다는 자장면을 시키기로 결정했다.

주문을 하고 기다리는 동안 강준에게 영상 통화를 해 봤지만 받지 않았다.

"할 일이 엄청 많다더니 아직도 일하는 중인가."

배달 시킨 자장면을 다 먹을 때까지도 강준에게선 연락이 없었다. 잠이 쉽게 오지 않아 애정은 집 근처 편의점으로 가 맥주 두 캔에 과자 한 봉지를 사 들고 다시 집으로 돌아왔다.

보고 싶은 영화도 없어 맥주만 홀짝이며 한참 채널을 돌리고 있을 때, 휴대폰이 울렸다. 강준인 줄 알고 후다닥 전화를 받으려던 애정은 화면에 뜬 재호의 이름에 버튼을 눌렀다.

"신재호!"

—아, 정애정 씨?

난생처음 들어보는 여자의 목소리, 그리고 주변에서 느껴지는 소란스러움. 애정은 직감적으로 불길한 일임을 예감했다.

"네, 제가 정애정입니다. 신재호는 제 친구인데, 누구세요?"

―여기 대한병원 응급실입니다.

"응급실이요?"

그길로 애정은 정신없이 집을 나서 재호가 있다는 응급실로 향했다. 복잡한 응급실 안에서 겨우 재호를 발견한 애정은 간호사에게 정황을 물었다. 술과 함께 수면제 과다 복용으로 쓰러진 그를 윗집 아주머니가 부침개를 가져다주면서 발견했다고 한다. 잠시 정신이 돌아온 재호에게 보호자가 없냐고 묻자 애정의 이름과 번호를 말해 연락을 했다고.

애정은 링거를 맞으며 잠들어 있는 친구의 얼굴을 가만히 내려다보았다. 자살을 시도한 그를 어쩌면 다른 사람들은 한심하게 바라볼지 몰라도 애정은 친구가 마냥 안쓰럽기만 했다.

잠이 너무 많아서 학교를 다닐 때도 늘 지각을 했던 녀석이었다. 일찍 자도 학교에 와서 또 잘 정도로 재호는 잠이 아주 많았다.

"잠도 많은 게 무슨 수면제야……."

그랬던 재호가 수면제를 먹을 만큼 잠을 이루지 못했던 건 분명 이별에 대한 후유증 때문이었을 터였다.

"윤혜……."

신음 소리에 가까운 재호의 입에서 윤혜의 이름이 흘러나왔다. 정신이 없는 와중에도 윤혜가 아닌 애정을 찾은 건 분명 지금 자신의 모습을 그녀에게 보이고 싶지 않다는 강한 의지였을 테지. 그러면서도 윤혜를 찾고 있는 재호를 보며 애정은 마음이 아파 왔다.

"뭐가 이렇게 힘드냐? 뭐가 이렇게 복잡해."

애정은 재호가 깨어날 때까지 옆을 지켰다. 링거를 맞고도 새벽이 되어서야 일어난 재호를 데리고 애정은 그의 집으로 갔다. 혼자 두는 것이 영 불안해서였다.

"됐다니까."

따라오는 애정을 향해 재호는 부담스러운지 핼쑥해진 얼굴로 말했다.

"되긴 뭐가 돼? 너 자는 것만 보고 간다니까. 얼른 문이나 열어."

애정의 독촉에 재호는 하는 수 없이 현관문을 열었다. 그 순간 재호가 계속 돌아가라고 했던 이유를 깨달았다.

꽤 깔끔한 성격늘 청결을 유지했던 재호의 집은 그야말로 엉망진창이었다. 빈 술병이 이리저리 뒹굴고, 쓰레기와 옷더미들이 한쪽 구석으로 밀려나 있었고, 설거지는 하지 않아 그릇들이 산더미처럼 쌓여 있었다.

한마디 하려다가 아픈 녀석을 힘들게 하고 싶지 않아 참았다. 대신 팔을 걷어붙였다.

"됐어. 내가 알아서 할게. 택시 불러 줄 테니까 그만 가 봐."

"내 마음 편하고 싶어서 그래. 그러니까 넌 누워서 쉬어."

"애정아."

"우리 아버지 돌아가셨을 때, 기억나?"

애정은 평소에 아버지 이야기를 잘 꺼내지 않았다. 그만큼 자신의 평생을 함께했던 사람을 영원히 잃는다는 사실이 힘겨웠었다. 그 순간을 재호와 윤혜가 함께해 주었다.

"고작 고등학교 1학년이었잖아. 그런데 너랑 윤혜가 3일 내내 곁을 지켜 줬지. 한시도 떨어지지 않고 우는 나를 달래 줬잖아. 넌 노래를 부르고, 윤혜는 머리를 만져 주면서 재워 주기도 하고."

"……."

"그때 내가 웃으면서 말했잖아. 괜찮다고, 너희들까지 여기 계속 있을 필요는 없다고. ……돌아가라고."

그날의 기억들이 재호도 떠오르는지 아무 말이 없었다. 애정은 아버지 생각에 자꾸만 서글퍼지려는 감정을 겨우 추스르며 옷소매를 다시 한번 걷어붙였다.

"이제 알겠지?"

"그래도 너무 무리하지 말고."

"알았어. 얼른 들어가서 쉬기나 해, 너는."

재호를 방으로 떠밀어 보내고 애정은 집 정리에 나섰다. 새벽에 이렇게 친구 집을 정리하게 될 줄 몰랐지만 집중해서 그런지 시간 가는 줄 모르고 금방 끝낼 수 있었다.

까맣기만 했던 밤하늘이 점점 시퍼렇게 변할 때쯤 청소는 마무리되었다.

"재호야."

애정은 조심스럽게 방문을 열어 보았다. 기운이 없어서 그런지 재호는 어느새 잠들어 있었다. 죽을 끓이고 메모를 하나 남겨 둔 후, 조용히 재호의 집을 빠져 나왔다. 그제야 피곤함이 온몸을 짓누르는 것 같았다.

"강준이는 자겠지?"

문득 이 새벽에 그리운 강준의 목소리가 듣고 싶어 휴대폰을 찾던 애정의 눈이 휘둥그레졌다.

"엄마야, 정신없어서 휴대폰까지 두고 나왔네."

한숨을 내쉬며 지친 몸을 겨우 택시에 실었다. 쏟아지려는 잠을 악착같이 참아 냈다. 여기서 잠들면 절대 깨어날 수 없을 것만 같아서였다.

"도착했습니다."

요금을 내고 택시에서 내린 애정은 서둘러 엘리베이터에 몸을 실었다. 아하아암, 입이 찢어질 것 같은 하품을 연속으로 하며 마침내 목적지에 엘리베이터 문이 열렸을 때였다.

"엥, 강준이? 경찰?"

긴 복도, 자신의 집 앞에 강준과 경찰관이 서 있었다. 혹시 너무 그리운 나머지 헛것을 보는 건 아닐까 싶어 눈을 비볐다가 다시 떴다. 보고 또 봐도 강준이 확실했다. 경찰관과 함께 이곳에 있다는 의아함보다 그가 이곳에 있다는 설렘에 애정은 단숨에 강준에게로 달려갔다.

"강준아!"

하지만 반가워하는 자신과 달리 그녀를 발견한 강준의 얼굴은 굳어 있었다.

"정애정 씨 맞으십니까?"

"네. 맞아요."

경찰관의 질문에 대답은 강준에게서 먼저 나왔다. 강준은 경찰관에게 예의를 갖춰 인사했다.

"죄송하고 감사합니다."

"아닙니다. 저희가 할 일인데요. 무사하셔서 다행이네요. 그럼 그 아가씨에게도 저희가 전달해 드리도록 하겠습니다. 그럼 이만."

경찰관이 가볍게 인사하고 가자 애정은 얼른 사태 파악에 나섰다. 아마 강준은 주말을 맞이하여 깜짝 놀래켜 주기 위해 몰래 서울로 올라왔지만 연락이 되지 않는 애정이 걱정되어 경찰에 신고했을 게 분명했다.

"어디 다녀와요?"

"일단 들어가자."

현관문을 여는 애정의 뒤를 강준이 따라 들어갔다.

"서울은 언제 온 거야?"

"어디 다녀오냐고 물었어요."

평소처럼 다정다감한 목소리는 아니었지만 나무라거나 흥분한 목소리도 아니었다. 애정은 신발을 벗고 거실에 들어서고서야 뒤돌아 강준을 마주 보았다.

"친구한테."

"친구 누구요?"

신발도 벗지 않고 현관문 앞에 서 있는 강준이 굳은 얼굴과 차가운 목소리로 물었다.

"윤혜 씨는 아니잖아요. 아까 같이 찾았거든요."

"윤혜도 왔었어?"

"연락이 안 된다며 왔었어요."

"그랬구나. 휴대폰을 가지고 나가는 걸 깜빡해서…… 나

지금까지 재호랑 같이 있다가 오는 길이야."

애정의 대답에 강준은 어깨가 들썩일 정도로 깊고 까칠한 한숨을 내쉬었다.

"오해는 하지 마. 재호랑은 진짜 친구 사이야. 알잖아."

애정의 말에도 강준의 얼굴은 전혀 이해를 하지 못하겠다는 기색을 띠고 있었다.

"재호가 수면제를 과다 복용해서 응급실로 갔어. 긴급한 상황이었으니까 이해 좀 해 줘."

"아프다는 사람을 상대로 이러는 거, 어찌 보면 되게 지질하고 못된 거 아는데 그래도 당신이 꼭 밤새 같이 있어 줘야 했어요? 그분도 다른 친구들이 있을 거 아니에요."

"있었겠지만 내가 가장 친한 친구니까."

"응급실에 계속 있었던 거예요?"

"그러니까……."

순간 재호의 집까지 같이 갔었다는 말을 해야 할지 고민이 되었다. 때로는 솔직한 게 독이 되어 상황을 더욱 악화시킬 때도 있었다.

애정은 아랫입술을 지그시 깨물었다. 애정의 침묵이 무엇을 의미하는지 알아차린 듯 강준의 숨은 거칠어져 갔다.

"친구니까 앞으로도 계속 이런 일이 생길 수도 있겠네요."

"그럴 수도 있겠지."

"이렇게 밤새 같이 있는 일이 또 있을 수도 있다고요?"

다시 물어 오는 강준의 질문에 애정은 긍정도 부정도 하지 않았다. 피곤함은 싹 사라진 지 오래였지만 머리는 복잡하고 마음은 답답했다.

"난 이해 못 해요."

"친구가 힘들면 함께 있어 줄 수도 있는 거잖아."

"남자와 여자 사이에 친구가 어디 있어요."

"왜 없어? 재호는 윤혜와 연애하던 애야. 나하고는 정말 친구라고."

"아무리 친구라도, 어떤 사정이 있더라도 남녀가 단둘이 밤새도록 함께 있었다는 것을 난 이해할 수 없어요."

"휴대폰 두고 간 건 내 실수야. 하지만 네가 서울에 온다고 미리 얘기를 했으면 상황이 달라졌을 수도 있어."

숨이 막힐 정도로 오가던 거친 대화가 잠시 끊겼다. 서로를 이렇게 차갑게 대한 건 처음이었기에 감정을 추스를 시간이 필요했다.

"그래요. 말도 없이 올라온 건, 내 잘못이 맞아요."

강준 또한 마음이 복잡한지 손바닥으로 얼굴을 거칠게 매만졌다. 애정 또한 이 무거운 상황을 어떻게 해야 할지 몰라 미칠 것만 같았다.

"상황이 힘든 친구에게 가지 말라는 뜻이 아니에요. 나 하고 연애한답시고 그동안 알고 지내던 모든 지인들하고 연락을 끊으라는 것도 아니에요. 나는 단지……."

강준 또한 지금 자신이 겪는 감정이 쉽게 정리가 되지 않는 듯 보였다. 두 사람은 서로를 바라보지도 않은 채 마주 보고 서 있었다.

"일단 쉬어요. 피곤할 테니까. 내일…… 다시 올게요."

돌아서서 나가는 강준을 잡지 않았다. 애정은 오래도록 그 자리에서 야속할 정도로 굳게 닫힌 문을 보고 서 있었다.

해가 중천에 떴을 때까지도 애정은 꿈쩍하지 않고 침대에 누워 있었다. 강준에게 연락을 해 봐야지, 하면서도 도통 용기가 나지 않아 할 수가 없었다. 갑갑한 마음에 자꾸만 눈물이 나오려고 했다.

"이게 뭐야……."

연신 한숨을 내쉬며 상황을 다시 한번 돌이켜 보았다. 재호는 애정의 가장 친한 친구였다. 하지만 강준은 재호를 잘 알지 못한다.

"그래, 잘 알지 못하는 사이지."

그랬기에 이해하는 데 힘들었을 테지. 만약 자신이 잘 알지 못하는 여자가 강준과 오래된 친구라는 이유로 함께 밤을 샌다면. 어쩔 수 없다던 사정은 이해하겠지만 강준이 그다음에도 그런 일이 발생할 수 있다고 얘기한다면…….

성별이 남자라는 이유로 경계하는 것이 이해되지 않는다고 생각했는데, 막상 입장을 바꾸니 또 달랐다.

애정은 강준에게 자신이 큰 실수를 했다는 것을 깨달았다. 어쩌면 사람은 이기적으로 똘똘 뭉쳐 있는 감정 덩어리일지도 모른다.

"강준아, 미안해. 내가, 내가 너한테……."

강준을 찾아가기 전에 일단 씻어야겠다는 생각으로 욕실로 뛰어 들어갔다. 허겁지겁 대충 씻고 옷을 갈아입기 위해 막 잠옷을 벗으려던 찰나였다.

현관문 쪽에서 초인종 소리가 울렸다.

"설마."

현관문을 여니, 급하게 달려온 것처럼 헉헉거리는 강준이 서 있었다.

"잘 잤어요?"

밤새 잠을 못 잤는지, 강준의 얼굴은 하룻밤 사이 많이 상해 있었다.

"아니."

애정의 대답에 강준은 낮게 한숨을 내쉬었다.

"미안해요."

강준의 사과에 애정은 울컥, 눈물이 차올랐다.

"내가 애정 씨 입장을 생각해 주지 않은 것 같아요. 친구가 그렇게 아파서 놀랐을 텐데, 내 생각만 했어요."

애정은 강준의 말에 눈물을 겨우 참고 고개를 내저었다.

"내 잘못도 있어. 나만 이해해 달라고 고집을 피운 셈이니까. 넌 재호를 잘 모르고 있는 상태였기 때문에 내가 더 신경써야 했는데."

"이리 와요."

강준이 애정 쪽으로 팔을 활짝 벌렸다. 애정은 그 품 안으로 망설임 없이 뛰어들었다. 강준은 애정의 등을 따뜻하게 쓰다듬어 주었다.

연애는, 사랑은 결코 한 사람만 이해하고 모든 것을 포용한다고 되는 일이 아니었다. 자신의 미숙함을 인정하고 받아들여야 상대방을 이해할 수 있었다.

매일을 알콩달콩하게 지낼 순 없을 것이다. 언젠가는 또 이렇게 서로 기분이 상해 싸우는 날이 있을 수 있겠지만 두렵지는 않았다. 서로를 진심으로 이해하고 잘못된 것을 바로잡으려는 자신이 있다면 이 사랑은 분명 영원할 테니까.

그래서일까, 서로를 끌어안고 있는 두 사람의 체온이 오늘따라 유난히도 따뜻했다.

강준의 품에 안겨 있던 애정은 천천히 고개를 들어 그와 눈을 마주했다. 마주하던 눈빛이 다시 그의 입술로 향하더니 까치발을 들어 올려짐과 동시에 입술이 겹쳐졌다. 말랑한 그의 입술이 기분 좋게 닿았다.

잠시 입술을 떼고 이마를 맞댄 애정이 낮게 속삭였다.

"더 뜨겁게 안아 줘."

애정의 말에 강준이 깊숙이 입을 맞춰 왔다. 좀 전과는 확실히 달랐다. 안으로 파고 들어오는 온기가 지극히도 뜨거웠다. 강준이 숨도 제대로 쉬지 못할 정도로 세게 밀어 붙이고 있었지만, 애정은 그저 좋았다.

자꾸만 뒤로 휘어지는 제 허리를 단단히 잡은 손길에 애정도 더욱 적극적으로 나서고자 그의 목을 끌어안았다.

아무 생각도 들지 않았다. 그저 온몸의 신경 세포가 그를 위해 반응하는 것 같았다. 어루만지는 손길 하나에도 몸이 움찔할 정도로 짜릿했다. 입술뿐만이 아니라 온몸이 홀연히 타 버릴 것처럼 뜨겁게 달아올랐다.

정신없이 진한 키스를 나누는 사이 애정은 어느새 침대 위에 눕혀져 있었다. 상체를 수그린 강준이 그녀의 목에 키스하면서 손으로는 몸 구석구석을 탐닉했다. 단 한 곳도 놓칠 수 없다는 듯 꼼꼼하면서도 조심스럽게 대하는 것이 다정하고 세심하기까지 했다.

그의 손길이 닿을 때마다 애정은 몸을 가만 두지 못하고 움찔댔다.

마침내 서로를 감싸고 있던 모든 것을 벗어 던지고 강준이 제 몸 안으로 들어오는 순간, 애정은 걷잡을 수 없는 매혹적인 쾌락에 황홀한 신음을 여지없이 내뱉었다.

강준의 뜨거움이 애정의 안을 빈틈없이 가득 채웠다. 자신을 사랑스러운 눈빛으로 바라보며 다정하게 머리를 쓰다듬어 주는 그에 의해 애정의 몸은 격한 파동을 치며 움직였다.

역동적인 강준의 움직임에서 느껴지는 관능미에 심장뿐만이 아니라 모든 신경 세포들이 걷잡을 수 없을 만큼 반응을 보이고 있었다. 잘빠진 몸매를 손바닥으로 쓸어 느끼며 제 안을 헤집어 흔적을 남기는 강준을 있는 힘껏 받아들였다.

강준은 아주 오래도록 애정의 안에 머물렀다.

14

시간은 소중하게 여길수록 빨리 가는 법이다. 애정은 출발을 알리는 방송에 마지못해 기차에 올라타는 강준을 향해 아쉬운 눈길을 거두지 못했다.

"집에 조심히 들어가고 꼭 연락 줘요."

"응. 너도."

막 기차에 올라타려던 강준은 다시 돌아와 애정의 입술에 가볍게 입을 맞췄다. 누가 보면 10년 동안 떨어져 지내야 하는 것처럼 애틋해 보였다. 떨어지지 않는 무거운 발걸음을 겨우 옮긴 강준이 안에 들어가 자리를 잡을 때까지 서 있던 애정은 아쉬운 인사를 하며 헤어짐을 전했다.

"휴."

출발한 기차가 더 이상 보이지 않을 때까지 자리를 지키던 애정은 낮은 한숨과 함께 집으로 발걸음을 돌렸다. 방금 전까지 강준과 함께 걸었던 길인데 무척이나 멀게 느껴졌다.

집에 도착해 강준에게 전화를 걸고 나서 애정은 곧바로 재호에게도 전화를 걸었다. 몇 번의 시도 끝에 휴대폰에 귀를 바짝 붙인 뒤에나 들릴 법할 정도로 기어들어 가는 목소리가 들려왔다.

—으응.

"여태 잤어?"

—여태 잔 게 아니고 이제 막 잠들었었어. 지금 몇 시인 줄은 알고 물어본 거지?

애정이 슬쩍 벽에 걸린 시계를 보았다. 거의 12시가 다 되어 가는 시간이었다. 하지만 내뱉은 말과 달리 재호의 목소리는 많이 떨리고 있었다. 자다 일어 난 것 같지 않고 목울대 가득 서글픔과 눈물이 차 있는 것만 같았다.

"아, 미안. 얼른 자."

—애정아.

"응?"

—나 이제 괜찮으니까 걱정 안 해도 돼.

전혀 괜찮게 들리지 않았다. 함께한 시간이 오래인 만큼 목소리만 들어도 알 수 있었다. 한동안은 더 걱정을 해야 할 것 같았다.

"알았어, 임마."

하지만 애정은 굳이 말을 덧붙이지 않았다. 자신의 슬픔을 겨우 감당하고 있을 친구에게 현실을 상기를 시킬 필요는 없었다.

─잠이나 자.

"그래. 너도."

전화를 끊자마자 휴대폰 진동이 울려 확인해 보니 윤혜의 메시지였다.


〈대박 사건! 우리 담담 오빠들 팬 사인회에 당첨됐어! 1인 동반 가능하다는데 너 같이 갈래?〉


중학교 때부터 좋아해 지금은 아저씨가 된 가수의 팬 사인회 당첨 소식에 아주 기뻐 보였다. 재호와 연애하면서 전혀 관심도 없었던 아이돌을 갑자기 다시 찾기 시작한 윤혜의 마음이 어쩐지 안쓰러웠다.

여전히 어렵고 복잡하기만 한 두 사람의 관계에 애정은 불편한 감정을 숨길 수가 없어 연거푸 한숨만 내쉬었다.


〈콜! 언제 가? 원피스라도 하나 사야 하나?〉


하지만 지금 자신이 해 줄 수 있는 건 그들의 곁을 지켜 주는 일밖엔 없었다. 아픔을 견뎌야 하는 그들에게 조금이나마 위로가 된다면 애정은 실컷 맞춰 줄 생각이다. 자신의 쓴 아픔을 그들이 위로해 주었던 그날들처럼.

그날 이후 강준은 주말엔 항상 서울로 올라와 애정을 만났다. 그래서일까, 서로에 대한 신뢰가 더욱 쌓아짐에 따라 애틋함이 한층 커져 있었다.

"이제 딱 5일만 참으면 되겠다. 그 5일이 5년처럼 느껴질 것 같지만."

따스한 오전의 햇살이 들어오는 침대 위에 애정을 끌어안고 있던 강준이 우울한 목소리로 말했다.

"내가 알던 박강준이 아닌 것 같아."

"어떤 게?"

"뭐랄까, 내가 알고 있던 박강준은 굉장히 긍정적인 아이였던 것 같은데."

"지금은 부정의 아이콘이라는 뜻이에요?"

"그건 아니지만."

"하늘에도 여러 가지 색이 있다면서."

"맞아. 내가 보고 싶어서 시간이 더럽게 안 간다는 부정적인 말이 결코 싫지 않다는 소리라고."

강준은 애정의 턱을 가볍게 잡아 입을 맞췄다. 어제 밤새도록 맞대어 빨고 물던 입술인데도 질리기는커녕 갈수록 좋았다. 애정은 강준의 아랫입술을 쭉 빨아 당겼다.

"아아."

여린 살결에 통증이 느껴지는지, 강준이 앓는 신음 소리를 냈지만 애정은 놓아주지 않았다. 입술을 놓아 달라는 눈빛을 보내는 강준의 신호에도 애정은 눈웃음으로 거절을 했다.

강준이 에라 모르겠다, 하는 얼굴로 바뀌더니 곧 바로 애정의 위로 올라와 진한 키스를 퍼부었다. 그때부터 두 사람은 정신없이 서로를 탐하느라 바빴다.

오후가 되어서야 겨우 침대에서 일어난 강준은 애정의 방 한쪽 벽에 걸려 있는 사인을 가만히 바라보다 대뜸 뜯어 냈다.

"어! 왜 뜯고 그래애."

저번 주말 윤혜와 함께 팬 사인회에 가서 받은 사인이었다. 평소 별로 연예인에 관심이 없던 애정이 실물을 보고 오더니 인터넷이나 TV에서 그들을 찾아보기 바빴다. 강준은 그걸 꽤나 못마땅해하더니 심통이 났는지 결국 사인을 뜯기에 이르렀다.

"고이 접어서 간직하세요."

강준이 사인 종이를 완벽하게 반으로 접어서 애정이 잘 사용하지 않는 사물함 깊숙이 넣어 두고 방을 빠져나갔다.

"나랑 잘될 가능성이 절대 없는 사람들을 질투하다니."

애정은 사물함에서 다시 사인 종이를 꺼내려다가 밖에서 부르는 강준의 소리에 그냥 나갔다.

마주 보고 앉아 식사를 끝낸 두 사람은 욕실로 들어갔다. 서로의 칫솔에 치약을 짜 주고 나란히 거울을 보며 양치질을 했다.

장난기가 발동했는지 강준이 톡, 하고 애정의 엉덩이를 쳤다. 그러자 애정이 살벌한 미소를 지으며 아주 세게 엉덩이를 치는 바람에 그의 무릎이 꺾였다. 그 작은 장난에도 좋다며 두 사람은 입안 가득 치약 거품을 물고 웃어 젖혔다.

"자전거 타러 가자!"

씻고 나온 애정이 거실 커튼을 걷어 맑은 하늘을 보며 말간 목소리로 외쳤다.

"그럴까요?"

두 사람은 자전거를 가져가기 위해 강준의 집으로 향했다. 애정은 2주 동안 머물렀던 익숙한 집 안을 둘러보며 침대에 걸터앉았다.

강준은 부지런히 보호 장비들을 챙겼다. 자신보다는 전부 애정이 할 장비였다. 안전모와 무릎, 팔 보호대를 발견한 애정이 어린아이처럼 땡강을 피웠다.

"아, 이거 쓰기 싫어. 두고 갈래. 가뜩이나 자전거도 제대로 못 타는데 이런 것까지 쓰고 있으면 거기 있는 초딩들이나 무시한단 말이야."

"이거 두고 갈 거면 안 타러 갈 거예요."

"여자 친구가 무시당한다니까?"

"안전이 더 중요하죠. 오늘은 무시하는 놈들 있으면 내가 이걸로."

강준이 눈빛을 사납게 하며 손가락 두 개를 위협적으로 찔러 보였다.

"혼내 줄 테니까 걱정 말아요."

"넌 얼굴 자체가 선하고 좀 미소년처럼 생긴 얼굴이라 안 통할 것 같은데."

"그래도 얼른 써요."

"아, 그래도 답답해서 싫은데."

"절대 다치면 안 되니까."

결국 보호 장비를 바리바리 싸 들고 집을 나섰다.

상쾌한 한강의 공기가 느껴지자 마음이 설렐 만큼 기분이 좋아졌다. 그 와중에 강준은 빠트리지 않고 꼼꼼하게 애정에게 직접 보호 장비를 착용시켜 주었다.

자전거에 올라탄 애정은 비틀거리며 아슬아슬하게 탔지만 뒤에서 단단히 잡아 주고 있는 강준 덕분에 넘어지진 않았다.

"나 그래도 실력 좀 늘은 것 같지?"

"아니요."

"역시 솔직한 심사네."

그런데 그거 조금 탔다고 금세 허기가 졌다. 조금만 늦어도 저의 존재를 알리며 발버둥 치는 '배고픔'이라는 염치없는 것에 굴복하며 애정은 편의점을 가리켰다.

"라면 한 그릇 때리자."

"한강에 라면 먹고 싶어서 오는 거죠?"

강준의 말을 차마 부정하지 못하고 씨익, 웃는 걸로 대신했다.

"라면은 수영장이랑 한강에서 먹는 게 제일 맛있어."

이번엔 강준이 부정하지 않았다. 라면만 살려던 계획은 결국 군것질거리를 한가득 품에 안고 나옴으로써 박살났다.

"아, 좋다!"

라면 국물을 후루루 들이켜며 바라보는 한강의 풍경은 어느 유럽 못지않은 좋은 볼거리였다. 하지만 강준의 시선은 한강이 아닌 애정에게로 향해 있었다. 그 눈빛은 분명 봄의 햇살보다 더 따뜻했고 진한 초콜릿보다 더 달콤했다.

눈빛 하나만으로도 무척이나 사랑받고 있는 것이 느껴져 애정은 잔뜩 들떴다.

"너가아, 마악 자꾸마안 고렇게 쳐다보구 그러니까안, 내가아 라면이 코로 들어가눈지 입으로 들어가눙지 막 모르겠자나."

자신이 들어도 참으로 거북스러운 애교를 두꺼운 낯짝으로 방패 삼아 던지는 애정에 강준의 표정이 다소 무심했다.

"너누웅, 마악……."

다시 시작된 애정의 끔찍한 애교는 결국 마무리를 짓지 못했다. 강준이 자신의 면발을 집어 올려 애정의 입에 살포시 넣어 주었기 때문이었다. 본능적으로 빨아들이자 강준이 준 라면 면발이 튕기는 바람에 볼에 국물이 튀었다.

강준이 휴지를 들어 애정의 볼을 톡톡 치며 닦아 주고 있던 차에 휴대폰이 울렸다. 액정을 확인한 강준이 통화 버튼을 눌렀다.

"네, 어머니."

단 하나의 단어에 애정은 긴장이 되어 강준을 휘둥그레진 눈으로 바라보았다. 강준은 그럴 필요 없다는 듯 애정의 눈 위를 손등으로 부드럽게 쓰다듬었다.

시종일관 애정에게 장난을 치며 웃던 강준의 표정이 점점 심각해졌다.

"이모께서요? 아, 네. 그렇게 할게요."

전화를 끊은 후에도 강준의 심각한 표정은 좀처럼 풀리지 않았다.

"무슨 일 있어?"

덩달아 같이 심각해진 애정의 물음에 강준의 표정이 다시 제자리를 찾았다.

"별거 아니에요."

"별거 아닌 게 아닌 것 같은데."

"라면 한 그릇 더 먹을래요?"

"아니야. 배불러."

화제를 돌리는 강준에 애정은 자신도 모르게 시무룩한 표정을 지었다. 그렇다고 더는 보챌 수 없었다. 말하고 싶지 않은 사람에게 징징거리는 것만큼 상대방을 곤란하게 만드는 것도 없다고 생각했다.

난 이제 전혀 궁금하지 않아, 라는 뉘앙스를 풍기고 싶었는데 표정에서 티가 나는지 능청한 연기에 실패했다. 자꾸만 어색하게 흘러나오는 애정의 웃음에 보다 못한 강준은 결국 이야기를 꺼내 놓아야 했다.

"사촌 누나가 이혼을 하겠다고 했대요. 그것 때문에 이모가 지금 쓰러지셨고."

"사촌 누나라면……. 헉! 혹시 이지해 씨?"

강준은 멋쩍은 표정으로 고개를 끄덕였다. 지해의 남편이라면 자신의 전 남자 친구인 태형이다. 애정의 머릿속에서 갖가지 생각들이 스쳐 지나갔다.

그러고 보니 강준과의 관계가 은근히 복잡하게 얽혀 있었다. 지해의 어머니가 강준에게 이모라면 강준의 어머니와는 자매의 사이였다. 만약 강준과 결혼하게 된다면 꽤나 가까운 시댁 식구 중 한 명이었다.

"무슨 생각해요?"

복잡하고 난감한 관계를 머릿속으로 굴리고 있는 애정을 눈치챈 강준이 물었다.

"어? 아무 생각 안 하고 있는데, 그냥 멍 때린 거야."

강준은 애정의 대답을 전혀 믿지 못했다. 하는 수 없이 애정은 솔직하게 이야기했다.

"두 분 다 그런 거 신경 쓰실 분들이 전혀 아니세요. 그러니까 걱정 말아요. 솔직한 얘기로 애정 씨가 뭘 잘못했다고 그런 걸 걱정해요."

"그래도……."

강준도 썩 마음이 편한 것 같아 보이진 않았다. 그럼에도 자신을 달래 주기 위해 애쓰는 그를 위해 애정은 짐짓 미소를 지었다.

"이모님한테 가 봐야 하는 거 아니야?"

"네. 이따 저녁에 어머니랑 같이 가 봐야 할 것 같아요."

"응, 그래야지."

"어머니랑 이모님 찾아뵙고 바로 부산으로 갈게요."

"그렇게 해. 가서 잘 위로해 드려."

지해가 이혼을 결심하게 된 이유가 궁금하지 않은 건 더 이상 태형과 지해, 그 두 사람이 애정의 관심 밖에 있는 사람들이기 때문이었다.

과자가 많이 남았지만 입맛이 떨어져서 그냥 싸 들고 차에 올라탔다. 자신을 내려 준 강준에게 인사하고 돌아설 때까지 애정의 마음속에는 여전히 찝찝함이 한가득 들어차 있었다.

월요일 아침. 어제 밤늦게 부산에 잘 도착했다는 강준의 목소리를 들으며 잠이 들었었다.

"딱 5일만 참으면 된다. 5일."

출근 준비를 하며 아쉬운 마음을 혼잣말로 달래 보았다. 서둘러 집을 나오던 애정은 문 앞에 있는 무언가 큰 물체 때문에 화들짝 놀라며 하마터면 넘어져 꼬리뼈를 다칠 뻔했다.

"엄마야, 이게 뭐야?"

벽에 기대어져 있는 검은 덩어리를 자세히 살피던 애정의 얼굴이 하얗게 질려 갔다. 지독한 술 냄새에 관자놀이가 지끈지끈 아파 오기까지 했다.

"야, 최태형. 네가 왜 여기에 있어?"

애정이 있는 힘껏 태형을 흔들었다. 그럼에도 일어나지 않는 태형의 머리통을 주먹으로 내리쬤었다.

"악!"

그제야 태형이 게슴츠레한 눈을 뜨고 애정을 올려다보았다. 한때는 마주 보며 사랑을 나누었던 그 눈이 지금은 동태 눈깔 같은 기분이 들어 마주치고 싶지 않았다.

"애정아."

"미쳤어? 여기가 어디라고 막 찾아와? 너 진짜 염치 밥 말아 먹었구나?"

"난 그냥 네가 생각나서……."

"진짜 제 버릇 개 못 준다고, 다 끝난 사이인데 네가 날 왜 생각해?"

"그래도 우리 한때는……."

"한때 같은 소리하고 자빠졌네. 너 유부남이야. 그런 네가 다른 여자를 생각하다가 이렇게 찾아오고 그 앞에서 밤을 샌다는 게 제대로 된 정신에 할 짓이야?"

"나한테 너무 뭐라고 하지 마! 이게 다 마음이 약해서 그런 거야."

"마음이 약한 게 아니라 못돼 처먹은 거야. 제 상처만 헤아릴 줄 알고 남 상처 따위는 신경 쓰려고 들지 않는 못되고 이기적인 놈이라고!"

안구 정화, 아니 마음의 정화가 필요했다. 분하고 화가 나고 억울하기까지 했다. 저런 지질한 놈에게 한때 모든 것을 맡기려고 했던 스스로의 행동이 후회되었다. 자신이 불쌍하기까지 했다.

"애정아!"

지나쳐 가려는 애정의 손목을 태형이 붙잡아 세웠다.

"놔! 함부로 내 몸에 손대지 마!"

애정은 거칠게 태형의 손을 뿌리쳤다.

"너까지 나한테 이러지마. 너 이런 애 아니었잖아."

"그래. 이러지 않았었지. 너를 사랑했던 정애정은. 하지만 널 사랑하지 않는 정애정은 이런 애야. 내 남자 아니면 다른 남자들은 전부 다 돌덩어리로 보는 여자, 그게 정애정이라고. 그러니까 더 이상 열 받게 하지 말고 썩 꺼져."

"나 정말 힘들어."

"나 보고 어쩌라고. 나 이제 너 힘든 거 감싸 줄 이유 같은 거 없어!"

"다시 생각해 보니까 너만 한 여자가 없었던 것 같아."

"이게 진짜 돌았나!"

애정은 끝까지 자기반성을 하지 않는 태형에게 열불이 났다. 오래전부터 잔뜩 쌓아 왔던 분노가 이제야 폭발을 해 버린 걸까. 애정은 집으로 급하게 들어가 냉수 한 사발을 가져와 망설이지 않고 태형의 얼굴에 뿌려 버렸다.

여태 술이 덜 깨서 비몽사몽 정신이 없던 태형이 갑작스러운 물벼락에 정신을 번쩍 차렸다.

"애정아!"

"감당해! 책임져! 그냥 계속 아파하고 힘들어 해! 그게 네가 저지른 일에 대한 책임인 거야!"

"내가 뭘 그리도……."

"정신 차려. 쓰고 아픈 거 같이 버텨 낼 자신 없으면 누구도 사랑하지 마. 넌 사랑받을 자격이 없는 놈이니까."

"……."

"그러니까 이제 내 행복에 끼어들 생각하지 마. 진짜 한 번만 더 찾아와 봐. 그때는 물벼락 정도로 안 끝나. 뒤질 줄 알아."

태형은 더 이상 애정을 잡지 않았다. 애정은 속이 다 시원했다. 너무 흥분했던 탓인지 정신을 차려 보니 컵을 그대로 들고 지하철에 올라탄 채였다.

사람들은 테이크아웃 컵도 아닌 집에서 쓰는 유리컵을 들고 있는 애정을 이상한 눈길로 바라보았다. 흥분을 겨우 가라앉히고 그제야 가방에 컵을 억지로 구겨 넣고 있는데, 옆쪽에서 소란스러운 소리가 들려왔다.

"늙었으면 그냥 집에 조용히 앉아 있을 것이지. 왜 출근길에 나와서 지하철을 복잡하게 하고 지랄이야, 지랄?"

"이봐요, 총각. 내가 무슨 피해를 줬다고 나한테 그런 막말을 하는 거예요?"

"아줌마 자체가 그냥 민폐야, 민폐."

"문 앞을 떡하니 가로막고 있던 총각은? 좀 비켜 달라고 몇 번이고 말했는데, 게임하느라 못 알아들어 놓고서 사람 발을 밟고 미안하다는 말 한마디 안 했잖아요. 그래 놓고서 몸 좀 부딪쳤다고 어떻게 그런 막말을 하는 거예요?"

"내 몸에 아줌마 몸이 닿은 게 불쾌하고 싫다고!"

급기야 건장한 체격의 남자는 아주머니에게 팔까지 들어올리며 위협적인 행동을 취했다. 하지만 그 누구도 말릴 생각을 하지 않았다.

애정의 심장은 걷잡을 수 없이 불안하게 뛰었다. 하나밖에 없는 자신의 엄마가 어디선가 저런 일이 당하지 않을까, 걱정을 하다 보니 감정 이입이 돼 도저히 지켜만 보고 있을 수 없었다.

오늘 진짜 인생에 한 번 올까 말까한 일들을 연속으로 겪고 있었다.

"내 몸이 어디가 어때서 불쾌하다는 거예요!"

"아이씨, 진짜……!"

"이봐요!"

애정은 사람들 틈을 차마 뚫지 못하고 냅다 고함을 내질렀다. 싸우던 두 사람의 시선이 애정에게 닿았다. 방금 태형과 한바탕하고 온 감정의 여운이 아직도 남아 있는 걸까. 애정은 자신이 마치 분노의 초록 괴물이 된 것 같은 기분이었다.

사람들은 마치 모세의 기적을 보여 주는 것처럼 자리를 피해 주었다. 본의 아니게 애정은 그들 앞까지 걸어가게 되었다.

"말씀이 너무 지나치신 것 같아요. 그쪽 어머니뻘 되시는 분에게."

애정의 말에 남자는 기분 나쁘게 눈을 위아래로 훑기 시작했다. 그 눈빛에 굉장히 불쾌해져 애정은 미간을 확 찌푸렸다.

"참견하지 말고 가던 길 가세요."

남자의 말에 애정은 아주머니를 살폈다. 많이 억울해 보이는 아주머니에 위로라도 한마디 하려던 참에 누군가가 나섰다.

"총각, 지나가는 시민으로서 참견을 하지 않으려야 않을 수가 없네! 아주머니한테 사과해!"

"어? 공 대리?"

같은 지하철 안에 있었던 모양인지, 어느새 공 대리가 곁으로 다가와 말했다. 그러자 여기저기에서 목소리가 높아지기 시작했다.

"그래. 총각이 사과해!"

"싸가지가 없어, 어른한테!"

"어디서 저런 못된 것을 배워 가지고. 휴대폰에 미쳐서 사람은 보이지도 않나, 아주 그냥?"

"아까 저 총각이 새치기하면서 나도 밀쳤다니까, 글쎄?"

사람들의 큰소리에 결국 눈치를 보던 남자는 고개만 살짝 숙여 사과하는 시늉만 하더니 멈춘 전철 밖으로 후다닥 도망치듯 나갔다.

"아주머니 괜찮으세요?"

"고마워, 아가씨. 아가씨 아니었으면 진짜 큰일 치를 뻔했네."

아주머니는 애정과 공 대리에게 번갈아 가며 고맙다는 말을 전했다. 그사이 애정과 공 대리도 내려야 할 역에 도착해 두 사람은 급하게 인사를 마무리하고 길을 나섰다.

"공 대리."

역에서 내려 회사로 향하면서 애정은 두 엄지를 치켜들었다.

"정 대리가 더! 사실 그전부터 나도 보고 있었는데, 용기가 나지 않아서 못 다가가고 있었거든. 아무튼 정 대리는 겁도 없어. 예전에 개처럼 조 과장님 귀 물어뜯은 것도 그렇고."

"내가 히어로 영화를 많이 봐서 그런가 봐."

"그게 말이야, 막걸리야?"

"막걸리에 파전 먹고 싶다."

"매일 먹는 타령은. 그러면서도 살 안 찌는 체질이 부럽다."

공 대리의 말을 칭찬으로 받아들인 애정은 비너스 같은 우아한 포즈를 취해 보였다.

"몸매가 좋다는 뜻은 아니야."

"아, 예."

"이제 곧 강준 씨 오네."

"응! 너무 신나!"

"그래 보인다."

시답지 않은 대화를 나누는 동안 어느새 회사에 도착했다. 근무 시간 10분 전이었기에 애정은 휴게실로 가서 따뜻한 커피를 뽑아 놓고 강준에게 전화를 걸었다.

―회사 도착했어요?

"응! 나 오늘 무슨 일이 있었는 줄 알아?"

차마 태형의 이야기는 하지 못하고 지하철에 있었던 일을 흥분해서 털어놓았다.

―위험하게. 아무튼 멋있네요, 내 여자 친구.

"아차, 이모님은 좀 어떠셔?"

―아, 생각보단 괜찮으시더라고요.

"다행이네."

―누나랑 매형, 둘 다 이혼을 절실히 하고 싶어 해서 그렇

게 하기로 했대요.

"그래. 서로 상처 주면서 평생 얼굴 보는 것만으로도 괴로워하며 살 바에는 그냥 헤어지는 것이 훨씬 나을 수도 있지."

이제 막 출근해서 들어가는 이사님을 발견한 애정이 서둘러 말했다.

"나 이제 끊어야겠다."

—네. 점심에 전화할게요.

"응."

—애정 씨를 아주 많이 애정해요.

뜬금없지만 담백하게 전해 오는 그의 고백에 애정은 배시시 웃었다.

"나도 강준 씨를 아주 많이 애정해요."


항상 하던 것처럼 애정은 퇴근길에 윤혜에게 먼저 전화를 걸었다. 한참 이어지던 신호가 달칵, 소리와 함께 바뀌었다.

—응. 애정.

"뭐 해?"

물어보고 난 후, 귀를 바짝 기울이니 잔잔한 파도 소리가 나는 것 같았다.

"혹시 바다 놀러 갔어?"

—응. 속이 좀 답답해서 휴가 내고 왔어.

"혼자?"

—생각 많을 때는 혼자 오는 게 최고지.

"그렇긴 하지. 괜히 누구랑 같이 갔다가 눈치 보고 실없는 말만 하는 것보다는 훨씬 나아. 혼자 여행하는 거 난 찬성이야. 의외로 외롭지 않다니까."

—그런 것 같아. 혼자면 외로울 줄 알았는데 생각보다 정신이 없어. 모든 걸 혼자 찾아야 해서 그런가?

"어디로 갔는데?"

—강릉.

강릉은 재호와 윤혜가 연애할 때, 유난히도 많이 갔던 곳이었다. 그래서 애정이 종종 거기다가 집이라도 사 놨냐고 농담도 했었다.

"강릉으로 갔구나. 너 좋아하는 회도 많이 먹고 와!"

—회는 네가 좋아하는 음식이잖아.

"아, 쫀득쫀득한 광어회에 소주 한 잔 때리고 싶다."

소소한 대화를 나눈 후, 애정은 곧바로 다시 재호에게 전화를 걸었다. 재호도 윤혜와 다르지 않게 길지 않은 신호 끝에 받았다. 주변의 시끄러운 소음이 고스란히 들려왔다.

"어디야?"

—이제 아무렇지도 않으니까 매일 이렇게 전화하지 말래도.

"귀찮아?"

—응. 귀찮아.

그러면서도 꽤 싫지 않은 목소리다.

"알았어. 안 할게. 근데 딱 하나, 너 지금 어딘지만 확인하고. 어디야?"

—나 지금 맛있는 거 먹으러 왔어.

"어디로? 나도 갈래!"

—너무 멀어서 못 올걸?

"어딘데!"

다음으로 들려오는 재호의 대답에 애정은 화들짝 놀라다가 이내, 코끝이 시큰해졌다.

—강릉.

두 사람이 왜 지금 그곳에 있는 걸까. 같이 가지 않았겠지만 같은 곳에 있는 두 사람…….

애정은 차마 두 사람에게 서로가 같은 곳에 있다는 것을 말할 수가 없었다. 그저 엇갈리지 않고 부디 운명처럼 만나길 바랐다. 서로를 그리워하고 있다는 것을 외면하지 않고 부디 알아챌 수 있기를 바랐다.

"그건 그렇고 회 하니까 부산 생각나고, 부산 하니까 우리 강준이가 생각나네."

아직 완전한 밤이 되지 않은 하늘은 시퍼렇게 물들어져 있었다. 곧 가을이 지나가고 겨울이 올 텐데, 아직도 바람은 차가워질 생각이 없는 듯했다.

"우리 강준이랑 한강에서 컵라면에 소주 먹고 싶다."

애정은 코를 훌쩍이며 지금 이 순간 가장 보고 싶고 소중한 강준에게 망설임 없이 전화를 걸었다.

15

드디어 강준의 출장이 끝났다. 마치 1년과 같은 한 달이었다.

　마지막 날이라 일찍 퇴근을 시켜 준 덕분에 조금 늦더라도 함께 저녁을 먹을 수 있을 것 같다는 강준의 연락을 받고 애정은 퇴근하자마자 서둘러 마트로 향했다.

　나가서 사 먹어도 되겠지만 오랜만에 만나는 데다가 고생했을 남자 친구에게 사랑이 잔뜩 들어간 음식을 해 주고 싶었다.

　"아, 해 주고 싶은 게 너무 많은데!"

　이미 카트를 반 정도 채웠음에도 애정은 쉽게 마트를 떠나지 못했다.

　결국 강준이 한 시간쯤 뒤에 도착할 것 같다는 연락을 받고서야 허겁지겁 집으로 향했다.

도착하자마자 서둘러 재료들을 닦고 다듬었다. 뭘 이런 걸 다 차렸냐면서 강준의 입이 쩍 벌어질 만큼 화려한 밥상을 차려 주고 싶었다.

그렇게 한참을 집중하던 애정은 거실 가득 울리는 초인종 소리에 화들짝 놀랐다.

"벌써 한 시간이 지난 거야?"

시계를 보고서도 믿기 어려웠지만 얼른 옷매무새를 가다듬었다.

거실을 가로질러 현관문으로 뛰어가는 동안 설레는 마음을 감출 수 없었다. 현관문을 열고 얼굴을 마주 보자마자 목을 끌어안고 볼에 뽀뽀를 해 줘야지, 그 계획과 함께 기쁜 마음으로 문을 연 애정의 얼굴이 순식간에 뭐 씹은 것처럼 굳어졌다.

"이…… 이 미친!"

"애정아."

전혀 예상치 못한, 이제 물이 아니라 침을 뱉어 버리고 싶은 태형의 낯짝에 애정의 얼굴은 금세 붉으락푸르락해졌다.

"너 진짜 제정신 아니구나?"

"무슨 요리하고 있었어? 맛있는 냄새 난다. 네가 끓인 된장국 참 맛있었는데."

"그 된장국으로 싸대기 맞고 싶지 않으면 당장 꺼져."

"애정아, 너 나한테 안 그랬잖아. 왜 갑자기 변한 거야?"

"당연한 거 아니야? 더 이상 난 예전의 정애정이 아니니까!"

고함을 내지르는 순간, 엘리베이터 문이 열리고 열불이 난 얼굴로 지해가 무섭게 달려오고 있었다.

"최태형! 정애정!"

어느새 바짝 다가온 지해는 다짜고짜 태형의 멱살을 움켜잡았다.

"언제부터야? 두 사람이 다시 만나기 시작한 게 언제부터냐고!"

의심스러울 정도로 타이밍 한번 기가 막혔다. 어느 막장 드라마의 한 장면을 보는 것만 같은 이 불쾌하고도 유치한 모습에 애정은 팔짝 뛰어올랐다.

태형에게서 대답이 나오지 않자 지해는 애정으로 목표를 바꾸었다.

"너도 참 대단하다. 너 버린 남자하고 계속 만나고 싶디?"

"정말 대단한 건 그쪽이네. 그런 대단한 착각과 망상을 갖고 어떻게 세상 살아?"

"어디다 대고 반말이야!"

"오는 말이 고와야 가는 말이 곱다는 말 몰라? 먼저 반말하면서 예의도 안 지켜 놓고 상대방에겐 예의를 지키라는 건 무슨 이기적인 심보지?"

"하, 이게 진짜!"

"나보다 나이 많다고 대접받고 싶으면 그 나이에 맞는 행동을 하세요, 제발!"

애정의 사나운 경고에 지해는 아무 말도 하지 못하고 굶주린 붕어처럼 입만 벙긋거렸다. 소란스러움에 여기저기서 살포시 문들이 열렸다.

기회다 싶었는지, 지해는 바닥에 주저앉아 펑펑 울기 시작했다.

"어떻게 결혼한 지 얼마 되지도 않아서 다른 여자를 만날 수 있어? 어떻게!"

지해의 말에 저질스러운 감정을 담은 사람들의 시선이 애정에게로 날아와 꽂혔다. 너무 기가 차서 웃음도 나오지 않았다. 하지만 지금 제일 얄미운 건 아무 변명도 하지 않고 지질하게 서 있는 태형이었다.

사람이 너무 기가 막히면 뇌가 사슬로 꽁꽁 묶이거나 목에 고구마를 쑤셔 넣기라도 한 것처럼 아무 말이 나오지 못할 때가 있다. 지금 애정의 상태가 딱 그랬다.

아무 말도 못 하고 서 있는 찰나, 엘리베이터 문이 열리고 그토록 보고 싶었던 강준이 모습을 보였다. 밖에 나와 있는 애정을 잠시나마 반갑게 바라보던 강준은 태형과 지해를 발견하고 금세 차가운 눈빛으로 바뀌었다.

"지금 이게 뭐하는 짓이야."

"네가 여길 왜……."

펑펑 울며 하소연을 하던 지해가 눈을 끔뻑이며 제 사촌 동생 강준을 올려다보았다.

"그러는 누나랑 매형은 왜 여길 와 있어?"

자신을 지켜 주듯 앞을 가로막고 서는 강준에 애정은 자꾸만 눈물이 나오려는 것을 가까스로 참고 견뎠다. 태형 역시 의아한 눈으로 강준과 애정을 번갈아 쳐다보았다.

"왜 처남이 여기에……."

"제가 먼저 물었는데요. 누나랑 매형이 왜 여길 왔냐고요. 둘 다 이 사람을 다시 찾아올 자격이 없는 걸로 알고 있는데."

"박강준, 네가 뭘 안다고 그래?"

지해가 주변의 시선을 의식하며 물었지만 얼굴 가득 당황스러움을 감추지 못하고 있었다.

"유감스럽게도 전부 다 알지. 아무리 사촌이라고 해도 낯짝, 진짜 두껍다."

강준이 지해와 태형을 한심스럽게 바라보며 말했다. 목소리 가득 화가 들어차 있었다. 조금만 건드려도 완전히 폭발해 버릴 것처럼 아슬아슬해 보였다. 그녀와 다툴 때도 이 정도는 아니었던 것 같은데, 분명한 건 그가 화가 난 상태라는 사실이었다.

"사촌 동생이라는 애가 누나 편은 못 들어줄망정, 그게 무슨 소리야? 지금 네 매형이……!"

"제 버릇 개 못 준 꼴이지."

말문이 막힌 지해가 입을 쩍, 벌리는 순간 엘리베이터 문이 한 번 더 열렸다. 애정은 매우 낯익은 두 아주머니들이 마치 전쟁터를 나가는 장수들처럼 비장한 얼굴을 하고 걸어오는 것을 보았다.

상황은 이제 막장으로 치닫고 있었다. 다 외면하고 아직까지 활짝 열려 있는 집 안으로 도망가고 싶은 심정이었다. 하지만 흥분한 상태라 그런지, 지해와 강준은 이 상황을 전혀

알아차리지 못했다. 물론 엘리베이터를 등지고 있던 태형조
차도.

"뭐? 그게 매형한테 할 말이야? 그건 저 여자가 너무 까다
롭게 굴고 지가 뭐라도 되는 것처럼 이 사람을 힘들게 해서
그런 거라고!"

"그건 단순한 누나 생각이겠지. 뭘 잘했다고 여기까지 찾
아와서 이 난리를 피워?"

마침내 두 아주머니들의 눈이 휘둥그레졌다. 동시에 두 사
람의 입술 밖으로 한 남자의 이름이 새어 나왔다.

"강준이, 네가 왜 여기 있니?"

"아들?"

"어머니."

강준조차 예상치 못한 제 어머니의 등장에 꽤나 놀란 눈치
였다. 한편 애정은 믿을 수 없다는 눈으로 그녀를 바라보았
다. 강준의 어머니, 이 여사는 사태 파악을 위해 연신 주변을
살피다가 그의 등 뒤에서 쭈뼛거리며 나와 예의 바르게 인사
하는 애정에게 시선을 고정시켰다.

"안녕하세요. 어머니."

"어머, 그때 지하철 아가씨 아니야?"

드라마에서는 유치하게 느껴졌는데 실제로 경험하니 정말
소름 끼치는 전개라고 생각했다. 오랜만에 보는 강준과의 재
회가 본의 아니게 요란스러워졌다.

"대체 이게 무슨 일이야?"

이 여사는 여전히 믿을 수 없는 이 상황에 대해 누군가가

속 시원하게 말해 주길 원했다. 그때 지해의 어머니가 먼저 선수를 쳤다.

"지해야, 네가 한번 말해 봐. 이게 대체 어떻게 된 일이야? 최 서방이 바람 핀 여자가 이 여자 맞아?"

"바람이라뇨. 지금 이 사람은 저와 연애 중입니다, 이모."

지해의 입이 벌어지기도 전에 강준이 강건한 목소리와 함께 애정의 손을 잡으며 말했다. 두 여사의 입이 다시 한번 쩍 벌어졌다.

"박강준! 너 자꾸 왜 이렇게 말도 안 되게 껴들어!"

지해가 방방 뛰며 고함을 내질렀지만 강준은 동요하지 않았다.

"진실을 얘기할까?"

강준의 한마디에 지해의 눈이 심하게 흔들렸다. 아직 어른들은 모르는 진실을 굳이 밝히고 싶지 않은 모양이었다. 그녀가 눈물을 글썽이며 엘리베이터로 뛰어가자 그 뒤로 지해의 어머니가 따랐다.

"안 가?"

그때까지도 옆에 서 있는 태형에 이 여사가 한심하다는 말투로 핀잔을 했다. 태형은 강준과 애정을 시무룩한 눈빛으로 바라보더니 지해를 따라갔다.

시끄러운 세 사람이 사라지자 이 여사는 활짝 열려 있는 집 안쪽을 바라보며 넌지시 중얼거렸다.

"잠깐 들어가도 되나?"

"아, 네. 죄송해요. 정신이 없어서 대접하는 걸 깜빡했네요. 어서 들어오세요."

강준이 이 여사를 따라 들어가려는 애정을 살짝 잡아 세웠다.

"가서 더 혼내 주고 올까요?"

"그럴래? 다시는 여기 못 오게 다리라도 부러트리고 와."

"기다려요."

팔까지 걷어붙이고 가려는 강준을 애정이 겨우 잡았다.

"됐어. 저런 것들한테 괜히 힘뺄 필요, 시간 낭비할 필요 없어. 시간은 귀해서 좋은 사람, 내가 사랑하는 사람에게만 투자해도 모자라니까."

"진짜 별일이 다 있어요."

"그러게. 인생살이 쉽지 않아. 어머님 기다리시겠다. 이야기는 나중에 다시 하자."

애정은 최대한 조신한 자세로 이 여사에게 다가갔다. 이 여사는 어느새 주방으로 들어가 가스레인지를 끄고 있었다. 갑자기 들이닥친 사람들에 애정은 자신이 음식을 하고 있다는 것조차 깜빡했다.

"뭘 이렇게 많이 준비하고 있던 거예요? 우리 강준이 주려고?"

"네. 그런데 말씀 편하게 하세요. 그게 훨씬 더 제 마음이 편할 것 같아요."

"아, 그럼 그럴까? 요리도 잘하나 보네."

"앉아 계세요. 거의 마무리하고 있던 중이라 금방 식사 준비해서 드릴게요. 강준 씨도 앉아 있어요."

평소엔 잘 하지도 않는 존댓말을 어머님 앞이라서 해 봤다. 그래도 별로 어색한 것 없이 잘 넘어갔다고 생각하며 애정은 요리를 마저 하기 위해 주방에 섰다. 뒤에서 자신을 바라보는 두 사람의 시선이 느껴져 부담스러웠지만 손을 바삐 움직였다.

세 사람은 한 상 거하게 차려진 식탁 앞에 앉았지만 그 누구도 숟가락을 들지 않았다.

"음식 앞에서 뜸 들이는 게 좋은 버릇은 아닌데, 그래도 어떻게 된 사정인지 들어 봐야 할 것 같아서요."

차분한 이 여사의 말에 강준이 먼저 입을 떼어 내려 했지만 옆에 앉은 애정이 손을 뻗어 가만히 제지시켰다. 자신이 말씀드리는 게 더 나을 것 같아서였다.

처음부터 지금까지 있었던 모든 일을 전부 다 얘기했다. 태형과 3년간 연애했었고 그가 바람을 피워 결혼한 사람이 지해이며, 강준과는 같은 회사 동료에서 사귀는 사이로 발전했다고. 방금 있었던 일도 강준을 기다리다 어이없이 당한 일이라고.

모든 말들을 잠잠히 듣고 있던 이 여사는 여전히 차분한 표정으로 낮게 고개를 끄덕였다.

"이 사람은 아무 잘못 없어요, 어머니."

애정의 설명 끝에 강준이 덧붙였다. 이 여사는 아까 강준이 꺼낸 '진실'이라는 단어에 크게 당황하던 지해의 모습을 잊을 수가 없었다. 당당하다면 그렇게 당황할 이유도, 도망갈 필요도 없었다. 그래서일까, 지해보다는 애정의 말에 더 신뢰가 갔다.

"그런 일이 있었다니, 마음고생 꽤나 했었겠구나."

위로를 건네는 이 여사의 말에 애정의 마음속 어딘가가 울컥, 하고 치밀어 오르는 것 같았다. 그녀가 감정을 추스르는 동안 이 여사와 강준은 한동안 아무 말 없이 기다려 주었다.

겨우 진정한 애정은 자신의 정성이 들어간 음식이 식어 가고 있다는 것을 깨달았다.

"음식이 입맛에 맞으실지 모르겠지만 식기 전에 드세요."

사실 음식이 식어 가는 것보다 어느 정도 잠잠해진 서러움을 뒤이어 몰려오는 쑥스러움에 핑계거리가 필요했던 것일지도 몰랐다.

"정말 맛있어 보이는 걸?"

오가는 애정과 이 여사의 대화를 듣던 강준이 슬쩍 입술을 떼어 냈다.

"그런데 지하철에서 본 아가씨라뇨? 혹시 전에 얘기했던……."

"맞아요, 강준 씨. 그 얘기야."

존댓말과 반말을 섞어 쓰는 요상한 말투였지만, 강준의 관심은 다른 데 있었다.

"인연이네요."

"그러게. 운명 같다, 얘."

강준과 사촌 관계인 지해로 인해 걱정이 많았던 애정은 자신을 따뜻한 시선으로 바라보는 이 여사에 속으로 안도의 한숨을 내쉬었다.

"두 사람 이렇게 보니까 잘 어울리네. 이런 거 예의가 아니라는 거 알면서도 궁금해서 그런데, 나이가 어떻게 돼?"

"아, 제 소개도 제대로 못 드렸네요. 정애정입니다. 올해 서른이에요."

"아차, 아까 같은 회사 다닌다고 했지?"

이 여사의 질문에 이번엔 강준이 대답했다.

"네. 저희 회사 대리님이에요."

"어머, 그때 네가 말했던?"

"어머니."

강준이 급하게 손가락을 제 입술 쪽으로 가져갔다. 말하지 말라는 무언의 부탁이었지만 이 여사는 눈웃음을 치며 가볍게 무시했다.

"우리 강준이가 처음 입사하고 얼마 안 되서 가족 모임에서 그랬거든. 회사에 진짜 예쁘고 웃기고 일 잘하시는 대리님이 계시다고. 오래오래 같이 일하고 싶다고 그러는데, 원래 여자에 대해서 그런 말 자체를 아예 안 하던 애라서 가족들도 무척이나 궁금해했었어."

"어머, 정말 그런 일이 있었어요?"

애정은 자신의 뒤에서 호박씨를 깐 것이 아니라 칭찬 씨를 까고 다닌 강준을 사랑스러운 눈길로 바라보았다.

"부끄럽네."

"난 애정 씨 마음에 들어."

이 여사의 말에 애정은 여태껏 했던 걱정들이 눈 녹듯 사라지는 듯했다. 행여나 어디 자신의 아들을 넘보느냐며 앙칼

지게 반대할 거라 상상하느라 앞서 서운해했던 것들이 죄송스러워졌다.

"내가 참 인복도 좋지. 이렇게 개념 있는 아가씨가 우리 아들과 연애를 한다니, 너무 좋은데."

"절 그렇게 좋게 봐주셔서 감사해요."

"그때도 말했지만 그날 아가씨가 아니었으면 난 정말…… 큰일을 치렀을 거야. 다시 한번 고마워. 그리고 믿음직스럽긴 해도 강준이가 아직 부족한 게 많아."

"저도 부족한 게 많아요."

"세상에 완벽한 사람은 없는 거지. 그럼에도 완벽한 사람의 곁에 있는 것보다 부족한 부분을 단점이라고 생각하지 않고 늘 곁을 지켜 주고 싶은 사람이 진정한 사랑이라고 생각해. 서로가 부족한 것을 채워 주면서 오래오래, 같이 있었으면 좋겠어."

"꼭 그렇게 할게요."

커다란 목소리로 강준이 먼저 대답했다. 이 여사가 못 말린다는 듯이 웃는 사이 애정은 강준을 믿음직스럽게 바라보았다.

"저도 꼭 그렇게 할게요."

"어머머, 국 식는다. 이제 정말 먹어야겠네."

얼른 국을 한 숟가락 뜬 이 여사가 얼굴에 미소를 띠었다.

"간이 딱 좋아."

"맛있게 많이 드세요."

요 며칠 사이 살면서 단 한 번도 경험하기 어려운 일들을 겪었다. 하지만 제 곁에는 늘 강준이 있었다. 애정은 앞으로 어떤 일이 제게 몰아닥치더라도 두렵지 않았다.

때로는 그녀가 강준의 뒤를 막는 단단한 방패가 되어 그와 손을 잡고 무엇이든 견뎌 낼 것이다.

주말 오전.

강준이 애정의 집으로 찾아왔다. 자다가 이제 막 일어나 정신이 없는 와중에도 애정은 잠시만 기다리는 말과 함께 빠르게 욕실로 뛰어가 양치와 세수를 했다.

"우와!"

현관문을 열어 주던 애정은 저도 모르게 크게 감탄을 했다. 강준은 애정으로 추정되는 귀여운 캐릭터가 정성스럽게 그려진 액자를 건넸다.

"어때요?"

"너무 예뻐! 아주 훌륭해!"

"사실 이번에 웹툰 공모전이 있는데, 그거 한번 나가 보려고요."

"진짜?"

"수상은 안 바라고 거기서 제시하는 분량을 완성하는 걸 목표로 하고 있어요."

"뭐든 도전해 보는 거, 멋있어. 도전을 위해서 용기를 갖고 노력하는 사람들은 더 멋있고."

애정은 뿌듯한 표정으로 눈동자에 강준을 가득 담고 그의 목을 감싸 끌어안았다. 강준이 자연스럽게 애정의 허리를 감싸면서 두 사람의 몸은 더욱 밀착되었다.

"이렇게 모든 게 다 멋있고, 심지어 숨소리에다가 눈 깜빡이는 것마저 멋있는 남자가 내 애인이라는 게 안 믿겨지고 신기해."

"난 이렇게 예쁘고 완벽한 여자가 날 사랑해 주고 있다는 게 더 안 믿겨져요."

"겸손도 하셔라. 누가 들으면 소름 끼친다고 하겠다, 그치?"

"아무도 없어서 다행이죠?"

"응."

"아무도 없으니까 하고 싶은 거 해요."

강준의 묘한 말에 애정이 씨익 웃어 보이다가 그를 살포시 밀쳐냈다.

"나 잡아 봐라."

정신 나간 개구리처럼 팔짝팔짝 방까지 뛰어 들어간 애정은 침대 위로 발라당 드러누웠다. 금세 따라온 강준도 애정의 위로 올라와 가볍게 입을 맞추었다. 손은 어느새 그녀의 옷 속을 파고들더니 맨 살을 입술로 비비며 간질였다.

"아, 간지러워. 간지러워어!"

발버둥을 치면서도 격하게 터져 나오는 웃음을 감출 수가 없었다. 즐거운 주말이 될 것만 같았다.

그로부터 며칠 후, 출근하자마자 연희가 슬쩍 애정에게 다가오더니 생전 처음 보는 남자의 사진을 보여 주었다.

"누구야?"

"저 남자 친구 생겼어요, 대리님."

"진짜?"

"네. 사실 대만 여행하면서 만났던 사람이에요. 길 헤매고 있는데 도와줬던 분이시거든요. 한국에 돌아와서도 몇 번 만나다가 호감이 생겨서 사귀게 됐어요."

"와, 잘됐다!"

애정의 소란스러움에 이제 막 음료를 뽑아 와 건네던 강준이 의아한 눈빛으로 바라보았다.

"연희 씨 남자 친구 생겼대."

"진짜요? 잘됐네요. 오래오래 가요."

강준은 진심으로 환한 미소를 지으며 연희를 축하했다. 연희는 그런 강준을 보면서도 전혀 흔들리지 않는 눈빛으로 대답했다.

"네. 꼭 그럴게요."

연희의 대답이 꽤 씩씩했다. 표정도 상당히 좋아 보였다. 애정은 마치 자신이 소개시켜 준 사람들이 결혼이라도 하는 것처럼 뿌듯했다.

하루의 버거운 업무를 끝내고 강준과 막 차에 올라탈 때까지도 즐거운 기분은 여전했다. 때마침 윤혜에게서 전화가

왔다. 휴대폰 너머로 들려오는 그녀의 밝은 목소리가 애정을 기쁘게 했다.

"목소리 되게 좋네. 주변은 엄청 시끄럽고. 지금 뭐 하는데 그래?"

—나 지금 재호랑 술 마시고 있어.

"뭐? 재호랑?"

—응. 우리…… 다시 시작하기로 했어. 헤어지고 나서 너무 요란을 떤 것 같아 민망해서 너한테는 한참 후에 말하려고 했는데, 그래도 보고 싶어서.

"우리 사이에 민망하고 창피한 게 어디 있어. 말 안 했으면 나 진짜 서운해서 울었을 거야."

—올 거지?

"잠깐만."

애정은 휴대폰을 멀리 떨어뜨린 채로 강준을 바라보았다.

"내 친구들인데, 지금 술 마시고 있대. 재호랑 윤혜 알지? 오라는데 같이 갈래?"

"좋아요."

강준은 조금의 망설임도 없이 바로 고개를 끄덕였다.

"윤혜야, 나도 마침 너희들한테 꼭 소개시켜 주고 싶은 사람이 있어서 같이 갈게."

—응! 누군지는 몰라도 기대된다. 그 둘 중 하나인 거잖아. 그렇지?

윤혜의 목소리를 행여 강준이 들었을까 봐 놀란 애정이 슬쩍 눈치를 살폈다. 운전에 집중하며 낮게 노래를 흥얼거리고 있는 것을 보니, 듣지 못한 모양이다.

―걱정 마. 절대 티 안 내.

"고맙다. 도착해서 연락할게."

사실 딱히 걱정이 되진 않았다. 윤혜가 철없이 굴 친구가 아니라는 것을 알고 있기 때문이었다.

"아, 마음 편하다."

"다행이네요."

"그러니까 말이야."

애정은 다시 시작된 두 사람의 연애에 진심으로 축복해 주었다.

윤혜의 동네 주변에 주차를 하고 가니 주말이라 그런지 술집 앞은 벌써부터 차례를 기다리는 손님들로 북적였다.

복잡한 사람들 사이를 뚫고 7번 문을 열었다. 나란히 앉아서 대화를 나누던 윤혜와 재호의 시선이 동시에 열린 문 쪽으로 향했다.

"표정이 똑같아."

나란히 앉아 있는 친구들의 모습이 보기 좋아 애정이 밝게 웃었다.

"안녕하세요, 박강준입니다."

그녀 뒤에서 따라 들어오던 강준이 예의 바르게 인사했다. 두 사람도 자리에서 일어나 강준을 반겼다.

"어서 와요. 애정이 친구 신재호입니다."

"이윤혜예요."

빠르게 인사를 주고받은 네 사람은 술잔을 기울이기 시작했다. 애정의 학창 시절 이야기부터 양쪽 커플의 연애 이야기를 하다 보니 시간은 훌쩍 지나가 있었다.

딱 기분이 좋을 정도로 마신 네 사람은 평소에는 별로 가지도 않던 노래방까지 가서 실컷 노래를 부른 후, 목이 쉰 상태로 귀가했다.

남자들이 택시를 잡는 동안 애정과 윤혜는 사이좋게 붙어 있었다.

"며칠 전에 진짜 별의별 일이 다 일어났었어."

"무슨 일?"

"최태형이 찾아오고, 그 와이프가 날 찾아왔어. 난리도 그런 난리가 없었지."

"미친 거 아니야? 그것들을 가만히 놔뒀어? 어머, 진짜 생각 할수록 또라이들이네. 지들이 너를 왜 찾아와?"

"그러게 말이야. 그런 놈인 줄도 모르고 내 미래를 맡기려고 했다니……. 다행이지, 뭐. 그 둘은 미친 게 확실한 것 같아. 그건 그렇고, 강릉에서 재호 만났었어?"

"어떻게 알았어?"

"사실 그날 너희 둘한테 전화했는데, 강릉이라고 하더라고. 소름 돋았어. 너희 둘은 떨어질래야 떨어질 수 없는 운명이야."

"그런가 봐."

순간 얼굴 가득 퍼진 윤혜의 미소는 분명 재호와 처음 연애를 시작했을 때 지었던 미소였다. 괜히 애정의 마음이 다 뿌듯해졌다.

"다시 만나는 기분이 어때?"

"엄청 설레는 건 없어. 다만 같은 실수를 하고 싶진 않아. 재호도 그러더라. 헤어지고 나니까 자신이 더 잘해 주지 못한 게 마음에 걸렸대. 다시 한번 기회를 얻고 싶었대."

"그래도 괜찮은 놈이야. 헤어지고 나서 자기들이 줬던 것들 토해 놓으라는 놈들도 많잖아."

"맞아. 네 남자 친구도 꽤 괜찮은 것 같아."

"내 눈에는 너무 사랑스러워."

주말이라 그런지 잘 잡히지 않은 택시에 두 남자는 고군분투 중이었다. 그 와중에도 뭐가 좋은지, 대화를 나누며 환하게 웃는 강준과 재호를 애정은 따뜻한 눈길로 바라보았다.

"다음에 시간 맞으면 넷이서 같이 여행 가자."

"고기랑 술 잔뜩 사서! 완전 재밌겠다!"

"윤혜야!"

애정과 윤혜가 함께 갈 여행에 들떠 있는 동안, 재호가 택시를 잡았는지 윤혜의 이름을 불렀다.

"우리 먼저 갈게."

"그래, 조심히 들어가."

"응. 강준 씨, 오늘 너무 즐거웠어요."

"네. 저도 너무 즐거웠습니다. 조심히 들어가세요."

강준이 문을 닫자 택시가 천천히 출발했다. 자신들이 탈 택시를 잡기 위해 강준이 다시 손을 뻗은 순간, 애정이 그 팔을 얼른 잡았다.

"우린 좀 걸을까?"

"그럴까요?"

애정과 깍지 낀 손을 자신의 트렌치코트 주머니에 집어넣은 강준은 그녀의 발걸음에 맞춰 천천히 발걸음을 옮겼다.

주말의 시끌시끌한 분위기는 날이 밝아질 때까지 이어질 것처럼 아직도 한창이었다. 막차가 끊긴 탓에 택시는 잘 잡히지 않았지만 두 사람은 아무 걱정이 없는 듯 서로의 손을 맞잡고 여유롭게 걸었다.

"이제 진짜 곧 겨울 오겠다."

"추워요?"

강준이 애정의 어깨를 감싸 안아 주었다. 고작 어깨 하나 감싸 줬다고 쌀쌀한 기운이 금세 사라지진 않겠지만 확실히 이것은 장담할 수 있다. 마음이, 감정이 따뜻해지는 것을 느꼈다.

"내 친구들 성격 좋지 않아?"

"네. 전에 재호 형님 때문에 그랬던 게 조금 민망해질 정도로."

"그래도 밤새는 건 안 돼."

"당연하죠."

한참을 걷다 보니 어느새 사람들이 별로 없는 조용한 공간까지 걸어왔다. 불이 꺼진 건물, 어딘가로 바쁘게 향하는 차들, 이제 제법 싸늘해진 바람과 빛을 전부 삼켜 버린 까만 하늘. 모든 것이 평범한데, 지금 이 순간의 감정은 결코 평범하지 않다.

이 모든 게 강준 때문이라는 것을 알고 있었다. 애정이 살며시 올려다보자 그가 바로 반응을 보이며 눈을 마주했다.

자신을 바라보는 이 잘생긴 남자의 눈빛은 사랑에 푹 빠진 눈빛이 확실했다.

"이리 와서 입술 좀 맞춰 봐."

애정의 협박 같은 애교에 강준은 고개를 내려 입을 맞췄다. 싸늘해진 바람을 타고 닿은 입술의 감촉은 웃음을 버티기 힘들 정도로 좋았다. 쪽, 하고 입술을 떨어뜨린 강준은 애정의 두 뺨을 손으로 부드럽게 감싸 쥐었다.

"같이 있으니까 너무 행복해요."

"나도."

가볍게 대답하며 애정은 그의 손에서 빠져나와 다시 앞서 걷기 시작했다.

"애정아."

뒤에서 다정하게 자신을 부르는 목소리가 참 듣기 좋다는 생각이 들었다. 금세 곁으로 다가온 강준은 다시 애정을 끌어안았다.

"내가 얼마나 아끼고 소중하게 생각하고 있는지 알죠?"

"사랑한다는 말이지?"

"맞아요. 사랑한다고요, 정애정 씨를."

강준이 다시 한번 애정의 입술 쪽으로 고개를 숙였다. 잠깐씩 새어 나오는 그의 웃음이 입술을 살포시 벌렸던 애정의 입안으로 흘러들어 오는 것 같았다.

"너의 웃음소리를 오래오래 듣고 싶다."

"난 평생 당신 웃음소리, 숨소리 들으면서 살래요."

다시 한번 닿은 입술은 아주 오래도록 애정을 행복하게 만들어 주었다. 시간이 지날수록 더욱 깊어지는 하늘처럼, 그들의 키스도 사랑도 더욱 깊어져 가는 밤이었다.

에필로그

"어떡해! 너무 귀여워!"

애정은 태어난 지 이제 겨우 한 달밖에 안 된 아기를 보며 어쩔 줄 몰라 했다. 손을 두 번이나 닦고 온 강준도 옆에서 무릎까지 꿇고는 윤혜의 품에 안긴 아기를 넋이 나간 채 보고 있었다.

"애가 벌써부터 이목구비가 막 뚜렷한 것 같아!"

애정이 오목조목한 아기의 이목구비를 보며 말했다.

"내 자식이라서가 아니라 진짜 잘생기지 않았어?"

"너무 잘생겼어."

윤혜의 말에 공감하며 애정이 박수를 쳤다. 그 소리에 놀랐는지, 아기가 살짝 미간을 찌푸렸다. 그 모습마저 귀여워서 애정은 휴대폰으로 동영상을 찍어 댔다.

"이것 좀 먹어."

재호가 주방에서 간단한 다과와 차를 내왔다. 평소 애정이 무척 좋아하는 것들이었지만 그녀뿐만 아니라 다들 아기를 보느라 바빴다. 손님맞이를 하던 재호도 다시 윤혜의 옆으로 가 앉아서 아기를 바라보았다.

"그렇게 좋냐?"

아기를 애틋하게 바라보는 재호에 애정이 넌지시 물었다.

"어디 좋기만 하냐? 내 목숨보다도 소중해."

재호가 상체를 숙여 아기의 이마에 가볍게 입을 맞췄다.

"한번 안아 볼래?"

강준은 윤혜의 제안을 거절하려는 것 같다가 결국 팔을 뻗어 아기를 안았다. 살짝 꿈틀거리는 아기에 강준은 안절부절못하다가 곧 안정적으로 감쌌다. 그 모습을 윤혜와 재호, 그리고 애정이 흐뭇하게 바라보았다.

"강준 씨가 아기를 좋아하네."

"네. 그래서 한 네 명 정도 생각하고 있어요."

어찌나 놀랐는지 애정의 입이 쩍 벌려졌다. 연애한 지 3년, 그리고 결혼을 앞두고 한창 준비 중이라 가장 바쁘면서도 가장 설레는 시기였다.

"그 애들을 누가 다 길러?"

애정의 말에 강준은 자신 있게 대답했다.

"당연히 내가 길러야죠. 애 낳는 게 얼마나 힘든데."

강준의 말에 윤혜가 재호를 바라보았다.

"들었지, 방금?"

"애정이 이거 안 먹어?"

재호가 능청맞게 딴짓이다. 그 모습에 윤혜가 어이없다는 듯이 웃었지만 눈빛 가득 사랑스러움이 배어 있었다.

"결혼 준비하는 거 힘들지?"

따뜻한 차 한 모금을 마신 윤혜의 물음에 애정은 고개를 내저었다.

"나도 엄청 힘들 줄 알았거든? 그런데 생각보다 힘든 거 없던데. 결혼 준비하면서 그렇게들 싸운다고 하는데, 우리는 그런 것도 없었어."

"자랑질이네."

"너도 싸웠어?"

"아니. 사실 우리도 안 싸웠어."

이후로 이런저런 쌓였던 대화를 나누다가 윤혜가 하품을 하자 애정과 강준은 서둘러 집을 나섰다.

"몸조리 잘하고!"

"조만간 꼭 만나자."

재호와 윤혜의 배웅을 받으며 아파트를 나오니 아직 한창인 봄날의 하늘은 맑고 따뜻했다.

"아기 진짜 예쁘지?"

"네. 너무 예뻐요. 빨리 아빠가 되고 싶어요."

"진짜 네 명이나 낳을 거야?"

"네."

번복할 의향이 없다는 듯 자신감 넘치는 말투와 함께 강준의 눈빛은 강건했다. 애정은 미래에 치를 육아 전쟁 생각에 조금 막막했지만 싫진 않았다.

"오늘 저녁 뭐 먹을까요?"

"난 안 먹는다니까."

"진짜 안 먹을 거예요?"

"진짜 안 먹어! 웨딩드레스 예쁘게 입을 거란 말이야. 사이즈도 일부러 작은 거 골랐어."

"지금도 충분히 예쁜데, 뭘 그렇게까지."

"진짜야? 우리도 벌써 3년이나 연애했는데, 여전히 내가 그렇게 예뻐?"

바짝 얼굴을 들이밀며 묻는 애정을 지그시 내려다보며 강준은 고개를 끄덕였다. 그녀를 잡고 있지 않은 다른 손으로 부드럽게 뺨을 매만져 주었다.

"너무 예뻐요. 평생 같이 살 날들이 기대될 만큼."

남들이 들으면 닭살이라며 몸서리칠 만한 말이다. 그럼에도 사랑을 받는 일인데, 웃지 않을 이유가 없었다.

"아우, 나 현기증 나."

시간이 지나 드디어 결혼식 날. 한참 준비를 하던 애정은 옆에 있는 애희를 향해 굶주린 배를 움켜잡으며 중얼거렸다.

"그러게 어제 왜 하루 종일 굶어, 굶기를?"

"드레스를 예쁘게 입으려는 욕심이 과했나 봐. 그래도 나 살 좀 빠졌지?"

"응. 빠지긴 한 것 같아. 조금만 더 참아."

"그래야지."

마침내 원하던 사이즈의 머메이드라인 드레스를 착용했다. 몸매 굴곡이 예쁘게 떨어지는 드레스를 입고 거울을 보며 애정은 꽤나 만족스러워했다.

이 드레스를 고르던 날, 강준이 지었던 황홀한 눈빛과 벌어진 입이 아직도 선명했다. 드레스를 입고 일주일 동안, 강준은 내내 그날 찍은 사진을 들여다보는 걸로 하루의 일과를 시작하고 끝냈다고 했다.

밖에서는 강준과 그의 부모님, 애희와 엄마가 손님들을 맞이하느라 바빴다. 애정은 신부 대기실로 가기 위해 준비실에서 나왔다. 그러다가 우연치 않게 이제 막 안으로 들어오는 화환을 발견하고는 걸음을 멈추었다.

**결혼 축하해.**
—유정한

정한에게는 청첩장을 보내지 않았다. 예의가 아니라고 생각했기 때문이었다. 그럼에도 결혼을 축복해 주는 그가 애정은 무척 고마웠다.

정한을 생각하며 신부 대기실로 가 앉아 드레스와 헤어를 정돈하는 사이, 윤혜가 도착했다.

"윤혜야, 왔어? 재호랑 아기는?"

"좀 있다가 온대. 근데 너 드레스 너무 잘 어울린다."

"그래?"

애정이 섹시한 포즈를 잡자 윤혜는 금세 정색을 했다.

"벌써 하객들 많이 왔더라."

말이 끝나기가 무섭게 몰려드는 손님들에 두 사람은 그들을 맞이하느라 바쁜 시간을 보냈다. 결국 지해와 태형은 코빼기도 보이지 않았고 그녀는 다행이라고 생각했다.

"대리님!"

연희가 남자 친구와 함께 부케를 들고 등장했다. 연희 역시 이제 곧 결혼을 앞둔 예비 신부였다.

"연희 씨!"

"아차차, 또 대리님이라고 그랬다. 이놈의 습관. 이제 과장님인데 말이에요."

애정은 두 달 전에 과장으로 진급을 했고, 강준은 1년 전에 대리로 진급했었다. 연희가 품에 안겨 준 부케는 하얀색과 분홍색을 바탕으로 꽃 사이사이를 큐빅으로 장식한 화려한 부케였다.

"와, 진짜 너무 예쁜 거 아니야? 남 주기 아까운데?"

"마음에 들으셔서 다행이에요. 결혼 진심으로 축하드려요. 정말 제가 봤던 신부 중에 제일 아름다우신 것 같아요."

"나보다 연희 씨가 더 예쁠 거야."

또다시 밀려드는 손님들에 연희도 오래 머물지 못하고 식장에서 보자며 사라졌다.

"신랑이랑 신부가 아주 잘 어울려."

"신랑이 아주 좋아서 입이 여기까지 걸렸어!"

"신부 부럽다."

여기저기서 들려오는 신랑, 신부라는 호칭에 애정은 그제야 자신이 결혼하는 걸 실감했다.

그리고 마침내 결혼식이 시작되었다.

아버지가 없는 애정을 위해 두 사람은 동반 입장을 했다. 꽃이 뿌려진 버진 로드를 사람들의 환호와 박수 소리를 들으며 두 손을 맞잡고 천천히 걸었다.

"마지막으로 우리 사랑스러운 부부의 키스 타임이 있겠습니다!"

결혼 서약을 마지막으로 짓궂은 사회자의 제안에 강준과 애정은 서로를 마주 보았다. 강준이 곁으로 다가와 가볍게 입을 맞췄다. 여전히 사랑이 가득 담긴 눈빛은 애정의 심장을 걷잡을 수 없게 뛰게 했다.

"평생 사랑할게요. 당신도 날 평생 사랑해 줘요."

담백한 그의 고백에 애정은 결혼식에서 울지 않고 배시시 웃기만 한 신부가 되었다.

"응. 영원히 사랑할게. 당신도 날 영원히 사랑해 줘."

사랑을 하고 있는데 웃지 않을 이유가, 행복하지 않을 이유가 없었다.

*—fin*

작가 후기

안녕하세요. 이은교입니다.
2018년,
종이책으로는 처음 인사드리는 것 같네요.

늘 초심을 잃지 말고 글을 쓰자, 결심을 하는데 어느 순간
부터 제가 초심을 많이 잃었다는 것을 깨닫게 되었습니다.
　여전히 상상하는 것, 그것을 글로 옮기는 것은 매우 즐거
운 일이지만, 시간이 지날수록 힘이 들고 발전되지 않는 스
스로에 속상한 날들을 보내고 있었습니다.
　그래서 이렇게 발전하지 못할 바에는 차라리 글을 그만 쓰
자고 생각을 한 적도 있습니다.
　이런 날들에 늘 힘이 되어 주시는 가족과 주변 친구들, 종
종 메시지로 좋은 말씀해 주시는 독자님들 그리고 지우 편집

자님께도 너무 감사드립니다.

　저보다 더 제 글을 포기하지 않는 분들이 계시기에 제가 권태기를 이겨 내고 다시 글을 쓸 수 있게 된 것 같습니다.

　〈애정이 가는 대로〉는 보다 가벼운 마음으로 썼습니다. 끌리는 대로 썼다고 할까, 복잡하거나, 뒤엉켜 있지 않고 그때의 감정을 충실하게 여기는 여자 주인공으로 나름의 쿨한 연애를 하려는 캐릭터로 썼는데, 그게 독자님들께도 잘 느껴질지는 잘 모르겠습니다. T_T

　한동안은(앞으로 영원히라는 장담은 하지 못하겠음) 글쓰기 힘들다고 징징거리지 않겠습니다.


　곧, 무더운 여름이 시작되는데 다들 찬 거 너무 많이 드시지 마시고요.(장염 때문에 2주를 고생한 사람으로서 드리는 부탁)

　세상에선 건강이 가장 중요합니다!


　그럼 저 이은교는 앞으로도,

　더 재미있는 글로

　오래도록 찾아뵙겠습니다.


— 2018년 7월의 어느 날,

이은교 올림.